LALO

Tatort Burgtheater

Edith Kneifl (Hg.)

Tatort Burgtheater

13 Kriminalgeschichten aus Wien

Falter Verlag

Die Handlung der folgenden Kurzgeschichten ist frei erfunden. Manche der Krimis sind von wahren Begebenheiten beeinflusst, trotzdem ist jede Ähnlichkeit mit lebenden oder verstorbenen Personen rein zufällig.

ISBN 978-3-85439-534-8

1011 Wien, Marc-Aurel-Straße 9
T: +43/1/536 60-0, F: +43/1/536 60-935
E: bv@falter.at, service@falter.at
W: faltershop.at

Herausgeberin: Edith Kneifl

Autorinnen und Autoren: Reinhardt Badegruber, Raoul Biltgen, Andreas Gruber, Jacqueline Gillespie, Eva Holzmair, Edith Kneifl, Beatrix Kramlovsky, Gerhard Loibelsberger, Günther Pfeifer, Thomas Schrems, Clementine Skorpil, Peter Wehle, Franz Zeller

Lektorat: Helmut Gutbrunner

Umschlagdesign: Dirk Merbach

Grafik: Marion Großschädl

Layout: Barbara Blaha

Produktion: Susanne Schwameis

Gedruckt in Österreich

FSC
www.fsc.org
MIX
Papier aus verantwortungsvollen Quellen
FSC® C012536

Inhalt

Vorwort

»Die Schriftsteller sind Übertreibungsspezialisten«
Thomas Bernhard

Das Wiener Burgtheater, von den Wienern schlicht »die Burg« genannt, war immer für Skandale gut. Besonders Claus Peymann, der mit seiner Uraufführung von Peter Handkes Stück »Publikumsbeschimpfung« schon 1966 in Frankfurt die damalige Theaterwelt erschütterte, sorgte zwischen 1986 und 1999 als Direktor des Wiener Burgtheaters immer wieder für Aufregung. Denken Sie nur an »Heldenplatz« und die Empfindlichkeiten der damaligen österreichischen Politiker. Auch die Literaturnobelpreisträgerin Elfriede Jelinek hat mit ihrem nie im Burgtheater aufgeführten Stück »Burgtheater«, in dem sie die mangelhafte NS-Vergangenheitsbewältigung in Österreich anprangerte, einen Skandal hervorgerufen, stehen doch die Nazi-Verstrickungen der bis heute hierzulande hochverehrten Burgschauspielerin Paula Wessely im Zentrum der Satire.

Gleich nach der Eröffnung des neuen Hauses im Oktober 1888 beklagten sowohl Mitglieder des Ensembles als auch Zuschauer den Verlust an Intimität, da es große Probleme mit der Akustik gab. Daran hat sich trotz intensiver Bemühungen, diese zu beheben, bis heute nichts geändert: In den hinteren Reihen und auf den Stehplätzen versteht man nach wie vor nur die Hälfte. Das berühmte Burgtheaterdeutsch entwickelte sich übrigens aus der Notwendigkeit, die akustischen

Mängel des Hauses zu kompensieren. Die Schauspieler mussten nicht nur laut, sondern auch sehr artikuliert sprechen – was so manchem deutschen Tragöden anfangs nicht gerade leichtfiel. All das tut den hervorragenden Inszenierungen am größten deutschen Sprechtheater keinen Abbruch.

Erbaut wurde das neue k. k. Hofburgtheater von dem genialen deutschen Theaterarchitekten Gottfried Semper und dem Wiener Architekten Carl Hasenauer. Obwohl die beiden Herren sich im Laufe der Arbeit zutiefst zerstritten, schufen sie eines der prunkvollsten Gebäude der Wiener Ringstraße. Nicht nur die prächtige Ringstraßenfassade mit den Dichterbüsten und den Gestalten aus den Dramen der jeweiligen Dichter, sondern auch die lebensgroßen Nischenfiguren, die Protagonisten aus berühmten Werken der Weltliteratur darstellen, beeindrucken uns Wiener und Touristen aus aller Welt bis heute. Besonders prachtvoll sind auch die beiden Feststiegen mit den Deckengemälden zur Geschichte des Theaters von Franz Matsch und den Brüdern Ernst und Gustav Klimt.

Nach der Comédie-Française ist das Wiener Burgtheater das älteste Theater Europas. Bis 1983 galt auf dieser vielleicht bedeutendsten Bühne im deutschen Sprachraum das sogenannte Vorhangverbot. In einer polizeilichen Theaterverordnung stand, dass sich vor dem Vorhang nur Gäste und Debütanten, nicht aber Ensemblemitglieder verbeugen durften. Das hohe Ansehen der »Schauspieler Seiner Majestät« erlaubte es ihnen nicht, sich vor dem einfachen Volk zu verbeugen. Kaiser Franz Joseph I. war übrigens ein eifriger Theaterbesucher, der seine Geliebte Katharina Schratt, Burgtheaterschauspielerin bis zu ihrem Abgang im Jahre 1900, in all ihren Rollen bewunderte. Das k. k. Hofburgtheater wurde damals übrigens noch aus der kaiserlichen Privatschatulle finanziert.

Nach der Zahl der Mitarbeiter und dem Budget ist das Burgtheater auch heute eines der reichsten und größten Repertoiretheater der Welt. Kaum zu glauben, wenn man an den jüngsten Finanzskandal denkt, der das Haus in seinen Grundfesten erschütterte und nicht nur die Gemüter der theateraffinen Öffentlichkeit erhitzte. Diese Ereignisse waren unter anderem Anlass für mich, zwölf Kolleginnen und Kollegen einzuladen, Kurzkrimis über das Wiener Burgtheater zu schreiben.

Da keiner von uns Kriminalschriftstellern und -schriftstellerinnen die Hoffnung hegt, je mit seinen/ihren Texten die hohen Weihen einer Burgtheater-Aufführung zu erlangen, schrieben alle frisch von der Leber weg, schreckten auch vor »Julius Cäsar« oder »Kabale und Liebe« nicht zurück, vergingen sich an »Macbeth« und »Nathan, dem Weisen«, nahmen sich den »Eingebildeten Kranken« von Molière vor, wagten sogar eine moderne Fassung der »Räuber« und erfanden »Faust« neu. Thomas Bernhard blieb ebenso wenig wie Max Frisch von den theaterbegeisterten Krimiautorinnen und -autoren verschont. Aber die Weltliteratur ist nun einmal nicht gerade arm an Verbrechen und daher eine unerschöpfliche Quelle der Inspiration für uns.

Die »Burg« wird es sicher verkraften, dass wir ihr ein paar Leichen in den Keller gelegt haben.

Ich hoffe, Sie werden sich über einen ganz anderen »Lumpazivagabundus« amüsieren und die kriminalistischen Interpretationen der Stücke zeitgenössischer Autorinnen und Autoren wie Yasmina Reza und Thomas Vinterberg mit großem Vergnügen lesen.

Herzlichst
die Herausgeberin Edith Kneifl
Wien, im September 2015

»Das Stück war ein großer Erfolg.
Nur das Publikum ist durchgefallen.«
Oscar Wilde

Raoul Biltgen

Die Räuber

Ein kleines Stück Theater

Personen im Zuschauerraum:

ANTON

RENÉ

ZUSCHAUER UND BURGTHEATERPERSONAL

Personen auf der Bühne:

KARL VON MOOR

FRANZ VON MOOR

DER ALTE MOOR

AMALIA

RAZMANN

SPIEGELBERG

HERMANN

KOSINSKY

DANIEL

PASTOR MOSER

SCHWEIZER

RÄUBER

Ort:

Zuschauerraum und Bühne des Wiener Burgtheaters

Erster Akt

Anton und René betreten den Zuschauerraum des Wiener Burgtheaters. Um sie herum weitere Zuschauer.

RENÉ *auf die Eintrittskarte deutend:* Da steht »Parkett«.

ANTON: Ja.

RENÉ: Warum steht da »Parkett«?

ANTON: Das ist, wo wir sitzen.

RENÉ: Am Parkett?

ANTON: Im Parkett.

RENÉ: Warum im Parkett?

ANTON: Wir sitzen ja nicht am Boden.

RENÉ: Na gottseidank.

ANTON: Das sind die besten Plätze im Haus.

RENÉ: Sagt wer?

ANTON: Das ist so.

RENÉ: Aha.

ANTON: Ja.

RENÉ: Die waren sicher nur teuer.

ANTON: Ja.

RENÉ: Wieviel?

ANTON: Egal.

RENÉ: So viel?

ANTON: Ja.

RENÉ: Weil dir die billigen Plätze mal wieder nicht gut genug waren.

ANTON: Weil sie nur da die gleichen Plätze für heute und morgen hatten.

RENÉ: Aha.

ANTON: Ja.

RENÉ: Ja.

ANTON: Moment.

Anton geht zu einer Schließerin und kauft sich ein Programmheft. Er kommt zu René zurück.

RENÉ: Jetzt kauft der auch noch ein Buch.

ANTON: Das ist das Programmheft.

RENÉ: Das ist ein Buch.

ANTON: Ja.

RENÉ: Und?

ANTON: Und was?

RENÉ: Wozu kaufst du dir ein Buch?

ANTON: Als Beweis.

RENÉ: Für dein intellektuelles Gehabe?

ANTON: Dass wir da waren.

RENÉ: Das war sicher auch wieder nur teuer.

ANTON: Ja.

RENÉ: Na super.

ANTON: Und ab morgen können wir uns so viele Bücher leisten, wie wir wollen.

RENÉ: Da freu ich mich aber.

ANTON: Das ist eine Investition.

RENÉ: Aha.

ANTON: In die Zukunft.

RENÉ: Aha.

ANTON: Kannst du mal aufhören mit deinem ewigen »Aha«?

RENÉ: Aha.

Stille.

RENÉ: Und was ist jetzt da drin im Buch?

ANTON: Der Text.

RENÉ: Welcher Text?

ANTON: Vom Stück.

RENÉ: Soll ich jetzt auch noch lesen, oder was?

ANTON: Das ist ein Beweis.

RENÉ: Jaja.

ANTON: Da rein.

RENÉ: Was?

ANTON: Reihe zwei.

RENÉ: Aha.

Anton und René betreten die zweite Reihe im Parterre und drängeln sich an den bereits sitzenden Zuschauern vorbei.

ANTON *zu sitzenden Zuschauern:* Entschuldigung, Pardon.

RENÉ: Uh, Pardong sagt der feine Herr.

ANTON *zu sitzenden Zuschauern:* Entschuldigung, aber Sie sitzen auf unseren Plätzen, hier, zweite Reihe, sechs und sieben.

EIN FEINER HERR: Das kann nicht sein.

RENÉ: Und warum soll das nicht sein können?

ANTON: Hier, sehen Sie? Sechs und sieben.

EINE FEINE DAME: Vielleicht sechs und sieben rechts, nicht links?

ANTON: Nein, links, da steht's. Links.

RENÉ: Sie sitzen auf unseren Plätzen, also bitte, ja.

DER FEINE HERR: Bitte?

RENÉ: Ja.

DIE FEINE DAME: Oh, nein, Sie haben sich geirrt, sehen Sie, Parkett steht da.

RENÉ: Ja, Parkett, wir sitzen ja nicht am Boden.

ANTON: Bitte, René.

DIE FEINE DAME: Aber Parkett ist weiter vorn.

ANTON: Aber das ist doch die zweite Reihe.

RENÉ: Die nervt.

DIE FEINE DAME: Aber zweite Reihe Parterre, nicht zweite Reihe Parkett. Parkett ist weiter vorn, das hier ist Parterre.

RENÉ: Was soll denn das heißen, Parkett, Parterre?

ANTON: Parterre heißt am Boden.

RENÉ: Ich sitz nicht am Boden.

ANTON: Wir sitzen ja auch Parkett.

RENÉ: Ich sitz auch nicht am Parkett.

ANTON: Bitte, René.

RENÉ: Was?

ANTON: Wir sind falsch.

RENÉ: Ich setz mich jetzt einfach da hin und aus.

DER FEINE HERR: Wir sitzen hier.

RENÉ: Mach ich im Kino auch so.

ANTON: Aber wir sind nicht im Kino.

RENÉ: Ich wollte ins Kino.

ANTON: Das haben wir schon durchgekaut und nein. *Zur feinen Dame:* Entschuldigen Sie. *Zu René:* Los, geh. *Sich an sitzenden Zuschauern vorbeidrängelnd:* Pardon, Entschuldigung, eine Verwechslung, dankeschön, sehr nett.

RENÉ: Ich denke, du kennst dich aus?

ANTON: Das tu ich auch.

RENÉ: Man sieht's.

Anton und René gehen weiter vor und drängeln sich abermals an sitzenden Zuschauern vorbei.

ANTON: Entschuldigung.

RENÉ: Pardong.

Anton und René haben ihre Plätze erreicht und setzen sich.

RENÉ: Parkett, Parterre, Pardong, was soll der Scheiß?

ANTON: René, bitte, wir sind im Theater.

RENÉ: Eben.

ANTON: Eben.

RENÉ: Ja.

Stille.

RENÉ: Was läuft eigentlich?

ANTON: Was wird gespielt.

RENÉ: Wie was wird gespielt?

ANTON: Man sagt: »Was wird gespielt?« Oder: »Was wird gegeben?« Nicht: »Was läuft?«

RENÉ: Aha.

ANTON: Wir sind ja nicht im Kino.

RENÉ: Nein.

ANTON: Sondern im Theater.

RENÉ: Und?

ANTON: Und was?

RENÉ: Was läuft denn jetzt?

ANTON: Die Räuber.

RENÉ: Hä?

ANTON: Die Räuber.

RENÉ: Geht's noch?

ANTON: Was?

RENÉ: Die Räuber?

ANTON: Ja.

RENÉ: Das Theaterstück, das wir uns jetzt geben ...

ANTON: Das gegeben wird.

RENÉ: Ja, verfickt, das gegeben wird, das heißt »Die Räuber«? Da schleppst du uns hin?

ANTON: Das ist ein Klassiker der deutscher Theaterliteratur.

RENÉ: Die Räuber.

ANTON: Ja.

RENÉ: Aha.

ANTON: Und ich kann's mir ja nicht aussuchen, was läuft, wenn wir's brauchen.

RENÉ: Die Räuber, echt, ich kann's nicht fassen, das ist ein schlechter Scherz.

ANTON: Höchstens Ironie.

RENÉ: Von mir aus auch das.

ANTON: Und jetzt halt die Klappe, es geht los.

Der Zuschauerraum verdunkelt sich, die Bühne erhellt sich. Auf der Bühne Karl von Moor und Spiegelberg.

RENÉ: Das ist ja ein Buch.

ANTON: Sei jetzt still.

RENÉ: Das ist ein riesiges Buch, was soll denn das?

ANTON: Das ist die Bühne und jetzt gusch.

KARL: Mir ekelt vor diesem tintenklecksenden Säkulum, wenn ich in meinem Plutarch lese von großen Menschen. Der lohe Lichtfunke Prometheus' ist ausgebrannt ...

RENÉ: Hä?

ANTON: Pscht.

RENÉ: Ich versteh kein Wort.

ANTON: Dann hör zu.

RENÉ: Ja, ist ja gut.

KARL: ... Da krabbeln sie nun wie die Ratten auf der Keule des Herkules ...

RENÉ: Na, das kann was werden.

ANTON: Pscht.

KARL: ... aus dem Schädel, was das für ein Ding sei, das er in seinen Hoden geführt hat?

RENÉ: Hoden, der hat Hoden gesagt.

ANTON: Pscht.

EIN MANN HINTER RENÉ: Pscht.

RENÉ: Pscht.

Zweiter Akt

Anton und René inmitten der Zuschauer. Auf der Bühne: Amalia, der alte Moor.

AMALIA: ... Was ist das?

DER ALTE MOOR: Das ist der Tod. Wo ist Franz?

AMALIA: Er ist geflohen. Gott erbarme sich unser.

DER ALTE MOOR: Geflohen, verlassen? Und all das von zwei Kindern voll Hoffnung. Du hast sie gegeben, hast sie genommen. Dein Name sei ...

AMALIA: Tot. Alles tot.

Amalia ab.

RENÉ: Wie jetzt?

ANTON: Was denn?

RENÉ: Ist der jetzt tot?

ANTON: Ja.

RENÉ: Krass.

ANTON: Jetzt sei doch mal still.

RENÉ: Voll krass, einfach tot.

Franz *betritt die Bühne.*

FRANZ: Tot, schreien sie, tot. Itzt bin ich der Herr ...

RENÉ: Itzt?

FRANZ: ... Wer wird nun kommen und es wagen, mich vor Gericht zu fordern? ...

RENÉ: Der freut sich ja auch noch voll.

ANTON Pscht.

RENÉ: So eine Sau.

ANTON: Kanaille.

RENÉ: Wer?

ANTON: Er.

RENÉ: Warum freut denn der sich so?

ANTON: Der wollte das so.

RENÉ: Dass der Vater stirbt?

ANTON: Ja. Und jetzt sei still.

FRANZ: ... Nun sollt ihr den nackten Franz sehen und euch entsetzen ...

RENÉ: Zieht der sich jetzt aus?

ANTON: Nein.

RENÉ: Aber er hat gesagt ...

ANTON: Nein.

FRANZ: ... Ich will euch die zackigen Sporen ins Fleisch hauen und die scharfe Geißel versuchen ...

RENÉ: Aber was ich nicht versteh ...

ANTON: Das war nur als Metapher.

RENÉ: ... warum das Stück »Die Räuber« heißt. Da gibt es keine Räuber, nur das Arschloch da.

ANTON: Die Räuber sind ...

RENÉ: Das Stück sollte »Das Arschloch« heißen.

ANTON: ... bei seinem Bruder.

RENÉ: Oder »Die Kanalratte«.

ANTON: Kanaille.

RENÉ: Richtig, »Die Kanailie«.

ANTON: Sie sind bei seinem Bruder.

RENÉ: Wer ist bei welchem Bruder?

ANTON: Die Räuber.

RENÉ: Bei welchem Bruder?

ANTON: Karl.

RENÉ: Das ist der, der so viel gelabert hat am Anfang?

ANTON: Ja.

EIN MANN HINTER RENÉ: Pscht.

RENÉ: Ich will's doch nur verstehen.

DER MANN HINTER RENÉ: Pschscht.

FRANZ: ... Blässe der Armut und sklavischen Furcht sind meine Leibfarben: In diese Liverei will ich euch kleiden.

Franz ab.

RENÉ: Und die Räuber sind die, die mit dem Bruder abhängen.

ANTON: Ja.

EIN ANDERER MANN HINTER RENÉ: Ja.

RENÉ: Aha.

Spiegelberg, Razmann und weitere Räuber betreten die Bühne.

RENÉ: Also die da.

ANTON: Ja.

DER ANDERE MANN HINTER RENÉ: Ja.

RENÉ: Aha.

RAZMANN: Moritz, Herzensbruder, willkommen in den böhmischen Wäldern ...

RENÉ: Und wo ist der Bruder?

ANTON: Welcher Bruder?

RENÉ: Der bei den Räubern.

ANTON: Karl.

DER ANDERE MANN HINTER RENÉ: Karl ist der Anführer.

RENÉ: Und wo steckt er?

SPIEGELBERG: ... Aber wir führen sie alle am Narrenseil herum ...

DER ANDERE MANN HINTER RENÉ: Der kommt bald.

RENÉ: Aha.

ANTON: Ja.

RENÉ: Und was sind das für Räuber? Haben die auch einen Juwelier überfallen?

ANTON: Pscht.

DER ANDERE MANN HINTER RENÉ: Viel schlimmer, das kommt jetzt.

SPIEGELBERG: ... Itzt pfeif ich ...

RENÉ: Itzt.

SPIEGELBERG: ... und meine Kerls draußen mit bestialischem Gepolter in die Zellen der Schwestern ...

RENÉ: Sie kennen das Stück?

DER ANDERE MANN HINTER RENÉ: Ja.

RENÉ: Und Sie schauen es sich trotzdem nochmal an?

DER ANDERE MANN HINTER RENÉ: Ja.

RENÉ: Dann muss es gut sein.

DER ANDERE MANN HINTER RENÉ: Ist es.

RENÉ: Aber nicht spoilern.

DER ANDERE MANN HINTER RENÉ: Hören Sie jetzt zu.

ANTON: Bitte.

SPIEGELBERG: ... und endlich gar die alte Äbtissin, angezogen wie Eva vor dem Fall ...

RENÉ: Uh.

SPIEGELBERG: ... Denk dir die schwarzbraune runzligte Vettel vor mir herumtanzen ...

RENÉ: Aber warum ist jetzt eigentlich der Bruder bei den Räubern?

DER ANDERE MANN HINTER RENÉ: Franz hat den Brief an den Vater gefälscht, damit der denkt, Karl ist böse geworden.

RENÉ: So eine Sau.

DER ANDERE MANN HINTER RENÉ: Und da hat ihn der Vater verstoßen und Karl bleibt nichts anderes übrig, als wirklich böse zu werden.

RENÉ: Ach so.

DER ANDERE MANN HINTER RENÉ: Aber noch ist er es nicht ganz.

RENÉ: Nichts verraten.

ANTON: Könnten wir dann vielleicht mal weiter zuschauen, bitteschön.

EINE FRAU WEITER VORN: Ja, bitte, das wär nett.

DER ANDERE MANN HINTER RENÉ: Natürlich, klar.

RENÉ: Klar, pscht. Und danke schön.

DER ANDERE MANN HINTER RENÉ: Bitte schön.

RENÉ: Jetzt hab ich's kapiert.

SPIEGELBERG: ... ich sage dir, ich hab aus dem Kloster mehr dann tausend Taler geschleift, und den Spaß obendrein, meine Kerls haben ihnen ein Andenken hinterlassen, sie werden ihre neun Monate dran zu schleppen haben ...

RENÉ: Die haben die Nonnen ...?

ANTON: Ja.

DER ANDERE MANN HINTER RENÉ: Ja.

RENÉ: Das ist wirklich schlimmer als ...

ANTON: Pscht.

RENÉ: Pscht.

Dritter Akt

Anton und René inmitten der Zuschauer. Auf der Bühne: Amalia, Franz von Moor.

FRANZ: ... Noch weiß ich Mittel, die den Stolz eines Starrkopfs niederbeugen können. Diese ewige Grille von Karl soll dir mein Anblick gleich einer Furie aus dem Kopfe geißeln. An den Haaren will ich dich in die Kapelle schleifen, den Dolch in der Hand, dir den ehelichen Schwur aus der Seele pressen, dein jungfräuliches Bette mit Sturm ersteigen und deine stolze Scham mit noch größerem Stolze besiegen.

Amalia schlägt Franz ins Gesicht.

AMALIA: Nimm erst das zur Aussteuer hin.

RENÉ: Na bumm.

FRANZ: Nicht meine Gemahlin, meine Mätresse sollst du werden. Komm, ich glühe vor Sehnsucht, itzt gleich sollst du mit mir gehn.

RENÉ: Itzt.

AMALIA: Verzeih mir, Franz.

Amalia entreißt Franz seine Waffe und bedroht ihn damit.

RENÉ: Bravo.

AMALIA: Siehst du, was ich jetzt aus dir machen kann?

RENÉ: Stich ihn ab. Los, stich ihn ab.

ANTON: Pscht.

AMALIA: Fleuch auf der Stelle.

Franz ab.

RENÉ: Nicht ihn laufen lassen, jetzt hattest du ihn, wo du ihn haben wolltest.

Amalia schaut verwirrt.

ANTON: Bitte, René, sei jetzt still.

AMALIA: Ah, wie mir wohl ist. Itzt kann ich frei atmen.

RENÉ: Du hättest die geile Sau abstechen sollen, der gibt doch itzt nicht auf.

ANTON: Itzt?

RENÉ: Jetzt.

ANTON: Kannst du nicht einfach deine ...

RENÉ: Also wenn du mich so verarschen würdest und mir dann auch noch meine Freundin wegnehmen würdest, ich tät nicht lange wackeln.

ANTON: Fackeln.

RENÉ: Sag ich doch.

ANTON: Sei still.

Hermann tritt auf.

HERMANN: Fräulein Amalia. Fräulein Amalia ...

RENÉ: Man kann vieles klauen, aber nicht die Frau von wem.

HERMANN: ... Ich habe euch sehr beleidigt, Fräulein Amalia ...

RENÉ: Auch unter Räubern gibt es eine Ehre oder so.

ANTON: Jadoch.

HERMANN: ... Ihr sollt alles wissen ...

RENÉ: Nur weil einer ein Räuber ist, muss er noch lang kein Arschloch sein.

DER ANDERE MANN HINTER RENÉ: Sehen Sie, und genau darum geht es.

RENÉ: Siehst du, genau darum geht es.

ANTON: Ja, nein, du meinst doch ... er meint nicht das Stück, er meint ...

RENÉ: Er ist nämlich mein Bruder.

DER ANDERE MANN HINTER RENÉ: Ach.

EINE DAME WEITER HINTEN: Kann da vorne bitte endlich mal Ruhe sein?

ANTON: Jadoch, ja.

AMALIA: Keinen Laut weiter.

ANTON: Sagen Sie das ihm, nicht mir.

AMALIA: Was?

HERMANN: Was?

RENÉ: Das hat die nicht zu dir gesagt, sondern *auf Hermann deutend* zu ihm.

ANTON: Oh. Ja.

EIN HERR VON GANZ HINTEN: Ruhe.

AMALIA: Wer auf Erden kann mir meine Ruhe wiedergeben?

HERMANN: Ein einziges Wort. Karl lebt noch.

AMALIA: Du lügst.

RENÉ: Das tut er nicht.

HERMANN: Euer Oheim.

AMALIA: Karl lebt noch.

RENÉ: Ja.

HERMANN: Und euer Oheim.

RENÉ: Der auch?

AMALIA: Karl lebt noch?

HERMANN: Auch euer Oheim.

RENÉ: Oheim ist doch der Alte, oder?

HERMANN *zu René:* Ja. Was? Ehm ... *Zu Amalia:* Verratet mich nicht.

RENÉ: Neinnein.

Hermann ab.

RENÉ: Da geht's ja ab.

AMALIA: Karl lebt.

RENÉ: Und er ist ein Räuber, ha, aber dafür noch lange kein Arschloch, so.

Amalia ab.

Vierter Akt

Anton und René betreten nach der Pause den Zuschauerraum des Wiener Burgtheaters und begeben sich zu ihren Plätzen. Um sie herum weitere Zuschauer.

ANTON: Das war jetzt vielleicht peinlich.

RENÉ: Was war denn jetzt peinlich?

ANTON: Die Schließerin.

RENÉ: Schließer kenn ich nur vom Knast.

ANTON: Die Frau, die uns zusammengeschissen hat, herrgott.

RENÉ: Na und?

ANTON: Na und?

RENÉ: Ja, na und?

ANTON: Das ist alles, weil du deine blöde Klappe nicht halten kannst ...

RENÉ: Ich ...

ANTON: ... nicht für eine Minute, nie, nie kannst du einmal deine blöde Klappe halten. Das war immer schon so. Ich glaube, ich habe noch nie in meinem Leben auch nur einen einzigen Film gesehen, ohne dass du dazwischengequatscht hättest, nie nie nie.

RENÉ: Ich glaube, es gab sehr wohl schon mal Zeiten, da hast du alleine Filme geschaut, ohne mich.

ANTON: Also manchmal könnte ich dich ...

RENÉ: Was?

ANTON: Hauen.

RENÉ: Da würden die Leute aber schauen. Die würden denken, das gehört zum Stück, weil es da auch die Brüder sind, die sich voll nicht leiden können.

ANTON: Ich kann den Franz so gut verstehen.

RENÉ: Du bist doch der Ältere von uns.

ANTON: Und du der Dümmere.

RENÉ: Ich bin also der Dümmere?

ANTON: Das habe ich gesagt.

RENÉ: Aber gescheit genug, dass du mich mitnimmst, wenn du wieder etwas planst.

ANTON: Jetzt schrei doch nicht so rum hier.

RENÉ: Gescheit genug, dass ich die Drecksarbeit für dich machen kann.

ANTON: Ja, ist ja gut.

RENÉ: Und dann in den Knast wandern kann.

ANTON: Bitte, René ...

RENÉ: Weil ich vorm Safe saß und nicht du.

ANTON: Bitte, René, können wir das bitte nachher ...

RENÉ: Weil du ja immer der Denker bist. Uh, ich habe einen Plan, komm mit, mach dies, mach das. Und dann schleppst du mich ins Theater auch noch.

ANTON: Ich habe es dir tausendmal gesagt, das ist unser Alibi, weil wir morgen die gleichen Karten ...

RENÉ: Einfach nur die Karten kaufen hätte doch gereicht.

ANTON: Und wenn dich wer gefragt hätte, worum es ging in dem Stück, das du dir morgen angeschaut haben willst, was dann?

RENÉ: Es geht um Räuber, hätte ich gesagt.

ANTON: Es geht um Räuber, hättest du gesagt.

RENÉ: Ja, es geht um Räuber, hätte ich gesagt, und darum, dass der eine Arschlochbruder den anderen Nicht-Arschlochbruder zu einem Räuber gemacht hat, das hätte ich gesagt, und dass mir das irgendwie bekannt vorkommt, das hätte ich denen auch gesagt, dass ich mir nämlich sogar ganz gut vorstellen kann, dass du mich auch verarscht hast und mich zu einem Räuber gemacht hast, weil ich das gar nicht hab haben wollen eigentlich. All das hätte ich gesagt, du Franz, du. Du Kanalratte.

ANTON: Kanaille.

RENÉ: Siehst du, du machst es schon wieder.

ANTON: Was denn jetzt schon wieder?

RENÉ: Es besser wissen.

Der Zuschauerraum wird dunkel, die Bühne wird erhellt. Auf der Bühne: Karl von Moor, Kosinsky.

ANTON: Es geht weiter.

KARL: Geh voraus und melde mich. Du weiß doch noch alles, was du sprechen musst.

KOSINSKY: Ihr seid der Graf von Brand aus Mecklenburg. Sorgt nicht, ich will meine Rolle schon spielen.

Kosinsky ab.

RENÉ: Was? Wo sind die jetzt?

KARL: Sei mir gegrüßt, Vaterlandserde.

RENÉ: Aha, zuhaus.

KARL: Vaterlandshimmel. Vaterlandssonne.

RENÉ: Ah, versteh, er kommt, um sich zu rächen. *Laut:* Gut so, mach ihn fertig, den falschen Bruder.

EINE DAME IN DER REIHE VOR RENÉ: Geht das schon wieder los?

ANTON: René, halt 's Maul.

RENÉ *zur Dame:* Sehen Sie, ich weiß, was es heißt, einen solchen Bruder zu haben, so einen Kanaldeckel.

ANTON: Ratte.

RENÉ: Ailie.

ANTON: Was?

RENÉ: Kanailie.

ANTON: Ja.

Fünfter Akt

Anton und René im Zuschauerraum. Auf der Bühne: Franz von Moor und Daniel.

FRANZ: ... Plötzlich ein ungeheurer Donner – und da war mirs, da erscholls wie aus ehernen Posaunen: Erde, gib deine Toten her, gib deine Toten, Meer. Und das Gefild begann zu kreißen, und aufzuwerfen Schädel und Rippen und Beine, die sich zusammenzogen in menschliche Leiber, und daherströmten unübersehlich, ein lebendiger Sturm.

DANIEL: Das ist ja das leibhaftige Konterfei vom Jüngsten Tage.

RENÉ: Wow.

FRANZ: Nicht wahr? Das ist tolles Gezeuge? Da trat einer hervor, der hatte in seiner Hand eine eherne Waage, die hielt er zwischen Aufgang und Niedergang und sprach: Tretet herzu, ihr Kinder des Staubes, ich wäge die Gedanken und die Werke.

DANIEL: Gott erbarme sich meiner.

FRANZ: Da war mirs, als hört ich meinen Namen zuerst genannt, und mein Innerstes gefror in mir, und meine Zähne klapperten laut.

RENÉ: Zu Recht.

FRANZ: Schnell begann die Waage zu klingen und die Stunden zogen vorüber, eine nach der anderen an der links hangenden Schale, und eine nach der andern warf eine Todsünde hinein.

DANIEL: O Gott vergeb Euch.

FRANZ: Das tat er nicht.

RENÉ: Sicher nicht.

FRANZ: Die Schale wuchs zu einem Gebirge, aber die andere, voll vom Blut der Versöhnung, hielt sie noch immer hoch in den Lüften. Zuletzt kam ein alter Mann, schwer gebeugt von Gram, ich kannte den Mann ...

RENÉ: Das war sicher sein Vater.

FRANZ: ... er schnitt eine Locke von seinem silbernen Haar, warf sie in die Schale der Sünden, und siehe, sie sank, sank plötzlich zum Abgrund, und die Schale der Versöhnung flatterte hoch auf.

RENÉ: Ha.

FRANZ: Da hört ich eine Stimme schallen: Gnade, Gnade jedem Sünder der Erde. Du allein bist verworfen. – Nun, warum lachst du nicht?

DANIEL: Kann ich lachen, wenn mir schaudert?

RENÉ: Also ich find's lustig.

DANIEL: Träume kommen von Gott.

FRANZ: Pfui doch, pfui doch ...

RENÉ *zu Anton:* Und?

FRANZ: Sage das nicht.

RENÉ: Was ist mit dir? Träumst du auch solche Sachen?

FRANZ: Du lügst, sag ich ...

RENÉ: Hattest du wenigstens einmal einen bösen Traum, als ich für dich im Knast gesessen bin?

FRANZ: ... Ich sage dir, du lügst ...

ANTON: Du bist nicht für mich im Knast gesessen.

RENÉ: Aber wegen dir.

FRANZ: ... Rächet denn droben über den Sternen einer? ...

ANTON: Ich habe dich nie zu etwas gezwungen.

RENÉ: Ach nein?

ANTON: Nein.

Daniel ab.

RENÉ: Nein, du hattest kein schlechtes Gewissen für das, was du mir angetan hast, damals, du nicht.

Pastor Moser tritt auf.

ANTON: Was willst du denn jetzt damit?

RENÉ: Hab mich das nur gefragt, weil sogar der Kanalarbeiter da plötzlich miese Träume hat und so.

FRANZ: Itzt will ich's wissen, itzt, diesen Augenblick. Es ist kein Gott ...

RENÉ: Und das erklärt natürlich auch, dass du mich gleich, nachdem ich raus war, wieder für den nächsten Job angeheuert hast.

FRANZ: ... Pfaffe, du gefällst mir ...

RENÉ: Um mir unter die Arme zu greifen. Haha. Um mir wieder auf die Beine zu helfen. Haha.

FRANZ: ... aber er wird betrogen ...

RENÉ: Aber beim letzten Mal hast du die ganze Kohle eingesackt, während ich trockenes Brot gekaut hab.

ANTON: Das müssen wir doch wirklich nicht jetzt bereden.

RENÉ: Warum nicht?

ANTON: Wir sind im Theater, herrgott.

RENÉ: Das was deine glorreiche Idee.

ANTON: Ja, um uns ein Alibi für morgen zu verschaffen, damit wir die Karten von morgen herzeigen können und erzählen können, um was es gegangen ist und ...

MOSER: ... Das ist die Philosophie Eurer Verzweiflung ...

ANTON: ... Und das heißt doch, dass wir beide ein Alibi haben werden, nicht nur ich, es kann gar nichts passieren.

RENÉ: Das hast du letztes Mal auch schon gesagt.

ANTON: Aber diesmal wird es klappen.

RENÉ: Und warum kommst du dann nicht mit, sondern schiebst Wache?

ANTON: Ist es das, was dich stört? Dass ich Wache schiebe? Und du drinnen bist? Ist es das?

RENÉ: Wenn ich dafür einfahre, ja.

MOSER: ... Ich hab ja noch nichts von Beweisen gesagt ...

ANTON: Na gut, in Ordnung, dann geh ich mit rein, dann schlag ich dem alten Sack den Hammer aufs Hirn, dann ...

RENÉ: Welcher alte Sack?

ANTON: Der Juwelier.

RENÉ: Ich denke, es wird niemand da sein.

ANTON: Ja, nein, ich weiß es nicht.

RENÉ: Aha.

FRANZ: ... Was ist die größte Sünde? Vatermord, Brudermord? Ha ...

RENÉ: Das ist doch alles ein abgekartetes Spiel.

ANTON: Nein.

RENÉ: Doch.

FRANZ: Geh, sag ich.

Moser ab. Daniel tritt auf.

ANTON: Nein.

RENÉ: Doch.

DANIEL: ... Mordjo, Mordjo ...

ANTON: Nein.

RENÉ: Doch.

FRANZ: ... lass alle Glocken läuten ...

ANTON: Nein.

RENÉ: Doch.

FRANZ: Es wird zu spät.

ANTON *laut schreiend:* Du nervst.

Stille.

ANTON *zu Franz:* Entschuldigung, ich meinte ihn, nicht Sie, es ... es tut mir leid.

DER ANDERE MANN HINTER RENÉ VON VORHIN: Nein, ich fand das grad sehr spannend.

ANTON: Was?

DER ANDERE MANN HINTER RENÉ: Sie planen also für morgen einen Raubzug, ja?

ANTON: Was?

FRANZ: Entschuldigung, aber wir sind hier im Theater.

ANTON: Ja.

DER ANDERE MANN HINTER RENÉ: Ja, aber wir wissen ja, wie's ausgeht bei Ihnen, nicht? Sie bringen sich jetzt um.

RENÉ: Nicht. Jetzt haben Sie mich gespoilert.

DER ANDERE MANN HINTER RENÉ: Tut mir leid. Am Ende sind alle tot. Aber was passiert morgen?

DANIEL: Morgen auch. Das Stück bleibt, so wie es ist.

DER ANDERE MANN HINTER RENÉ: Nicht doch Sie, die beiden hier.

DANIEL: Was ist mit den beiden?

DER ANDERE MANN HINTER RENÉ: Der eine plant, einen Juwelier zu überfallen, und die sind nur hier, um das morgen als Alibi zu nutzen, weil, wie Sie gesagt haben, morgen eh genau das Gleiche hier passiert. Aber der eine denkt, der andere will ihn reinlegen, weil er das schon mal gemacht hat. Nicht?

RENÉ: Genau.

ANTON: Nein.

RENÉ: Aha?

ANTON: Bitte, spielen Sie doch weiter.

FRANZ: Und Sie sind Brüder?

RENÉ: Eben.

ANTON: Immerhin habe ich meinen Bruder nicht umgebracht.

FRANZ: Das hab ich auch nicht.

DANIEL: Aber du hast mich dazu angestiftet.

DER ANDERE MANN HINTER RENÉ: Stimmt.

FRANZ: Das ist Theater.

DANIEL: Stimmt.

RENÉ: Aber nicht bei mir, ich war wirklich im Knast.

DANIEL: Und Sie nicht?

ANTON: Nein ...

DANIEL: Aha.

ANTON: Jetzt fängt der auch noch zu ahaen an.

RENÉ: Und erzähl, warum du nicht im Knast warst. Sag's. Sag, dass du weggelaufen bist, als du die Sirenen gehört hast, auf deinem Wachposten, statt mich zu warnen.

ANTON: Dafür blieb doch keine Zeit.

RENÉ: Das war doch von Anfang an dein verfickter Plan.

FRANZ: Nanana, nicht solche Wort, bitte.

RENÉ: Dein ver ... blödeter Plan.

ANTON: Ja. Genau, das war mein Plan. Weißt du was? Ich war gar nicht da, auf dem Wachposten, ich hab dich reingeschickt und bin abgehauen, da waren noch keine Sirenen weit und breit zu hören, weil ich mir gedacht habe: Entweder du schaffst es und wir teilen uns das Geld, hurra, oder du schaffst es nicht, wirst erwischt und kommst nach Stein für ein paar Jahre und ich bin dich los für ein paar Jahre, ich habe endlich mal meine Ruhe, wenigstens die paar Jahre meine Ruhe, endlich, auch hurra. Aber kaum bist du draußen, quartierst du dich wieder bei mir ein und laberst mir die Ohren voll und schaffst es nicht, dein Leben auf die Reihe zu kriegen, und da hab ich mir gedacht, was einmal geklappt hat, klappt auch ein zweites Mal, und weil du ja noch mitten in deiner Bewährungszeit bist, wird es sich diesmal lohnen, echt lohnen, und weil der alte Juwelier noch da rumwuselt, wirst du doch sicher den umhauen, das verschlimmert die Sache, und mit ein wenig Glück ist der tot, weil dann seh ich dich nie wieder, nie nie mehr. Ist es das, was du hören wolltest?

Schweizer tritt auf.

SCHWEIZER: Mordkanaille, wo bist du?

DANIEL: Nicht jetzt.

ANTON: Ist es das, was du hören wolltest?

RENÉ: Nein.

SCHWEIZER: Worum geht es denn?

DANIEL: Pscht.

FRANZ: Pscht.

ANTON: Warum hast du dann gefragt?

RENÉ: Weil ich gehofft habe, dass es nicht so ist.

Stille.

ANTON: Aber so ist es nun mal. So. Können wir jetzt endlich das Stück zu Ende schauen?

FRANZ: So einen Bruder wünsch ich nicht einmal meinem ärgsten Feind.

ANTON: Sparen Sie sich Ihre müden Kommentare. Spielen Sie Theater. Los, ich habe für diese Karten gezahlt. Viel gezahlt. Doppelt gezahlt.

DER ANDERE MANN HINTER RENÉ: Ja, warum haben Sie das eigentlich getan, wenn Sie Ihren Bruder eh draufgehen lassen wollten?

ANTON: Weil ... Ich ...

RENÉ: Ein letztes Mal nerven wolltest du mich, ja?

ANTON: Weil ich dir eine letzte Chance geben wollte. Du hättest mich ja überraschen können. Positiv überraschen. Einmal in deinem verschissenen Leben. Hättest du dich heute Abend einfach nur wie ein ganz normaler Mensch benommen, ruhig, gesittet, normal eben, dann hätte ich es mir ja überlegen können.

RENÉ: Was überlegen?

ANTON: Den Coup ernsthaft durchzuziehen.

RENÉ: Du bist das Allerletzte, echt.

Stille.

DANIEL: Ist das jetzt eigentlich schon strafbar?

SCHWEIZER: Was?

DANIEL: Der Plan an sich?

FRANZ: Warum?

DANIEL: Dann müssten wir vielleicht die Polizei rufen?

FRANZ: Stimmt.

DER ANDERE MANN HINTER RENÉ: Ist schon passiert.

ANTON: Oh Mann.

Stille.

FRANZ: Und jetzt?

DANIEL: Auf die Polizei warten?

FRANZ: Na gut.

Stille.

RENÉ: Also, wenn ich da vielleicht was vorschlagen dürfte ...

FRANZ: Bitte.

RENÉ: Ich würd jetzt schon ganz gern das Ende sehen. Und so lange wir warten, ich mein ...

FRANZ: Naja ...

DANIEL: Also ...

FRANZ: Warum nicht?

RENÉ: Und könnten Sie dann nochmal da anfangen, wo Sie das mit dem Traum und den Sünden und der Waage erzählen? Das war echt mega.

FRANZ: Danke. Klar.

RENÉ: Super. Und dann sterben Sie?

FRANZ: Naja ...

DER ANDERE MANN HINTER RENÉ: Ich hab es schon verraten.

FRANZ: Ja.

RENÉ: Das haben Sie auch verdient.

Gerhard Loibelsberger

Das Phantom des Burgtheaters

Eine Kriminalgeschichte aus dem Jahr 1888

»Himmel, Herrgott! Jetzt hab ich da oben meine Augengläser liegen lassen!«, seufzte Tischlermeister Hans Söllwarther, als er nach einem langen, harten Arbeitstag durch einen Seitenausgang das Hofburgtheater verließ. Nach einem kurzen Moment der Verzagtheit wandte er sich an seinen Gesellen Wenzel Irzalek:

»Geh, sei so gut und lauf noch einmal rauf. Sie muss auf der Brüstung der Loge liegen, in der wir zuletzt gearbeitet haben.«

Irzalek nickte und ging zurück in das Theater. Er hörte, wie ihm Söllwarther nachrief:

»Bring mir die Gläser rüber ins Café Landtmann!« Mit jugendlichem Elan stürmte der Tischlergeselle die Prunkstiege empor, immer zwei Stufen gleichzeitig nehmend. Ja, ja der Meister … Alt wird er und vergesslich. Na ja, ein paar Jahre wird er schon noch weitermachen, aber dann, wenn er sich in den Ruhestand begibt, wird er, Wenzel Irzalek, die Tischlerei übernehmen. Das hatte ihm der Meister versprochen. Oben im zweiten Rang angekommen, schnappte er nach Luft, so flott war er heraufgerannt. Er atmete ein paar Mal tief durch, sah sich um und orientierte sich. Dort rechts hinten hatten sie zuletzt gearbeitet. Flotten Schrittes ging er in den dunklen Gang hinein, der zu den Logen führte. Hier brannte noch kein elektrisches Licht, das gab es erst in den großen Stiegenhäusern, in den Prunklogen und unten im Parkett. Hier oben waren die Handwerker mit der Installation noch nicht so weit. Elektrisches Licht! Meine Großmutter hatte nur Kerzen, Fackeln und dergleichen gekannt; jetzt binnen zwei Generationen gab es schon wieder eine technische Revolution: vom Gaslicht zum elektrischen Licht. Das neue Hofburgtheater wird zur Gänze mit elektrischem Licht beleuchtet werden. Unfassbar, dachte Wenzel, eine ungeheure Neuerung! Um die richtige Loge zu finden, hielt er inne, stellte die mitgeführte Petroleumlampe auf den Boden, kramte aus seiner Tasche die Schwefelhölzer hervor und entzündete den Docht der Lampe. Vorsichtig setzte er den Glaszylinder auf die Flamme und hob die Lampe empor. Das flackernde Licht warf unheimliche Schatten. Nun fiel ihm auf, dass kein einziger Laut in diesem riesigen Haus zu hören war. Die anderen Handwerker hatten alle schon früher Schluss gemacht und die Schauspieler hatten heute einen probefreien Tag. Die Schatten tanzten und Wenzel bemühte sich, die Loge zu finden, in der sie zuletzt gearbeitet hatten. Ah, das könnte sie sein! Er öffnete die Tür und durchsuchte die Loge im Schein der Lampe. Doch halt! Das war die falsche Loge, die, in der sie zuletzt waren, war eine weiter. Wenzel öffnete die Tür der Nachbarloge, hob die Lampe, leuchtete vor zur Brüstung und sah dort des Meisters Augengläser im Lichtschein aufblitzen. Erleichtert machte er mehrere schnelle Schritte nach vorne, griff nach der Brille und packte sie. Plötzlich beförderte ihn ein brutaler Stoß über die Brüstung. Mit einem lauten Schrei krachte er in die Sitzreihen des Parketts. Zwei Theatersitze sowie Wenzel Irzaleks Körper waren zerschmettert. Die

Brille des Meisters jedoch hatte den Sturz in Wenzels Faust unbeschadet überstanden.

»Nechyba! Wo sind Sie?«

Den jungen Polizeiagenten riss es. Er saß gerade auf der Gangtoilette, als er Hofrat Jurkas Stimme seinen Namen quer über den Gang rufen hörte. Hektisch beendete er seine Verrichtungen, spülte, ordnete seine Kleidung, wusch sich die Hände und stürzte schließlich mit nassen Fingern hinaus auf den Gang. Kein Mensch war zu sehen. Eiligen Schrittes ging er zum Zimmer seines Vorgesetzten, klopfte und trat nach Aufforderung ein. Inspector Zawradil sah kurz auf und meinte lakonisch:

»Der Hofrat Jurka hat Sie gesucht.«

»Ich hab gehofft, er ist bei Ihnen ...«

»Nein, ist er nicht.«

»Entschuldigen Sie die Störung.«

Nechyba eilte in sein Dienstzimmer, das er mit drei anderen Polizeiagenten teilte, und sah Hofrat Jurka, den Leiter des Polizeiagenteninstituts, mit den Kollegen in ein Gespräch vertieft.

»Da sind Sie ja endlich, Nechyba! Gemma! Wir haben's eilig.«

Zu Nechybas großer Verwunderung führte sie ihr Weg schnurstracks in die Amtsräume des Polizeipräsidenten. Nechyba fing zu schwitzen an. Was wollte sein oberster Vorgesetzter von ihm? Franz Freiherr von Krauß war ein schlanker Mann von knapp über fünfzig Lebensjahren mit kahlem

Haupt, angegrautem Spitzbart und wachen Augen. Diese musterten Nechyba von oben bis unten, dann nickte der Polizeipräsident ernst.

»Ausgezeichnet. Nechyba, Sie scheinen mir eine gute Wahl zu sein.«

Hofrat Jurka nickte zustimmend:

»Der Agent Nechyba ist letztes Jahr zum k.k. Polizeiagentenkorps gestoßen. Er wurde in unsere Reihen aufgenommen, weil er sich durch besonderen Einsatz bei der Sicherheitswache ausgezeichnet hatte.«

Nun wandte sich der Polizeipräsident direkt an Nechyba:

»Sie scheinen mir der richtige Mann zu sein für diese heikle Angelegenheit. Hat Sie der Herr Hofrat schon unterrichtet, worum es geht?«

»Nein, Herr Baron.«

»Nun, heute Abend wird das neue Hofburgtheater eröffnet. Zu den geladenen Gästen gehört auch der britische Thronfolger, der Prince of Wales. Wie Sie vielleicht in der Zeitung gelesen haben, hält sich seine königliche Hoheit zurzeit in Wien auf ...«

Der Polizeipräsident begann im Zimmer auf und ab zu gehen und sich über den Spitzbart zu streichen.

»... unglücklicherweise sind in den letzten Wochen im Hofburgtheater merkwürdige Unfälle geschehen. Mehrere Handwerker stürzten zu Tode, einer strangulierte sich, ein anderer rammte sich einen Schraubenzieher ins Herz ...«

Der Polizeipräsident machte neuerlich eine Pause, Nechyba nützte sie für eine Frage:

»Das klingt aber gar net nach Unfällen. Eher nach Anschlägen ... nach Mord ...«

»Nehmen S' um Gotteswillen nicht solche Worte in den Mund! Offiziell gibt's in diesem Zusammenhang nur Unfälle. Haben Sie mich verstanden? Inoffiziell sag ich Ihnen: Ich bin ganz Ihrer Meinung. Da wir aber bei der offiziellen Eröffnung nichts, aber rein gar nichts riskieren dürfen, werden Sie heute Abend seiner königlichen Hoheit, dem Prinzen von Wales, als Leibwächter dienen. Finden Sie sich pünktlich um Viertel nach vier im Grand Hotel ein. Dort werden Sie seiner königlichen Hoheit vorgestellt.«

Auf dem Weg zurück in sein Dienstzimmer überlegte Nechyba, wie lange der Bau des Hofburgtheaters wohl gedauert hatte. In Gedanken zählte er nach und kam auf unglaubliche vierzehn Jahre! Er erinnerte sich, dass in den ersten Jahren der Streit zwischen den beiden Architekten, dem berühmten Deutschen Gottfried Semper und dem jungen Einheimischen Karl Hasenauer, in Wien Tagesgespräch war. Dann hatte sich Semper zurückgezogen. Wann das war? Nechyba dachte neuerlich angestrengt nach. Das musste wohl 1876 gewesen sein. Ab diesem Zeitpunkt wurde zügig gebaut; nach Karl Hasenauers Vorstellungen und Plänen.

»Tschoseph Marya Nekibab? What an unusual name, indeed. We will call you Mister Joseph.«

Nechyba verbeugte sich tief vor Prinz Albert und murmelte:

»Wie Eure königliche Hoheit belieben ...«

Der Prince of Wales klatschte in die Hände und rief »Mister Ian!«, die Tür des Salons wurde geöffnet und ein zumindest ebenso großer Mann wie Nechyba, ganz in Schwarz gekleidet, trat ein. Im Gegensatz zu Nechyba hatte er feuerrotes Haar und unzählige Sommersprossen in seinem rundlichen Gesicht.

»Your Royal Highness?«

»Mister Ian, we want introduce you to Mr. Joseph. He's an agent of the Austrian Polizeiagenteninstitut. Seems to be like Scotland Yard ... Anyway ... he's our additional bodyguard tonight.« Und zu Nechyba gewandt fuhr Prinz Albert auf Deutsch fort:

»Ian ist mein Leibwächter. He kommt von Scotland Yard. So wir denken, dass sie arbeiten werden gut zusammen.«

Nechyba war überrascht, wie gut der Prinz Deutsch sprach, und verbeugte sich tief:

»Wie Eure königliche Hoheit belieben ...«

»Ian ist mit allen meinen habits vertraut. Er wird Sie in alles heute einweisen. That's it. Sie dürfen sich entfernen.«

Nechyba verbeugte sich neuerlich tief und folgte dann Ian hinaus ins Vorzimmer der königlichen Suite. Ian bot Nechyba einen Sessel an und setzte sich vis-à-vis. Er musterte Nechyba, grinste breit und zog aus seiner Sakkoinnentasche einen Flachmann heraus:

»I'm Ian, you're Joe ... Cheers!«

Er nahm einen kräftigen Schluck und hielt dann Nechyba den Flachmann hin. Der griff ohne zu zögern zu. Beim Hinunterschlucken konstatierte er einen angenehm malzig-fruchtigen Geschmack und brummte zufrieden. Ian lachte:

»That's pretty good stuff. Malt Whisky from the Speyside.«

Nechyba nickte anerkennend und zog seinen Flachmann hervor. Er erhob ihn und sagte:

»Auf Ian und Joe ... Prost!«

Nach einem kräftigen Schluck reichte er ihn an Ian weiter, der ebenfalls einen ordentlichen Schluck machte. Nechyba erklärte:

»Des is a Trebener. Aus Trester gebrannt. A feine Gschicht.«

Ian nickte, verschluckte sich und hustete. Nechyba klopfte ihm lachend auf die Schulter und es war ihm, als würde er hier mit einem lange vermissten Bruder beisammensitzen.

Bereits am Vormittag dieses 14. Oktobers hatten sich zahlreiche Menschen vor dem neuen k.k. Hofburgtheater anzustellen begonnen. Gegen fünf Uhr nachmittags war die Menschenmenge auf mehrere Hundert angewachsen. Als um drei viertel fünf Uhr nachmittags rechts ein Tor geöffnet wurde, kam es zu einem wahren Sturm in das Vestibül des neuen Hauses. Dicht gedrängt standen die Menschen wartend, drängelnd, schiebend, bis um sechs Uhr endlich die Kassa geöffnet wurde. Nun kam es zu wüsten Szenen. Das goldene Wiener Herz kannte kein Erbarmen. Mit Spazierstöcken und Regenschirmen wurde aufeinander eingeprügelt, Menschen wurden niedergestoßen und fast zu Tode getrampelt, einen Wachmann ereilte die Ohnmacht. Als eine Viertelstunde später die zur Verfügungen stehenden zweihundervierzig Karten verkauft waren und die Kassa geschlossen wurde, taumelten unzählige Enttäuschte mit zerrissenen Kleidern sowie mit Beulen, Schrammen, aufgeschlagenen Lippen und blauen Augen aus dem Vestibül heraus. Manche hatten während der Rauferei Hut und Stock bzw. Schirm verloren.

Pünktlich um drei viertel sieben abends rollte die Kutsche des Prinzen von Wales vor die Prachtstiege des Burgtheaters. Dort stand bereits eine weitere Prunkkarosse, nämlich die des Königs Milan von Serbien. Dann ging es Schlag auf Schlag: der Wagen des Kaisers sowie die Prunkwägen der kaiserlichen Familie rollten vor. Nechyba, der gemeinsam mit Ian und dem Kutscher auf dem Kutschbock saß, bekam die Anweisung von Hofbediensteten, die hier alles regelten, den Prinzen von Wales vor das Theater zu führen. Ian öffnete die Tür und half Prinz Albert beim Aussteigen. Er und Nechyba schritten hinter seiner königlichen Hoheit auf den Kaiser und dessen Familie zu. Nechyba hielt den Atem an. Noch nie war er dem Kaiser so nahe gekommen. Die Hoheiten verbeugten sich voreinander, Prinz Albert küsste den Erzherzoginnen die Hand. Dann kam König Milan an die Reihe und das Zeremoniell wiederholte sich. Nechyba und Ian hielten sich im Hintergrund. Ihm fiel auf, dass König Milan den Polizeiagenten Gorup von Besanez als Leibwächter hatte und dass rund um den Kaiser und seine Familie die Führungsriege der Wiener Polizei anwesend war: Hofrat Anton Jurka mit allen Inspectoren und Oberinspectoren des k.k. Polizeiagenteninstituts, Zentralinspector Albin Neswadba sowie Polizeipräsident Freiherr von Krauß. Zusätzlich sah er fünf weitere Polizeiagenten, die, so wie er, diskret im

Hintergrund standen und das Riesenspektakel überwachten. Punkt sieben Uhr wurden die Türen der kaiserlichen Prunkloge geöffnete und die kaiserliche Familie sowie ihre königlichen Gäste nahmen Platz. In der ersten Reihe saßen die Damen: in der Mitte Kronprinzessin Stephanie, links die Erzherzogin Marie Valerie, rechts die Erzherzoginnen Maria Theresia, Maria Josepha und Elisabeth. In der zweiten Reihe nahm in der Mitte der Kaiser Platz, rechts neben ihm König Milan und links Prinz Albert. Als auch die übrigen Mitglieder der kaiserlichen Familie – Kronprinz Rudolf sowie die Erzherzöge Karl Ludwig, Ludwig Victor, Albrecht, Wilhelm, Otto, Ferdinand und Rainer – Platz genommen hatten, riegelten die fünf Polizeiagenten unter dem Kommando von Hofrat Jurka den Eingang zur Prunkloge ab. Nechyba und Ian standen am Gang davor und warteten. Plötzlich kam Polizeipräsident Krauß auf sie zu:

»Nechyba!«

»Jawohl, Herr Baron.«

»Wer ist Ihr Begleiter da?«

»Er heißt Ian und ist der Leibwächter seiner königlichen Hoheit.«

»At your service, Sir!«

Krauß nickte, musterte die beiden Riesenkerle und sagte dann leise:

»Könntet ihr beiden einen Blick hinter die Bühne werfen? Dort ist nämlich niemand von uns. Und das gfallt mir gar net. Hier hamma alles im Griff. Aber wenn dort drüben irgendwer ...«

Nechyba verstand und nickte. Er klopfte Ian auf die Schulter und sagte: »Spezialauftrag!« Der grinste und antwortete: »Special service? Great!« Und dann trabten die beiden wie Zwillinge davon.

Die beiden Leibwächter kamen zu jenem Zeitpunkt hinter die Bühne, als der Eröffnungsprolog zu Ende ging und sich alle Burgschauspieler hier versammelten, um anschließend in dem Kostüm ihrer jeweiligen Lieblingsrolle die Bühne zu betreten. Nechyba sah Dr. Faust und Mephistopheles, Franz die Kanaille, den buckligen Richard III. mit Rüstung und Schwert, Nathan den Weisen mit Rauschebart und einen Mann im Frack mit einem Jagdgewehr. Nechyba wollte gerade eine Bemerkung machen, als Ian ihn anstieß und flüsterte:

»There's a man with a gun ...«

»Der ... der hat a Gewehr ... a Jagdgewehr!«

Als der Kerl im Frack sah, dass sich die beiden riesigen Männer plötzlich auf ihn zubewegten, blickte er gehetzt nach links und nach rechts. Dann begann er sich durch das Gewurl[1] der Schauspieler zu drängen. Kaum hatte er die Menge durchpflügt, flüchtete er in einen schmalen Seitengang. Nechyba und Ian folgten ihm. Der Gang führte zu einer Stahltreppe, über diese gelangten sie zum Schnürboden oberhalb der Bühne. Dort sahen die Verfolger gerade noch, wie der Kerl eine weitere Metalltreppe emporstieg. Da der Flüchtende viel schlanker und wendiger als seine beiden Verfolger war, wurde sein Vorsprung immer größer. Keuchend folgten ihm Nechyba und Ian. Ganz oben, am Ende einer steilen

[1] Gedränge

Treppe, war eine Tür, hinter der der Kerl verschwand. Der Ausgang auf das Dach des Burgtheaters. Als Nechyba vorsichtig die Tür öffnete, hörte er einen Schuss und ein Projektil schrammte knapp an seinem Kopf vorbei. Er ließ sich zu Boden fallen, zog seine Dienstpistole und feuerte einen Schuss in die Richtung, aus der zuvor der Angriff gekommen war. Sofort wurde das Feuer erwidert. Ian, der auf allen vieren an Nechyba vorbeikroch, flüsterte:

»You stay here. Don't stop firing …«

Nechyba nickte:

»Ich feuer weiter …«

Ian kroch an den Rand des Daches und schlich sich an den Schützen heran. Mit mehreren mächtigen Schritten war er bei ihm und schlug ihm das Gewehr aus der Hand. Darauf sprang der Kerl auf die steinerne Brüstung des Burgtheaterdaches und schrie seine beiden Verfolger an. Sein deutscher Akzent war unüberhörbar:

»Ihr Wiener Würstchen werdet mich nicht arretieren! Ihr Bluthunde der kaiserlich-königlichen Bürokratie. Ihr habt schon meinen Meister, den brillanten Gottfried Semper, aus eurer Stadt geekelt. Obwohl er dieses wunderbare Bauwerk entworfen hatte. Nun huldigt ihr Hasenauer. Einem mickrigen Baumeister, der dieses architektonische Juwel allein nie zustande gebracht hätte. Ein Kotzbrocken. Ein Intrigant. Er hat meinen Meister, den großen Gottfried Semper, von hier weggejagt. An gebrochenem Herzen ist Semper in Rom gestorben. Aber ich, ich wollte ihn rächen. Deshalb habe ich dreizehn Jahre für Hasenauer den willfährigen Sekretär gespielt. Bis ich vor einem Monat angefangen habe, Hasenauers Handwerker zu ermorden. Einen nach dem anderen.

Heute Abend hätte ich mein Meisterstück vollbracht. Von offener Bühne aus hätte ich mit dem Jagdstutzen Hasenauer in der Loge erschossen. Leider hat es das Schicksal anders entschieden. Der Schurke lebt weiter, der Idealist stirbt ...«

Damit stürzte sich der Mann in die Tiefe. Er landet mit einem Aufschrei auf der Dachkuppel des Burgtheaters, rutschte diese hinunter, rappelte sich an der abschließenden Steinbalustrade auf und stürzte sich von dort in die Tiefe. Nechyba und Ian setzten sich auf einen Mauervorsprung, sahen einander bestürzt an und griffen dann zu ihren Flachmännern. Sie tranken so lange wechselseitig Malt Whisky und Trebernen, bis ihre Flachmänner leer waren. Dann begaben sie sich leicht benebelt zum Abstieg hinter die Bühne. Auf der Bühne selbst wurde mittlerweile Grillparzers »Esther« aufgeführt.

»Ah! Der Bericht über Ihren Burgtheater-Einsatz ... Nehmen S' doch Platz mein lieber Nechyba!«

Polizeipräsident von Krauß begann Nechybas Einsatzprotokoll zu studieren. Der rutschte nervös auf dem ihm angebotenen Besuchersessel hin und her. Hatte er alles korrekt niedergeschrieben? Nichts zu erwähnen vergessen? Warum interessierte sich eigentlich der Polizeipräsident für dieses Protokoll? Wollte er ihn kontrollieren? Er fühlte sich gar nicht wohl in seiner Haut. Krauß las schnell und konzentriert. Dann ließ er den Akt sinken und lächelte.

Nach einigen Augenblicken begann er, immer noch lächelnd, die eng beschriebenen Seiten zu zerreißen. Penibel in ganz kleine Stücke. Nechyba wurde weiß im Gesicht. Das durfte doch nicht wahr sein. Sein unmittelbarer Vorgesetzter, Inspector Zawradil, hatte das Protokoll doch wohlwollend zur Kenntnis genommen.

»Ein tadelloses Protokoll, das Sie da geschrieben haben, Nechyba. Gibt es Abschriften davon?«

Nechyba schüttelte verzweifelt den Kopf und stammelte:

»N... nein ... Sie ... ver... vernichten gerade das Original. Ich hab fast einen Tag lang daran gearbeitet.«

Der Polizeipräsident nickte anerkennend:

»Wunderbar haben Sie das Protokoll geschrieben.«

Und während er das sagte, ließ er die vielen kleinen Papierfetzen in den riesigen Aschenbecher flattern, der auf seinem Schreibtisch stand. Dann griff er zu einer Schachtel Schwefelhölzer, entzündete eines und ließ es in besagten Aschenbecher fallen. Es gab ein kurz aufloderndes Feuer, dann fielen die Flammen in sich zusammen. Nechybas Protokoll war zu Asche geworden. Der Polizeipräsident beugte sich nun zu Nechyba vor, faltete die Hände und bedachte den völlig verwirrten Polizeiagenten mit einem väterlichen Blick.

»Wie lange sind Sie jetzt schon bei uns?«

»Sechs Jahre bei der Sicherheitswache und knapp zwei Jahre im Polizeiagenteninstitut.«

»Sie sind also gleich nach dem Dienst in der Armee in die Sicherheitswache eingetreten?«

»Jawohl, Herr Baron.«

»Na dann wird es ja allmählich Zeit für eine Beförderung. Nechyba, mit Jahreswechsel werden Sie zum Inspector zweite Klasse befördert. Sie werden dann eine Gruppe von vierzehn Polizeiagenten führen.«

»Da... Danke, Herr Baron.«

»Das ist alles. Sie können jetzt gehen.«

Völlig verwirrt verbeugte sich Nechyba und wollte schon zur Tür hinaus, da gab ihm der Polizeipräsident Folgendes auf den Weg mit:

»Ihren Einsatz im Burgtheater vergessen Sie am besten. Den hat's eigentlich gar net gegeben. Genauso wie es auch keine Mordfälle et cetera rund um die Eröffnung gegeben hat. Dieses Phantom des Burgtheaters war zum Glück nur ein Phantom. Eine Einbildung ... eine Illusion, ... Sie verstehen mich? Wissen Sie, Nechyba, das ist das Schöne an unserer Wienerstadt: Zum Glück passiert hier nie wirklich was.«

Clementine Skorpil

Knurre nicht, Pudel

Tragikomödie mit ungewissem Ausgang

Von Zeit zu Zeit seh ich den Alten gern und hüte mich, mit ihm zu brechen. Wieder ein Tag, an dem ich es doch erwäge. Ich sitze im Kabinett, einem beinah lichtlosen Schlauch gegenüber der Küche. Dreimal schon hat er nach mir gerufen: »Wagner, mach Kaffee« – »Wagner, lauf zur Nationalbibliothek und hole meine Bücher« – »Wagner, bring mir den Brockhaus aus der Stube, Band L–M«. Brockhaus! Das Internet wird gemieden. Die letzte technische Innovation, die Manus mitvollzogen hat, war die Farbfotografie. Ich heiße ebenso wenig Wagner wie er Manus. Mein Name ist Daniel Pototschnigg, eine mittelprächtig klangvolle Kombination, auf die ich gut und gern verzichte. Mit der Freiheit tue ich mir schwerer.

Ich schreibe über das Surreale in Roland Schimmelpfennigs Stücken. Das ist der Ausgangspunkt. Was mich eigentlich interessiert, ist, wie Schimmelpfennig an einen Text herangeht – beim eigenen Schreiben und als Regisseur. Meiner Empfindung nach ist Text für ihn tatsächlich Textur, Gewebe, das sich ineinanderflicht, zu Mustern und Farben, die nicht zueinanderpassen und doch ein stimmiges Ganzes ergeben.

Das ist weder eine wissenschaftliche noch eine metaphysische Annäherung. Er wird mir solche Sätze nicht durchgehen lassen. Er hätte meine Arbeit ohnehin abgelehnt.

Hätte er mich nicht gebraucht. Wir saßen in seinem Zimmer, es ist das größte des Instituts. Ich stotterte mich durch mein Schimmelpfennig-Konzept.

Er lauschte, wartete. Dann endlich: »Wollen Sie sich nicht einem klassischen Thema zuwenden? Glauben Sie nicht, das sei alles abgegrast. Sehen Sie mich an«, Kopf zum Fenster gewendet, Lesebrille in der Linken, die sanft hin- und herschwingt. »Seit Jahrzehnten schürfe ich in den Gefilden des Sturm und Drangs. Und bin doch nicht weiter vorgedrungen als bis knapp unter die Oberfläche. Oh, ich bin nicht dagegen, dass man junge Autoren auf die Bühne bringt. Im Gegenteil. Das wäre widersinnig, der Tod des Theaters!« Kunstpause. »Aber eine wissenschaftliche Einordnung und Beurteilung dieser Jungen sollte doch eine nachfolgende Generation machen. Wissen wir, was bleiben wird?«

Wie wär's mit Sarah Kane? Hat sie sich früh genug umgebracht, dass wir über sie schreiben dürfen? Das sagte ich nicht. Ich sagte: »Schimmelpfennig. Schimmelpfennig wird bleiben.«

Ich knalle den Brockhaus, L–M, auf den Schreibtisch.

»Purre nicht, Knudel«, sagt Manus, ohne von dem Skript aufzusehen. Neben ihm sitzt ein Mädchen, das ich nicht hereinkommen sehen habe.

»Wie bitte?«, frage ich. Ein Fehler.

»Ach«, Manus wendet sich mir zu, »hab ich dir die Geschichte nicht erzählt? Gründgens spielte den Mephisto. Am Tag einer Aufführung sagte er zu Will Quadflieg, der den Faust gab: ›Du sagst heute Purre nicht, Knudel statt Knurre nicht, Pudel.‹ Quadflieg weist das brüsk von sich, doch

Gründgens wiederholt es hundertmal. Und was sagt der Faust in der Aufführung? ›Purre nicht, Knudel‹.«

Gibt es auch lustige Anekdoten über den Mann?

»Wo waren wir stehen geblieben?«, fragt Manus die junge Frau. Bevor sie antworten kann: »Ah ja, richtig, Shakespeares angebliche Frauenfeindlichkeit. Sie meinen also, dass Ophelia ...« Er hat sich die Brille auf die Nase geschwindelt, sieht sie an. »Wissen Sie, wer der beste Hamlet war, den je eine deutsche Bühne gesehen hat?«

Sie scheint zu überlegen. Gründgens will ich ihr einsagen, aber das fiele auf.

»Gustav Gründgens?«, sagt sie schließlich.

»Oskar Werner.«

Ach so, der andere.

Manus setzt zu seiner Rede über die Intensität des Gefühls bei Werner an, das Mädchen verdreht die Augen, ich werde in diesem Fiasko nicht mehr gebraucht: Der Mohr hat seine Arbeit getan, der Mohr kann ...

»Gehst du heute rein?«, ruft mir Manus nach. Reingehen, so nennt er den Besuch einer Vorstellung der Burg. Theaterdeutsch.

»Vielleicht.«

»Und Anna? Nimmst du sie mit?«

»Weiß ich noch nicht. Warum?«

»Wollte bloß wissen, wie es ihr geht. Nettes Mädchen.«

Ja, nettes Mädchen – das dich nichts angeht!!!

»Schau doch noch bei der Leporello vorbei. Vielleicht hat sie ja was für mich.«

Sicher. Ich betrete die Buchhandlung im Burgtheater. Man kennt mich dort.

»Manus scheint ein Buch bestellt zu haben.«

»Ist noch nicht da. Sonst hätten wir schon ein SMS geschickt.«

»Danke«, sage ich.

Ich könnte jetzt nach Hause gehen, mich an meine Arbeit setzen. Ich gehe nicht, fröne stattdessen meiner Leidenschaft: in alten Klamotten wühlen. Ich bin kein großer Wissenschaftler und Regisseur wäre ich auch kein guter geworden. Aber Kostüme zu entwerfen – das würde mir gefallen. Shakespeares Othello? Man in Black. Mephisto? Der Teufel trägt Prada.

Helene steht im Fundus und sondiert verstaubte Damenkleidung.

»Wofür sind die?«, frage ich.

»Für die ›Gespenster‹«.

»Und? Ist Anna heute da?« Die Frage ist mir weniger beiläufig geglückt, als ich es vorhatte. Helene lächelt, nimmt meine Hand. »Heute nicht«, sagt sie. »Heute ist Bauprobe, da sind keine Schauspieler auf der Bühne. Probenbeginn ist erst in ein paar Wochen. Ich geb dir Bescheid, wenn sie dran ist. Vielleicht kannst du dir sogar einen Durchlauf anschauen. Natalie Matzal ist eine ganz junge Regisseurin, kommt selbst gerade von der Uni. Wenn du ihr sagst, du schreibst eine Diss, lässt sie dich vielleicht hinein. Und dann gehst du mit Anna auf einen Kaffee. Aber nicht ins Landtmann. Anna ist bodenständig, die braucht den Zirkus dort drüben nicht.«

»Danke«, sage ich. »Auch für deine Anregungen zu Schimmelpfennig. Manus denkt ja, dass das kein Thema für eine Diss ist.«

»Und du? Was denkst du? Hast du etwas zu sagen?«

»Bin mir nicht sicher.«

»Denk darüber nach. Ist schließlich deine Arbeit, nicht seine.«

Wie befreiend, mit einem Menschen zu reden, der nicht missioniert, mir Kabel ins Hirn legen will, um sein Denken zu meinem zu machen.

»Ich werde nachdenken«, sage ich. Auch darüber, wann endlich der richtige Zeitpunkt gekommen ist, sie zu fragen, ob ich als Kostümbildner hospitieren darf.

Auf dem Spielplan steht eine Dramatisierung von »Zettels Traum«. Ich laufe zu Manus, er ist mies gelaunt, benötigt Aufheiterung. Die Liebe zu Arno Schmidt verbindet uns. In die Premiere des Stücks sind wir natürlich nicht gegangen – der wahre Theaterfreund geht nicht in die erste Vorstellung, er wartet, bis sich das Stück eingespielt hat. Es ist lang her, dass wir gemeinsam in der Burg waren. Was man uns serviert, ist wirres, nur vage an das Buch angelehntes Zeug, schmale Kost: Die Hauptfigur Daniel Pagenstecher – alt, frustriert, versoffen – stolpert seiner Angebeteten – sehr jung, dynamisch, androgyn – hinterher. Er trägt einen khakifarbenen Anzug mit Shorts. Aus den Hosen wachsen knorpelige Knie und dünne Waden heraus, die weißbestrumpften Füße stecken in Schuhen, die drei Nummern zu groß scheinen. Auf dem Kopf thront ein alberner Tropenhelm. Ich überlege, wie ich den alten Esel angezogen hätte. Grauer Flanellanzug? Was würde Schimmelpfennig tun? Er zöge dem Alten wahrscheinlich ein graues Fell über die Ohren.

Manus nutzt ein Black, entwischt, ich folge ihm. In seiner Wohnung muffelt es, Manus verschwindet im Studierzimmer. Mein Bermudadreieck spannt sich von diesen Hallen über dem Landtmann zum Burgtheater, weiter zur Universität bis zur Nationalbibliothek und dem Institut für Theaterwissenschaften in der Hofburg. Ich muss hier raus, packe meine Sachen, verziehe mich in meine Absteige im Sechzehnten. Das Wochenende nehme ich mir frei.

Manus ist tot. Endlich. Stilecht zusammengebrochen im Foyer des Burgtheaters.

Weiße Marsmännchen wieseln mit Pinselchen, Säckchen, Taschen- und sonstigen Lampen herum. Ein Mann stellt sich als Inspektor Holzer vor. Er müsse mir Fragen stellen. Wann ich Professor Grießler zuletzt gesehen habe. Richtig, so heißt er. Was ich am Vortag in der Zeit zwischen einundzwanzig und zweiundzwanzig Uhr abends gemacht habe. Ob es dafür Zeugen gebe. Himmel, ist das klischeehaft! Will denn niemand die richtigen Fragen stellen? Was für ein Mensch Manus war? Warum man ihn umgebracht hat? Umbringen hat müssen?

»Ist er also zwischen neun und zehn gestorben?«, frage ich.

»Das ist unsere Vermutung, Genaueres wird die Forensik ergeben. Die Ergebnisse müssen wir abwarten.«

»Und woran ist er gestorben?«

»Wissen wir noch nicht.«

Natürlich: die Forensik und ihre Ergebnisse. Vielleicht ist er an seinem affigen Schlaftrunk verreckt. Überdosis. Das passiert.

Ist er natürlich nicht. Dann wäre er zu Hause geblieben und hätte sich ins Bett gelegt. Das Bett, das seit Generationen seiner Familie gehört. Wie auch die Wohnung, in die seine Altvorderen vor hundertfünfzig Jahren eingezogen sind. Weshalb es selbstverständlich sein Recht war, allein auf fast zweihundert Quadratmetern im ersten Bezirk zu residieren und den schönen Blick auf die Umgebung zu genießen. Das Parlament ist übrigens von dort aus nicht zu sehen. Das machte ihn vergessen, dass der Feudalismus in Österreich abgeschafft wurde.

Jetzt sagt der Hampelmann in Zivil sicher gleich, dass ich mich zur Verfügung halten soll. Mit meinem Nichtalibi – ich habe ferngesehen, allein – gehöre ich zu den Verdächtigen.

Holzer schweigt.

Am späten Vormittag steht plötzlich Anna im Foyer der Burg. Wir setzen uns in die Kantine. Es ist schrecklich laut. Statisten schlürfen Mineralwasser oder Kaffee und tratschen wild durcheinander. Sie harren ihres Auftritts bei einer Stellprobe für »Nathan den Weisen«. Wir quetschen uns auf eine Bank, auf der schon jeweils drei Leute sitzen.

»Andrea Breth«, flüstert Anna. »Bei der hab ich keine Chance.«

»Lad sie doch zur Premiere der ›Gespenster‹ ein.«

Anna zuckt die Schultern. Neben uns wird diskutiert, ob Kunst eine Wirkung hat.

»Ach, das ist doch Quatsch«, sagt einer in einer blauen Jacke. »Glaubst du ernsthaft, dass irgendeiner von denen, die in den Dschihad ziehen, sich von so was beeinflussen lassen? ›Eigentlich wollte ich grad einem Ungläubigen den Kopf absäbeln und mich dabei filmen, aber jetzt hab ich mir den Nathan angeschaut und finde, es ist doch viel schöner, wenn wir uns alle liebhaben.‹«

Ein anderer widerspricht halbherzig, was den mit der Jacke animiert, die Sache weiter zu vertiefen: »Was hat der ganze Antifa-Mist gebracht? Denkst du, ein Neonazi ist ergriffen, wenn du ihn zu dem Holocaust-Mahnmal in Berlin schleifst? Der spuckt auf die Quader und geht auf ein Bier!«

Der Widerstand bricht zusammen. An anderen Tagen schickte ich jetzt meine eigene Kunsttheorie in die Arena. Heute lasse ich es bleiben. Ich bin zu nervös, einen stringenten Gedanken zu formulieren.

Annas Finger haben sich in ihren langen Haaren verirrt, finden keinen Ausgang.

»Was wirst du jetzt tun?«

»Meinen Zweitbetreuer fragen. Irgendjemand muss meine Arbeit approbieren.«

Mit gut durchwuselten Haaren lässt sich Anna zurücksinken.

»Und du? Hast du etwas in Aussicht, wenn der Elevenvertrag endet?«

Sie lacht bitter. Theaterlachen.

»Ich habe mich an der Ernst Busch in Berlin, an der Folkwang in Bochum und an der Falckenberg in München beworben, bevor sie mich am Reinhardt-Seminar genommen haben. Dann hat mich Brandauer entdeckt und hierhergebracht. Aber aus mir wird keine Minichmayr.«

»Woher willst du das wissen?«, sage ich. »Du bist talentiert, siehst gut aus, bewegst dich wunderbar. Du hast Bühnenpräsenz.«

Sie antwortet nicht. Solche Sätze hat sie zu oft gehört von Männern, die mit ihr ins Bett wollen.

Ich bin aus meinem Bermudadreieck aufgetaucht, sitze im Rathauspark, Tablet auf den Knien, die Luft der Freiheit schmeckt würzig.

Abends gehe ich ins Kasino am Schwarzenbergplatz. Dort ist er nie gewesen.

Die Polizei will mich sprechen, ich muss aufs Präsidium. Holzer fragt nach meinem Verhältnis zu Professor Grießler. Ich erkläre die Konstellation.

»Und wie nahe standen Sie sich persönlich?«

»Gar nicht! Ich habe keine derartigen Neigungen.«

Holzer erkundigt sich nach einer Frau namens Judith Falk.

Kenne ich nicht.

»Sie hat mit Ihnen studiert«, sagt Holzer. »Das Studium aber abgebrochen.«

»Zu Beginn waren wir viele«, sage ich. »Ich kann mich nicht an alle erinnern.«

»Das ist sie«, sagt Holzer und schiebt ein Foto in mein Sichtfeld.

»Stimmt, die hat mit uns angefangen. Was ist mit ihr?«

Holzer kiefelt an einem Stift herum.

»Sie scheint ebenfalls für ihn gearbeitet zu haben.«

»Die? Passt gar nicht. Wie hat er die denn genannt. Wagnerin?«

»Zu Ihnen hat er sich also korrekt verhalten, sagen Sie. Aber ist Ihnen aufgefallen, dass der Professor es je an der gebotenen Distanz hat mangeln lassen?«

»Er hat es immer an der gebotenen Distanz mangeln lassen«, sage ich.

»Hat Grießler diese Frau Ihnen gegenüber erwähnt?«

»Nein. Warum?«

»Wir sind in seiner Korrespondenz auf Judith Falk gestoßen. Sie hat ihm gedroht, ihn auffliegen zu lassen.«

»Und was wollte sie?«

»Geld vermutlich. Vielleicht auch einen Studienabschluss.«

»Diese Affäre mit Judith – wurde er deshalb getötet?«

»Deshalb oder aus einem anderen Grund. Fällt Ihnen einer ein?«

Hunderte.

Anna hat auf mich gewartet. Wir gehen ins Kino. Anna weint. Es ist eine Komödie. Draußen sagt sie: »Hast du es gesehen? Alles falsch, falsch, falsch. Warum kriegen die die Rollen?«

Ich nehme sie in den Arm. Sie ist noch dünner geworden in den vergangenen Wochen, fühlt sich kantig an.

Helene erinnert sich an eine Judith in Manus' Gefolgschaft. Damals sei er noch attraktiv gewesen. »Als ich an dieses Haus kam«, sagt sie, »war Manus ein Komet am Himmel der Theaterwissenschaft, der einen langen Schweif nachgezogen hat. Jeder wollte in seiner Nähe sein. Auf Premierenfeiern haben sich die jungen Schauspielerinnen an ihn gedrängt und gehofft, dass sie in seiner nächsten Publikation erwähnt werden.«

Damals ging »der wahre Theaterfreund« also in Premieren, so so.

Helene greift nach einem durchsichtigen, türkisfarbenen Stoff, lässt ihn durch die Finger gleiten. »Aber dann ist ein anderer Dekan der Fakultät geworden, ein anderer Rektor der Universität, und der Stern ist erloschen.«

Ich frage bei Holzer nach, ob ich Manus' Wohnung betreten, meine Bücher holen kann. Das ist ein Vorwand. In Wahrheit will ich den Stand der Ermittlungen erfahren.

Holzer sagt, die Untersuchungen seien so gut wie abgeschlossen, ich könne alles mitnehmen, was ich wollte.

»Und? War es Judith?«

»Kaum. Sie lebt in Brasilien.«

»Oh. Wer dann?«

Holzer kaut wieder an seinem Bleistift.

»Ich habe zu rauchen aufgehört«, sagt er. »Vor zehn Jahren. Seither mampfe ich Stifte.«

»Wer hat Grießler umgebracht?«

Holzer nimmt das zerkiefelte Schreibgerät aus dem Mund.

»Haben Sie mir erzählt, dass er ein Verehrer von Gründgens war? Ach nein, das war die junge Dame, die die Arbeit über Ophelia schreibt.«

»Hätte ich Ihnen auch sagen können.«

»Sie wissen, wie Gründgens gestorben ist?«

»Überdosis Schlaftabletten«, sage ich.

»Genau.«

»Aber doch nicht Grießler!«

Was rede ich! Hat sich umgebracht. Gut.

Holzer schnauft. »Wir haben seine Finanzen überprüft. Er hat auf großem Fuß gelebt. Größerem, als sein Gehalt es zuließ. Urlaub auf den Malediven, in Monaco, teure Autos, schicke Hotels. Alimente. An diverse Frauen!« Der Neid trieft aus Holzers Beamtenstimme.

»Zudem scheint Ihr ... Mentor auch diverses Bewusstseinserweiterndes zu sich genommen zu haben. Zuletzt vorwiegend Kokain. Die Wohnung sollte verkauft werden, es gab bereits Verhandlungen mit einem Makler.«

»Das ist des Pudels Kern«, entschlüpft es mir. »Und wieso ist er im Burgtheater gestorben?«

»Vielleicht ist es ihm wie Gründgens gegangen. Als er die Tabletten genommen hatte ...«

»Seinen Schlaftrunk.«

»Schlaftrunk?«

»Ja, er hat die Tablette im Mörser zerkleinert und dann in Wasser aufgelöst. Sich einen Schlaftrunk gemacht. Wie für Gretchens Mutter. Schlaftrunk eben.«

»Aha. Seltsam. Den Mörser haben wir nicht gefunden. Er hat den Schlaftrunk zu sich genommen, dann wurde ihm klar, was das bedeutet, und ist hinaus, um Hilfe zu holen.«

»Verstehe. Der Traum jedes Schauspielers. Einmal in der Burg die große Tragödie spielen!«

Holzer lächelt dünn.

»Warum erzählen Sie mir das, dürfen Sie das?«

Holzers Blick wandert zum Fenster und wieder zu mir. »Ich baue auf Ihre Diskretion«, sagt er. »Es gibt ein Testament. Sollten Sie darin bedacht sein: Nehmen Sie es nicht an. Was immer er Ihnen vererbt hat. Die Schulden werden höher sein.«

Ich lache. »Wieso sollte er mir etwas vererben?«

Holzers Hände schnellen an den Mund, halten ihn zu, es ist zu spät. »Sie wussten es nicht!? Ihre Mutter hatte einst engen Kontakt zu Professor Grießler. Aber ... Wenn ich Ihnen einen Rat geben darf: Machen Sie keinen Test. Lassen Sie es einfach sein!«

Ich sitze wieder im Rathauspark, fröstelnd. Warum hat mich Holzer nicht verhaftet? Wie viel weiß er? Soll ich zurücklaufen, mich stellen? Ja, ich habe ihm das Kokain verschafft. Er wollte es. Immer und immer wieder. Und ich habe ihm Frauen zugeführt. Viele schöne junge Frauen.

Anna ist gelöst, fröhlich. Wir gehen auf den Kahlenberg. Ein warmer Tag in diesem sonst so feucht-kalten Frühling. Alle Welt ist auf den Beinen, die Lungen mit frischer Luft vollzupumpen. Anna hat eine neue Rolle.

»Wie legst du sie an?«, frage ich.

»Hintergründig«, sagt sie.

Wir lachen über den alten Schmäh.

Der Garten des Sirbu ist überfüllt, wir haben Glück, finden ganz vorn einen Platz, schauen auf Wien hinunter.

»Erzähl!«, sag ich.

»Du zuerst.«

»Gibt nicht viel zu sagen. Ich war bei meinem Zweitbetreuer, er ist jetzt mein Betreuer.«.

Anna nickt, bin mir nicht sicher, ob sie mir zuhört. Ihre Augen sind plötzlich trüb, die Schultern fallen nach vorn. »Ich bin schwanger«, sagt sie.

Ich schlucke. Brauche Alkohol. Sofort und schnell. Die Kellnerin stellt die Gspritzten auf den Tisch, ich bestelle gleich noch zwei.

»Das geht nicht«, sagt Anna. »Ich kann jetzt kein Kind haben, weil ... weil ... Ich bin Schauspielerin, ich bin einmal da, einmal dort, was weiß ich, wo ich das nächste Engagement kriege. Verstehst du? Das geht einfach nicht.«

Klar, geht nicht. Anna kann kein Kind großziehen. Aber wer dann?

»Ich habe ihm gesagt, dass er sich darum kümmern muss. Er hat mir eine Adresse vom Fleischmarkt gegeben. Vom Fleischmarkt! Da lässt man Kinder abtreiben. Er wollte unser Kind töten. Er wollte mein Kind umbringen! Da hab ich ihn umgebracht!«

Ich stehe an seinem Grab, einem Ehrengrab, werfe Erde hinunter auf den Sarg. Bin unerwartet traurig. Heinrich, mir graut vor dir.

Andreas Gruber

Letzter Vorhang

Shakespeare einmal anders

Am letzten Wochenende im März war es in Wien bereits so warm, dass die Bäume in der Wiener Innenstadt die ersten Knospen trugen. An diesem Samstag um dreiviertel elf Uhr Vormittag packte Lisa Gödel ihren Laptop in den Rucksack, bezahlte die Melange im Café Central und lief Richtung Ringstraße. An der Rückseite des Burgtheaters suchte sie den Hintereingang und betrat das Gebäude. Sie hatte noch zehn Minuten Zeit, bis die Ansprache des neuen Direktors beginnen würde. Zuvor hatte sie sich über das WLAN des Kaffeehauses über Riccardo Rossi informiert. Er war fünfzig Jahre alt, stammte aus Florenz und war angeblich schwul. Ihr konnte das egal sein, Hauptsache sie bekam eine Rolle in seiner ersten Aufführung.

Als Lisa den Theatersaal betrat, hörte sie bereits die ersten Stimmen. Um einen Tisch auf der Bühne standen etwa zwanzig Stühle, auf denen ihre Schauspielerkolleginnen saßen. Ungewöhnlich! Die Konzeptionsgespräche fanden normalerweise nie auf der Bühne statt, weil das Bühnenbild meist für die abendliche Vorstellung aufgebaut wurde. Doch der extravagante Rossi wollte diesen dramatischen Effekt wohl bewusst erzielen.

Lisa kam näher. Anscheinend war sie die Letzte. Viele ihrer Kolleginnen hielten einen grünen Smoothiebecher in der Hand und nuckelten an einem Strohhalm. *Ja, trinkt das Zeug nur und übersäuert euren Körper!* Da bemerkte sie, dass es nur Schauspieler*innen* waren. Und zwar alle in ihrem Alter, um die fünfundzwanzig. Mit einer Ausnahme. Ganz am Rand saß Theresa von Thun, die Grande Dame des Burgtheaters. Sie trug ihre weißen Haare hochgesteckt und zog an einer langstieligen Elektrozigarette. Theresa von Thun war so etwas wie das Urgestein des Hauses. Sie hatte schon sieben Direktoren überlebt und war bereits eine Institution gewesen, als Claus Peymann in den Achtzigerjahren im Vergleich zu ihr als junger Pupser die Direktion übernommen hatte.

Lisa gelangte über die Holztreppe auf die Bühne und begrüßte die Kolleginnen. *Hallo Califa,* sagten einige zu ihr und Lisa spreizte als Antwort zwei Finger zum Victory-Zeichen. Dann nahm sie auf dem letzten freien Stuhl Platz.

Von draußen ertönte der Glockenschlag einer nahegelegenen Kirche. *Elf Uhr!* Der karminrote Seitenvorhang klaffte auseinander und Riccardo Rossi betrat die Bühne und stolzierte mit seinen gerade mal einen Meter sechzig in ihre Mitte. Er trug enge Jeans – zu eng für Lisas Geschmack, denn so deutlich wollte sie nun auch wieder nicht alles sehen – und ein weißes Hemd mit aufgerollten Ärmeln und aufgestelltem Kragen. Rossi war braun gebrannt, hatte einen grauen, knapp rasierten Haarkranz und ... war das eine schwarze Kajallinie unter seinen Augen? So, wie er sich bewegte, war er definitiv schwul.

Rossi klatschte in die Hände und begann mit seiner Ansprache. »Als neuer Direktor von die Burgtheater heiße ich Sie herzlich willkommen, meine Damen, eh!«, sagte er mit italienischem Akzent. »Ich möchte diese Theater wieder zu eine der bedeutendste Bühnen Europas machen.«

Irgendwie klangen diese Worte aus dem Mund eines Italieners seltsam. Lisa schielte zu Theresa von Thun. Sie war die Einzige unter ihnen, die fünfzig Jahre Bühnenerfahrung hatte. Die anderen jungen Kolleginnen strahlten und warfen sich keck die Haare über die Schulter, doch Theresa von Thun blickte Rossi emotionslos, aber zugleich herausfordernd an. *Erzähl mir etwas Neues, Jüngelchen, das ich noch nicht kenne,* schien ihr Blick zu sagen.

»Ich möchte die Spielplan modernisieren und neue Inszenierungsstile auf die Bühne bringen«, sagte Rossi und schlenderte zwischen ihren Stühlen hindurch. »Nach die geschätzte Kolleginnen und Kollegen Haeusserman, Hoffmann, Peymann, Hartmann und Bergmann komm jetzt Rossmann – Sie entschuldigen die Wortwitz ...« Rossi kicherte. »Es ist nun an die Zeit für eine feministische Revolution in diese Haus. Und deshalb werde ich als meine erste Handlung an die Burg eine allseits bekannte Stück in eine neue, moderne und emanzipierte Fassung aufführen, bei der *ich* selbst Regie führe. Immerhin muss die Burgtheater am Puls der Zeit bleiben. Die Rede ist von William Shakespeares Drama *Julius Caesar.*«

Alle brachten ein erstauntes *Ah* und *Oh* hervor ... bis auf eine.

»Ein Regietheater, ach, wie originell«, stöhnte Theresa von Thun auf. Gelangweilt schlug sie ein Bein über das andere.

Riccardo Rossi ignorierte ihren Kommentar und fuhr unbeirrt fort. »Die Besucher werden nicht kommen, um sich

Julius Caesar anzusehen, sondern um sich den *neuen Rossi* anzusehen, eh!« Dabei lächelte er bescheiden.

Lisa bemerkte, wie Theresa von Thun die Lippen aufeinanderpresste. Anscheinend hatte sich ihre Befürchtung bewahrheitet, dass es bei der nächsten Aufführung nicht um das Stück oder die Schauspieler ging, sondern um den Regisseur.

»In diese Version ... äh, ich meine in *meine* Vision spielen ausschließlich Frauen mit«, fuhr Rossi fort, »denn bei diese Figuren handelt es sich ausschließlich um Frauenrollen.«

»Das ist nun wirklich originell«, sagte eine Kollegin.

»Darauf können Sie wetten, eh!« Rossi fuhr sich mit dem Finger eitel über die Braue. »Die Stück spielt im Jahr vierundvierzig vor Christus. Julia Caesar ...« Er machte eine bedeutsame Pause, indem er den Finger hob. »*Julia* Caesar«, betonte er, »ist eine brillante Feldherrin, die – und hier vereinen wir Shakespeare mit die historische Fakten – beim Anblick der Statue von *Alexandra* der Großen in Tränen ausbricht, denn Julia wünscht sich nichts mehr, als so zu sein wie ihre griechische Vorbild. Sie leidet unter Machthunger und Verschwendungssucht und verspürt die Drang, die erste Frau im Staat zu werden, worauf sie sich zur römischen Diktatorin auf Lebenszeit ernennen lässt, zur Pontifex *Maxima*.«

Einige schmunzelten, andere hingen gebannt an Rossis Lippen. Nur Theresa von Thun verdrehte genervt die Augen.

»Julia Caesar verliebt sich und beginnt eine hingebungsvolle Liaison mit Cleopatra. Doch an die Iden des März droht Julia Gefahr, denn sowohl Cassia als auch Julia Caesars

Adoptivtochter Bruta verschwören sich und planen gemeinsam mit die republikanische Senatorinnen den Tyranninnenmord.«

»Tyranninnenmord?«, wiederholte Theresa von Thun. »Da meint man, dass man nach vierzig Jahren Bühnenerfahrung schon allerhand Schwachsinn gesehen hat, und wird dennoch immer wieder eines Besseren belehrt.«

Fünfzig Jahre Bühnenerfahrung trifft es wohl eher, dachte Lisa.

Auch diesmal ignorierte Rossi den Kommentar. »Schließlich spielt sich am 15. März in die Hauptstadt am Tiber die Gräueltat ab.« Er senkte die Stimme. »Es ist eine unruhige Nacht für Julia. Übelkeit steigt in ihr hoch, denn die Auseinandersetzung mit die Senat macht ihr fürchterlich zu schaffen. Noch dazu hat Julias Lebensgefährtin Calpurnia von die Ermordung Julias geträumt. Julia will die Senatssitzung absagen, doch Bruta überredet sie, an die Sitzung teilzunehmen. Obwohl Julia eine Hinweis auf eine geplante Attentat erhält, betritt sie die Regierungsgebäude.«

Rossi holte einen Stapel Manuskripte aus einer Ledertasche, die auf dem Tisch lag, und verteilte die Mappen unter den Schauspielerinnen, während er weiterredete. »Wiederum lehnen wir die Stück an die Historie an, denn Julia Caesar wurde nicht, wie fälschlich oft zitiert, in die Forum Romanum erdolcht, sondern in die Säulenhalle des Theaters des Pompeius ermordet. Julia betritt also die Gebäude, worauf eine Horde Frauen auf sie zustürzt. Dreiundzwanzig Stichwunden werden ihr zugefügt, aber nur eine ist tödlich, wie wir aus die Überlieferung von die erste historisch belegte Autopsie wissen.«

Mittlerweile hatte Rossi alle Manuskripte ausgeteilt. Die meisten Schauspielerinnen blätterten bereits im Skript, worauf das Geschnatter losging. Lisa ließ ihres auf dem Schoß liegen und beobachtete Rossi, denn sie ahnte, dass noch etwas Wichtiges kommen würde.

Rossi klatschte in die Hände. »Liebe Mitgliederinnen von die Ensemble, darf ich noch kurz um Ihre Aufmerksamkeit bitten, eh!« Das Gegacker verstummte. »Da hinlänglich bekannt ist, wie die Stück endet, habe ich Shakespeares Akte wegen dramaturgische Gründe umgestellt, um die Spannung zu erhöhen. In die vorletzte Akt wird Calpurnias Albtraum von Julias Ermordung mit die anschließende Brandrede von Marca Antonia gegen Bruta und die anderen Meuchelmörderinnen gezeigt. Und zwar als Vorschau in die Form einer Traumsequenz, eh! Damit werden die Zuschauerinnen im Unklaren gelassen, ob die Stück auch tatsächlich so endet, eh?«

»Und was ist mit *den* Zuschauern?«, fragte Theresa von Thun.

Rossi ignorierte sie. »Erst in die letzte Akt sehen wir die Tod von Julia Caesar, die ihrem Schicksal nicht entrinnen kann.«

Als Direktor *und* Regisseur war Rossi so etwas wie ein Gott auf Augenhöhe. Er konnte machen, was er wollte, und musste niemandem dafür Rechenschaft ablegen. Allerdings war es ungewöhnlich, dass er das Stück nicht mit seinen Liebhabern besetzte, die er gewiss hatte. Andererseits passte es zu ihm, wenn er Männer mit weiblichen Zügen darstellte.

Nun verneigte Rossi sich und erhielt kräftigen Applaus von seinen Schauspielerinnen. Anscheinend befanden sich viele Emanzen und Frauenrechtlerinnen darunter. Bestimmt hatte Rossi bewusst diese Frauen aus dem fixen Ensemble ausgewählt und den Rest von seinem Assistenten bei einem Vorsprechen aussuchen lassen. *Und jetzt komm endlich zur Rollenverteilung,* dachte Lisa.

»Ich sehe es an Ihre Gesichter«, sagte Rossi, während er seinen Blick über die Frauen schweifen ließ. »Wer bekommt welche Rolle?«

Schlagartig wurde es still auf der Bühne. Rossi setzte sich leger auf den Tisch und ließ ein Bein lässig herunterbaumeln. Fast schon in Zeitlupe holte er ein Blatt Papier aus der Brusttasche seines Hemds, faltete es auseinander, indem er sich wiederum massenhaft Zeit ließ, und las die Rollen schließlich der Reihe nach vor. Jede der Frauen nickte zufrieden. Kein Stress, kein Zank, kein Totschlag!

Schließlich waren nur noch zwei Namen nicht genannt worden: der von Lisa und der von Theresa von Thun. Und es blieben nur noch zwei Rollen übrig: jene von Bruta und Julia Caesar.

Da Caesar im Alter von sechsundfünfzig Jahren ermordet worden und Bruta ihre Adoptivtochter gewesen war, lag es für Lisa auf der Hand, welche Rolle sie spielen würde. Umso überraschter war sie, als Rossi das Wort ergriff.

»Wir brauchen eine Zugpferd, deshalb wird Bruta unsere geschätzte und hoch verehrte Grande Dame des Theaters übernehmen – Frau Theresa von Thun.« Bescheiden neigte er das Haupt – doch dann hob er sogleich den Finger. »Aber wir brauchen auch eine frische Wind in die verstaubte Struktur, und die Rolle der Julia Caesar wird die größte und talentierteste Nachwuchskünstlerin bekommen, die Wien im Moment hat, nämlich Lisa Gödel.«

Lisa schielte rüber und konnte förmlich sehen, wie Theresa von Thun die Kinnlade herunterfiel, ihr Make-up rissig wurde, abbröckelte und sich die gelifteten Hautknoten hinter den Ohren lösten.

Verflucht eins! Wenn Blicke töten könnten!

Die Frau war soeben zur jugendlichen Nebenrolle degradiert worden, aber mit einem guten Visagisten war vieles möglich.

Rossi klatschte in die Hände. »Lernen Sie die Text. Die Proben beginnen die nächste Samstag um neun Uhr früh. Bis dahin muss die Text sitzen, eh!«

Eine Woche später betrat Lisa wieder das Burgtheater durch den Hintereingang und ging schnurstracks zu den Garderoben, wo sie Jacke, Rucksack und ihren Laptop deponieren wollte. Sie hatte ihren Text bombenfest einstudiert und fühlte sich in der Rolle der Diktatorin Julia Caesar unschlagbar. Gab es eine bessere Rolle für ihren endgültigen Durchbruch? Wohl kaum!

Als sie neben der Tür, die zum Schnürboden hinaufführte, in den engen Korridor trat, in dem die Requisiten an der Decke hingen, kam sie an der größten Einzelgarderobe vorbei. Dort klebte bereits ein Schild an der Tür. *Theresa von Thun.* Nicht mal die Hauptrolle, wird aber wie ein Star hofiert, dachte sie, während sie sich mit den anderen die Doppel- oder Dreiergarderoben teilen musste.

Lisa wollte bereits an Theresas Garderobe vorbeigehen, als sie eine Stimme aus dem Zimmer hörte. Die Tür war nur angelehnt. Anscheinend telefonierte Theresa von Thun.

»*Julia Caesar!* So eine feministische Scheiße!«

Lisa zuckte bei diesen Worten zusammen. Unwillkürlich blieb sie stehen und lauschte. Offensichtlich telefonierte Theresa von Thun mit ihrem Manager, dem einzigen Vertrauten, der ihr geblieben war. Denn sie hatte keine Freunde mehr, und ihr um viele Jahre jüngerer Mann, mit dem sie zwanzig Jahre lang verheiratet gewesen war, hatte anfangs auch zu ihren Verehrern gezählt und sie geliebt, doch das hatte sich später rasch geändert. Denn die Alte hatte nur das Theater im Kopf. Sie war mit den Jahren immer schlimmer geworden, wollte jung und dynamisch wirken und hatte nur noch Rollen einstudiert. Schließlich hatte ihr Mann sie mit einer deutlich jüngeren Kollegin betrogen, wollte sich scheiden lassen, starb jedoch an seinem fünfzigsten Geburtstag unter mysteriösen Umständen. Das wusste Lisa deshalb so genau, weil sie auf ältere Männer stand und sie diese jüngere Kollegin gewesen war, mit der Peter von Thun sich getroffen hatte. Einmal pro Woche im Hotel Sacher. Fast ein Jahr lang. Sie hatte Peter wirklich geliebt. Aber davon hatte Theresa von Thun keinen blassen Schimmer. Hoffte Lisa zumindest!

»Diese jungen Küken, die nicht mal wissen, wie ein Theater von innen aussieht und Hamlet für einen dänischen Schinken halten, stehlen mir nicht die Bühnenshow, das sage ich dir! Auch als Nebenrolle spiele ich die alle an die Wand, dass die in Zukunft nur noch ein Engagement als Kartenabreißer erhalten. Vor allem die Hauptrolle, so ein junges, quirliges Ding, das mit seinem Elan am liebsten die gesamte Dekoration niederreißen würde ... natürlich rede ich von meinem Comeback.«

Comeback! Lisa knirschte mit den Zähnen. *Deine Zeiten sind vorbei,* dachte sie verächtlich. *Du gehörst längst in Rente!*

Dieses verblasste Ersatzteillager ertrug es wohl nicht, dass es mit der übernächsten Generation auftreten musste. Aber die Zeiten änderten sich nun mal – und irgendwann verschwand auch der letzte Dinosaurier von der Bildfläche.

Plötzlich schwang die Tür auf und Theresa von Thun stand im Rahmen. Sie trug ein elegantes, fliederfarbenes Kleid, das ihre Taille enger als notwendig einschnürte, um ihren Busen besser zur Geltung zu bringen. Bei Lisas Anblick zog sie eine zu einem dünnen Strich gezupfte Augenbraue hoch. Langsam nahm sie das Handy herunter. »Kann ich Ihnen weiterhelfen?«

»Ich suche meine Garderobe.«

»Diese hier ist es jedenfalls nicht.«

»Das sehe ich.«

Theresa von Thun musterte sie geringschätzig. »Im Programmheft habe ich gelesen, dass Sie als *Lisa Califa Gödel* angekündigt werden. Ein Doppelname?«

»Califa ist mein Spitzname.«

Nun zog Theresa von Thun auch die zweite Braue hoch, und es sah aus, als hätte sie zwei Bögen auf der Stirn. »Wie das? Aus dem Orient kommen Sie ja nicht gerade.«

»Ich wurde in Dresden hinter der Bühne während Boieldieus Oper *Der Kalif von Bagdad* gezeugt«, erzählte Lisa wahrheitsgemäß und hob die Schultern. »Meine Mutter hatte schon immer Humor.«

»Seien Sie froh, dass es nicht *Don Giovanni* war.«

»Danke, sehr witzig.«

»Eine Ostdeutsche also, wie interessant«, sagte Theresa von Thun mehr zu sich selbst als zu Lisa. Plötzlich sah sie auf. »Sie kannten meinen Mann, nicht wahr?«

»Flüchtig.«

»So, so ... nicht nur ein schwuler Direktor aus Italien, jetzt kommen auch noch die deutschen Nachwuchskünstler nach Wien, um im Burgtheater den ersten Preis im Gender-Wahnsinn zu gewinnen.«

Nun wurde es Lisa zu dumm. »Sie ertragen es wohl nicht, dass der Nachwuchs kommt?«

Theresa hob den Kopf. »*Das* ertrage ich. Aber ich ertrage dieses ewige Emanzengesudere nicht. Wortklauberei hat noch nie die Probleme einer Frau gelöst, und lächerliche Formulierungen wie *Liebe Mitgliederinnen* zeigen höchstens die Dummheit mancher Leute.«

»Warum?«

»Weil *das* Mitglied sächlich ist.«

»Wir werden wohl keine innige Freundschaft schließen, oder?«, fragte Lisa geradeheraus.

»Bestimmt nicht – und wenn, dann müssten Sie schon Freundinnenschaft sagen, denn der *Freund* ist männlich und die *Freundin* weiblich.«

Bevor Lisa etwas darauf erwidern konnte, hatte Theresa von Thun sich bereits umgedreht und die Tür zugeknallt.

Lisa war klar, dass Theresa von Thun nicht damit aufhören würde, Gift zu versprühen und Zwietracht zwischen Rossi und Lisa zu säen. Eine Grande Dame wie sie, mit dreitausend Jahren Bühnenerfahrung, war sicher mit allen Wassern gewaschen und darin geübt, handfeste Intrigen zu spinnen. All das wäre Lisa gleichgültig gewesen, wenn sie Theresa von Thun nicht bei der ersten Probe gesehen hätte und zugeben musste, dass diese Frau einiges auf dem Kasten hatte. Sie zog alle Register ihres Könnens, und wenn es dumm lief, war es sogar möglich, dass Theresa von Thun die Hauptrolle erhielt, worauf sie letztendlich wohl abzielte.

Aber Lisa konnte ebenso austeilen – und sie würde um ihre Rolle kämpfen, auch wenn das bedeutete, dass sie in den Mobbing-Ring steigen musste. Immerhin kannte sie Theresa von Thuns Schwachpunkt: Peter. Er war vor einem halben Jahr beim Tranchieren des Mittagsbratens mit dem elektrischen Fleischmesser abgerutscht und hatte sich so stark verletzt, dass ihn der Notarzt nicht mehr hatte retten können. Der war aber auch erst Stunden nach dem Unfall alarmiert worden. Deswegen wäre Theresa von Thun fast wegen unterlassener Hilfeleistung angezeigt worden, doch irgendwie hatte sie die Sache ohne Prozess aus der Welt schaffen können. Immerhin wurde gemunkelt, dass der Oberstaatsanwalt ein Bewunderer ihrer Bühnenkunst war. Somit hatte Lisas geheimes Verhältnis schlagartig geendet, und Peters Tod war nie aufgeklärt worden.

Bevor die nächsten Proben begannen, schlich sich Lisa in Theresa von Thuns Garderobe und legte ihr einen Brief auf den Schminktisch. Dabei trug sie natürlich Handschuhe. Dieselben, mit denen sie den Brief erstellt hatte – aus den zusammengeklebten Buchstaben einer Tageszeitung. Diese Aktion würde Theresa von Thun für die nächsten Stunden garantiert aus der Fassung bringen und ihr einige Versprecher bescheren.

Bevor Lisa die Garderobe verließ, warf sie noch einmal einen Blick auf das Blatt.

Ich weiß, dass du deinen Mann ermordet hast!

Es war zum Aus-der-Haut-Fahren! *Verdammte Scheiße!* Theresa von Thun hatte bei der Probe keinen einzigen Patzer gehabt und stattdessen eine Glanzleistung aufs Parkett gelegt. Zudem hatte sie Lisa zweimal bei Texthängern soufflieren müssen, und zwar so, dass Riccardo Rossi es mitbekam.

»Sie sollten die Text besser lernen, eh!«, war sein einziger Kommentar dazu gewesen.

Nach der Probe hatte Lisa ihre Konkurrentin beschattet, um zu sehen, wohin sie gehen würde. Nicht aufs Polizeikommissariat. Nicht zur Kripo. Stattdessen saß sie in einem Kaffeehaus, kaute gelassen an einem Croissant, las Zeitung und telefonierte dabei nicht ein einziges Mal. Anschließend ging sie heim.

Hatte sie den Brief in ihrer Garderobe am Ende gar nicht bemerkt?

Vor der nächsten Probe schlich sich Lisa erneut in Theresa von Thuns Garderobe. Der alte Brief lag natürlich nicht mehr auf dem Schminktisch. Er war auch nicht durch einen Luftzug zufällig unter den Tisch gerutscht. Theresa von Thun musste ihn also gesehen und verschwinden lassen haben.

Na warte, dir werde ich geben!

Lisa zog ein neues Blatt Papier aus dem Rucksack, platzierte es vor dem Spiegel und knipste die Lampe an, sodass das Licht auf die Buchstaben fiel.

Wie fühlt es sich an, eine Mörderin zu sein?

Nach der Probe stand Lisa mit Schirmkappe und Sonnenbrille in der Häusernische und beobachtete Theresa von Thun, die das Burgtheater verließ und erhobenen Hauptes

Richtung Innenstadt ging. Zweimal wurde sie von Passanten erkannt und angesprochen, worauf sie in ihre Handtasche griff, großzügig eine Autogrammkarte hervorholte und signierte.

Scheiße! Das darf doch nicht wahr sein!

Wieder hatte Theresa von Thun bei der Probe eine Glanzleistung vollbracht – und wiederum telefonierte sie nicht und ging auch nicht zur Polizei. Hatte die alte Schlange ihren Mann am Ende vielleicht tatsächlich umgebracht? Peters Tod hatte Lisa das Herz gebrochen. Sie musste die Wahrheit herausfinden!

Lisa ging zu einem Kiosk und kaufte einen Stapel Zeitungen. Ihr nächster Brief würde deutlich länger ausfallen.

Fünf Stunden später schaltete Lisa die Schreibtischlampe in ihrem Wohnzimmer aus. Sie schlüpfte aus den mit Uhu verklebten Latexhandschuhen, warf sie in den Mülleimer und betrachtete ihr Meisterwerk im fahlen Licht der Straßenlaternen, das durchs Wohnzimmerfenster fiel.

Es existiert ein Handyvideo, wie Sie auf Ihren Mann einstechen und erst viel später den Notarzt rufen.
Die Geheimhaltung dieses Videos kostet!
5000 Euro.
Übermorgen um 19 Uhr. In bar in Einhundert-Euro-Scheinen.
Deponieren Sie das Kuvert neben den Garderoben beim Aufgang zum Schnürboden.
Falls nicht, erscheint das Video nach der Premiere auf YouTube.

Lisa ging es nicht länger darum, Theresa von Thun aus der Fassung zu bringen. Auch wollte sie in Wahrheit kein Geld von ihr erpressen. Sie wollte bloß herausfinden, ob an den Gerüchten, Peter sei ermordet worden, etwas dran war. Und falls ja, wollte sie Theresa von Thuns Karriere zerstören.

Jedenfalls war Lisa schon neugierig, ob Theresa von Thun tatsächlich beim Schnürboden mit einem dicken Kuvert aufkreuzen würde.

Nach der Probe gingen die Schauspielerinnen wie üblich ins Café Central auf einen Aperol-Spritzer – doch diesmal schloss sich Lisa nicht an. Sie müsse dringend heim zu ihrer kranken Großmutter, sagte sie und drückte sich auf dem Weg von der Garderobe durch die Tür, die zum Schnürboden führte. Hastig zog sie die Tür hinter sich ins Schloss und wartete, bis sich ihre Augen an das Dämmerlicht gewöhnt hatten. Dann stieg sie die eng gewundene Holzwendeltreppe hinauf und versteckte sich oben auf der ersten schwenkbaren Balustrade, von wo aus sie einen guten Blick auf die Tür hatte.

Hier oben staute sich die Luft. In Wien war es immer noch heiß – es würde ein Rekordfrühling werden – und unwillkürlich musste sie an die *Iden des März* denken, die Julia Caesar zum Verhängnis geworden waren.

Umgeben von frei hängenden Wandkulissen, Scheinwerfern, Seilzügen und hunderten Metern an dicken und dünnen Seilen setzte sich Lisa auf eine große Kabeltrommel und stützte ihr Kinn auf die Hände. Es roch nach Glaswolle und Mottenkugeln. Bestimmt hausten Millionen Staubmilben in den Stoffkulissen. Zum Glück war es bereits 18.52 Uhr. Würde Theresa von Thun auftauchen? Und würde sie tatsächlich die Geldscheine deponieren? Falls ja, war es zweifellos ein Schuldeingeständnis.

Allerdings würde Lisa die Scheine nicht einfach behalten und ein Leben schweigen. Nein, bestimmt nicht. Sie würde das Geld zur Polizei bringen und die ganze Sache, die eigentlich als böser Jux begonnen hatte, gestehen. Natürlich würde Theresa abstreiten, dass das Geld von ihr stammte, also griff Lisa im Seitenfach ihres Rucksacks nach dem Handy, um die Szene heimlich zu filmen.

Während sie so dasaß und das Handy bereithielt, hörte sie Schritte, die vor der Tür stoppten. Sie vernahm das Knarren der Klinke und das Quietschen der Scharniere. Als sich die Tür öffnete, fiel das Licht vom Gang auf die Wendeltreppe. Vom Licht umrahmt sah Lisa die Silhouette von Theresa von Thuns hochgewachsener Gestalt. Die Frau hielt tatsächlich etwas in der Hand. Als Theresa sich für einen Moment zur Seite drehte, sah Lisa im Licht, dass es sich um ein Kuvert handelte.

Leck mich doch!

»Hallo?«, wisperte Theresa von Thun.

Lisa hielt den Atem an und brachte das Handy in Position. Sie war durch Zufall einem Mord auf die Schliche gekommen. Lisa hätte niemals damit gerechnet, dass Theresa tatsächlich den Forderungen des Erpresserbriefes Folge leisten würde – sonst hätte sie sich besser vorbereitet. Aber sie war nun mal Schauspielerin und keine Privatdetektivin.

Trotzdem – sie würde Theresa von Thuns Ruf zerstören. *Ich mach dich fertig. Dein Auftritt wird die totale Katastrophe.* Und nachdem die Uraufführung schiefgegangen war, würde sie das Video der Polizei geben.

Lisa wollte mit der Hand das leuchtende Display abschirmen, als sie mit dem Ellenbogen gegen einen Scheinwerfer stieß. Schmerzvoll biss sie die Zähne zusammen. Die Balustrade begann leicht zu schwanken und ein Seil knirschte in einem Überrollbügel. *Shit!* Ihr Körper versteifte sich.

»Hallo?«, wiederholte Theresa von Thun, und diesmal klang ihre Stimme schon viel näher. Die Frau hatte die Treppe betreten.

Jetzt, verdammt! Aber Lisa schaffte es nicht, eine gute Aufnahme davon zu machen. Die Umgebung war zu dunkel und das Bild zu verwackelt.

Da sah Lisa, wie Theresa von Thun das Kuvert in der Tasche ihres Blazers verschwinden ließ und ihr Handy aktivierte. *Verfluchte Kacke!* Mit der Taschenlampenfunktion des Displays leuchtete Theresa nach oben.

Im nächsten Moment blendete Lisa grelles Licht. Sie fuhr zurück und verbarg ihr Gesicht hinter einer Kulissenwand, die frei in der Luft schwebte. Fast wäre sie von der Kabeltrommel gefallen. *Scheiße!* Bestimmt war ihr Gesicht für einen Moment im Licht zu sehen gewesen – aber nun befand sie sich im Schatten. Hatte Theresa sie erkannt?

Lisa hielt den Atem an. Schweiß stand ihr auf der Stirn, und ihre Finger waren eiskalt. Wie konnte sie nur so blöd sein, sich mit einer mutmaßlichen Mörderin anzulegen? *Alles sehr schlau durchdacht, Miss Marple,* dachte sie.

Nach einer Weile hörte sie, wie sich die Tür schloss. Dumpfe Schritte verhallten draußen im Gang. Sie wartete noch eine Viertelstunde mit rasendem Herzen, dann sah sie sich das Video an. Wie befürchtet sah man rein gar nichts darauf. Schließlich verließ sie ihr Versteck.

Mit eingeschlafenen Beinen stieg sie die Treppe hinunter. Natürlich war von dem Kuvert weit und breit nichts mehr zu sehen. Hatte die Alte Peter vielleicht gar nicht ermordet und war nur aus Neugierde zur Treppe gegangen?

Vorsichtig öffnete Lisa die Tür. Draußen im Gang war auch niemand zu sehen. Vielleicht lauerte Theresa von Thun noch irgendwo. So unauffällig wie möglich durchschritt Lisa das Burgtheater, ohne einer Menschenseele zu begegnen. Doch diesmal verließ sie das Gebäude nicht wie die anderen Male durch den Hinterausgang, sondern vorne durch den Haupteingang. Rasch mischte sie sich in eine Touristengruppe, in der sie sich zur nächsten Straßenbahnhaltestelle treiben ließ.

Es folgte die vorletzte Probe, bei der sich Theresa von Thun zweimal mit brüchiger Stimme verplappert hatte, was Lisa zumindest ein kleines Erfolgserlebnis bescherte. Aber danach kam die Generalprobe, und Theresa von Thun wirkte »wie eine unerschütterliche Fels in die Brandung«, wie Riccardo Rossi es mit Tränen der Begeisterung formuliert hatte. Sie spielte ihre Rolle so gut wie eh und je, aber Lisa vermied es die ganze Zeit, ihr in die Augen zu schauen.

Im Endeffekt hatte Lisas Plan nichts gebracht – im Gegenteil, ihre Bemühungen waren sogar kontraproduktiv gewesen. Theresa von Thun legte einen mächtigen Auftritt hin, und Lisa wurde immer unsicherer.

Und dann nahte schließlich die Uraufführung vor 1200 Presseleuten, Theaterkritikern, Politikern und anderen geladenen prominenten Gästen.

Julia Caesar hatte Premiere, und bereits nach dem ersten Akt wusste Lisa, dass das Stück nicht durchfallen würde. Der kleine, schwule Italiener Riccardo Rossi hatte ganze Arbeit geleistet, sowohl bei der Inszenierung als auch beim Bühnenbild.

Wie es schien, fühlte sich niemand durch die ausschließlich weibliche Adaption des Stückes auf die Füße getreten. Auch schien niemand Rossi die Umstrukturierung von Shakespeares Akten krummzunehmen.

Ein paar Mal ernteten sie sogar befreite Lacher vom Publikum, weil sich die Besucher anscheinend immer wieder in ihrem starren Hörverhalten ertappt fühlten. Den größten Lacher erhielten sie bei der Dialogzeile *Lasst wohlbeleibte Frauen um mich sein.* Und da fiel auch die letzte Anspannung von Lisa. Sie taute völlig auf, spielte befreit und ungezwungen und ließ alle Hemmungen fallen. Die Chemie sprang auf die anderen über, und sie legten eine fulminante Premiere hin.

Schließlich kam es gegen Ende des Stücks zur Traumsequenz mit der Ankündigung von Julia Caesars Tod und Marca Antonias Rede.

»Mitbürgerinnen! Freundinnen! Römerinnen!
Hört mich an:
Begraben will ich Caesar, nicht sie preisen.
Sie war meine Freundin, war mir gerecht und treu;
Doch Bruta sagt, dass sie voll Herrschsucht war,
und Bruta ist eine ehrenwerte Frau.«

Tosender Applaus folgte und schließlich kam die Schlussszene, auf die alle gewartet hatten.

Lisa betrat ein letztes Mal die Bühne, diesmal die Säulenhalle des Theaters des Pompeius, und wurde prompt von allen Senatorinnen in weißen, wallenden Gewändern angefallen. Die präparierten Kunststoffklingen drangen in ihren Körper ein, und sie fiel geschwächt, verletzt und völlig von Sinnen zu Boden.

Zuletzt trat Theresa von Thun auf sie zu und zog den Dolch aus ihrer Tunika.

»Auch du, meine Tochter Bruta?«, rief Lisa. »Dann Caesar, falle!«

Julia streckte Bruta die Brust hin, und der spitze Stahl des Dolchs drang wie durch Butter in ihr Fleisch. Sehnen und Muskeln rissen, Blut sprudelte aus der Wund.

»Lass meinen Mann schön grüßen«, formten Theresas Lippen lautlos, ehe sie einen Schritt zurücktrat.

Lisa schrie auf und starrte auf die Klinge in ihrer Brust. *Kein Bühnenmesser!* Sie berührte den Griff und spürte das warme Blut über ihre Finger laufen. *Ein Arzt! Verdammt, ihr müsst einen Arzt rufen!* Doch niemand tat etwas.

Sie sank mit dem Gesicht auf die Holzbretter und sah aus dem Augenwinkel, wie ihre Kolleginnen verstummten und mit ungläubigem Blick zurückwichen.

Einzig auf Theresa von Thuns Gesicht spiegelte sich das nackte Entsetzen wider. In einem hysterischen Anfall wegen der Unbegreiflichkeit der Tat, die sie soeben begangen hatte, riss sie die Arme hoch. Tränen liefen ihr übers Gesicht.

»Nein, um Himmels willen nein!«, kreischte sie. *Jemand muss die Requisiten ausgetauscht haben,* schien ihr Blick zu sagen.

Als Nächstes simulierte sie einen Nervenzusammenbruch. *Das ist der Auftritt ihres Lebens,* dachte Lisa, während ihr Herz mit jedem Atemzug langsamer schlug. Niemand hätte das besser hinbekommen als Theresa von Thun.

Und Lisa wusste – auch diesmal würde der Notarzt zu spät kommen! Für sie war der letzte Vorhang gefallen.

Indessen hatte Theresa von Thun ihr gesamtes Publikum überzeugt, genauso wie sie auch die Kripoermittler von ihrer Unschuld überzeugen würde.

Das war ihr Comeback.

Jacqueline Gillespie

Etwas Übles kommt des Weges ...

... auf der Bühne wie im Leben

August Förster verstarb an einem ungewöhnlich trüben Sonntag, am 22. Dezember 1889. Die Todesnachricht ward erst am nächsten Tag in der *Neuen Freien Presse* abgedruckt, »Direktor des Wiener Burgtheaters«, stand da zu lesen, und »unerwartet aus dem Leben geschieden«. Letzteres war womöglich der Grund, wieso man allgemein der Annahme war, Förster wäre der Influenza, die von Moskau kommend Europa überzogen hatte, zum Opfer gefallen. Und dass er am Semmering gestorben wäre, hatte man hinzugefügt. Das alles entsprach nicht den Tatsachen, doch Sektionschef Emil Baron Abendrot wollte es nicht anders. Nichts sollte aus seiner Abteilung nach außen dringen, niemand sollte auch nur die geringste Kleinigkeit erfahren. Vor allem nicht der Kaiser, dem dieses Annus horribilis, das bereits Ende Jänner mit einer blamablen Tragödie aufgewartet, äußerst zugesetzt hatte. Der Allerhöchste war schließlich nicht mehr jung. Kronprinz Rudolf und Mary Vetsera, Selbstmord und Mord in Mayerling, mehr war dazu nicht zu sagen.

Man war also an jenem Montag ob des unerwarteten Ablebens August Försters bestürzt, und das mit gutem Grund. Der Herr Direktor hatte sein Amt vor kaum einem Jahr angetreten, am 1. November 1888, mit dem hehren Wunsch, dass fortan die größte Aufmerksamkeit dem klassischen Repertoire von Schiller bis Shakespeare gelten solle. Immerhin hatte er Verantwortung zu tragen. Das kaiserliche Theater, das Burgtheater, war für den Österreicher mehr als bloße Bühne, ein Spiegel des Comme-il-faut, des guten Benehmens, der richtigen Aussprache. Hier war zu sehen, wie man sich kleidete, wie man ein Zimmer betrat, wie man konversierte. Hofschauspielerin oder Opernsänger, sie alle wurden von jedermann auf der Straße erkannt, als Minister konnte man solches von sich nicht behaupten. Im Burgtheater gespielt zu werden war der höchste Traum jedes Schriftstellers, eine Erhebung in den literarischen Adelsstand, machte ihn zum Gast in einem kaiserlichen Haus, und beim Tod berühmter Schauspieler verwandelte sich der Verlust in Nationaltrauer. Dieses Mal war sogar der Herr Direktor verstorben. Nach einer fulminanten Premiere am Samstagabend, wie es hieß.

Zu Beginn des Jahres hatten Direktor Förster und das Burgtheater unter dem Drama Mayerling gelitten. Nur wenige Wochen nach seinem Amtsantritt hatte er das Theater vom 30. Jänner bis zum 9. Februar schließen müssen, von da an war von höchster Stelle die Anweisung erfolgt, dass in Zukunft keine Stücke zu zeigen waren, in denen Suizide vorkamen. Es erinnerte Förster äußerst unangenehm an Joseph II., der per Dekret angeordnet hatte, dass Stücke nichts Trauriges behandeln sollten und ein gutes Ende finden mussten, kaiserliche Zuschauer durften nicht in schlechte Stimmung gebracht werden. Sogar »Romeo und Julia« hatte man mit einem *Wiener Schluss* versehen. Nun, bei »Hamlet« hatte

Förster eigenhändig die Totengräberszene gestrichen, die Dialoge über den Selbstmord Ophelias bei den Aufführungen entfallen lassen. Das hatte ihm die Freude an dem Stück gänzlich verdorben.

Da hatte August Förster begonnen, sich nach Neuem umzusehen. Er hatte sich in Grübeleien über ein neues Stück und dessen Inszenierung verloren, kurz mit Molières »Tartuffe« in der eigenen Übersetzung kokettiert, den Plan wieder fallen gelassen. Darüber war der Sommer vergangen, und erst als der Wind im Volksgarten bunte Blätter verspielt vor sich hertrieb, war seine Entscheidung gefallen. »Macbeth«. Möglich, dass das düstere Herbstwetter bei der Wahl dieser schottischen Tragödie eine Rolle gespielt hatte. Tatsächlich war ihm jedoch Shakespeares Drama um Machtstreben, Schein und Sein, Ordnung und Chaos, Gewissen und Schuld stets am Herzen gelegen, und gerade für die drei Hexen hatte er ein Penchant.

Im Frühjahr hatte Direktor Förster Innocenz von Treibel nach Wien kommen lassen. Man kannte sich vom Leipziger Stadttheater, das war nun schon ein paar Jahre her. Herr von Treibel hätte die Direktion übernehmen sollen, daraus war nichts geworden, wie Förster erst später erfahren hatte, der dortige »Verein der Theaterfreunde« hatte sein Veto eingelegt, und Innocenz von Treibel war unverrichteter Dinge nach Berlin weitergezogen. Die Enttäuschung sei groß gewesen, so hatte man Förster berichtet, doch seine ehrgeizige Frau Phoebe hatte es mehr getroffen. Sie hatte es in der Tat persönlich genommen. Direktor Förster kannte Phoebe von Treibel von Theaterproben, zu denen sie ihren Mann in Leipzig stets begleitet hatte, im Parterre im hochgeschlossenen raschelnden

Taftkleid sitzend, ihn an Clara Schumann erinnernd, die ihrem Robert in Düsseldorf bei der musikalischen Assistenz beigestanden. Kinder hatte das Ehepaar von Treibel keine. Seit dem Frühjahr lebten die beiden nun also hier in Wien, hatten ein Appartement meublé in der Löwelstraße Numero acht bezogen, dem Volksgarten vis-à-vis, nur wenige Schritte vom Burgtheater entfernt.

Dann war der Tag gekommen, an dem Herr Direktor Förster dem von ihm überaus geschätzten Herrn von Treibel vertrauensvoll die Regie für das Stück »Macbeth« in die Hände legte. Man war im Café Landtmann zu Mocca und Esterházy-Torte zusammengekommen und schnell eins geworden. Nur zwei Bedingungen hatte August Förster gestellt, Adolf von Sonnenthal sollte den Macbeth spielen, in der Rolle der Lady Macbeth wollte er Charlotte Wolter sehen. Anderes wäre Innocenz von Treibel auch gar nicht in den Sinn gekommen. Sonst hatte er freie Hand.

Schon am nächsten Tag fingen die Proben an, man war ein wenig in Eile, als Premierentag hatte man den 21. Dezember gewählt, der letzte Tag vor den Weihnachtsfeiertagen. Innocenz von Treibel hatte es bei der Auswahl der Schauspielertruppe nicht leicht, man hatte sich an das neue große Burgtheater noch nicht völlig gewöhnt. Der Verlust an Intimität, verglichen mit dem alten Burgtheater am Michaelerplatz, und die Akustikprobleme machten allen noch zu schaffen. Das neue Haus musste mit tragender Stimme gefüllt werden, selbst die Wolter hatte angesichts der großen Distanz zwischen Bühne und Galerie um die alte Einheit zwischen Publikum und Darstellern gefürchtet. Doch schließlich stand die Besetzung fest, man konnte beginnen.

Direktor August Förster ließ es sich nicht nehmen, an jenem ersten Tag anwesend zu sein. Innocenz von Treibel hatte tatsächlich Ungewöhnliches vor. Das ganze Stück sollte an diesem Tag gelesen werden, nicht alle Rollen, lediglich Macbeth und seine Lady, und wohl auch die drei Hexen und Hecate. Das läge ihm am Herzen, hatte Herr von Treibel schon damals im Café Landtmann betont, denn schließlich ginge es um das gewaltsame Aufbegehren Macbeths und seiner Lady gegen Gesetz und Ordnung. Und um die Frage nach Gewissen und Schuld.

»Energisch und skrupellos die Lady«, hatte von Treibel gesagt und sich ein Stück seiner zweiten Esterházy-Torte in den Mund geschoben, »und findet am Ende doch durch ihre Mitschuld keine Ruhe, schlafwandelt, verliert den Verstand. Superbe.« Dass sie sich das Leben nahm, ging aus dem Shakespeares-Text nicht explizit hervor, von Weiberwehklagen war die Rede, betonte Herr von Treibel und winkte der Bedienung, das Zigarettenkistchen ließ er kommen. Also müsse man sich nicht weiter um Zensur sorgen.

»Und Macbeth, der vorerst Zaudernde, verhärmt zusehends und wird zum jähzornigen Tyrannen, wendet sich von allen ab und fällt dann im Zweikampf«, hatte von Treibel weiter ausgeführt und sich die Finger an der Serviette abgewischt. Von dieser Seite also überhaupt keine Bedenken die Anweisung von höchster Stelle betreffend.

»Noch eine Bitte«, hatte Herr von Treibel hinzugefügt. Seine Frau sei geradezu enchantiert von dem Stück, ihre Anwesenheit während der Proben im Parterre hoffentlich nicht genierlich.

Nun saß also Direktor Förster an diesem Tag selbst im Parterre, in Phoebe von Treibels Nähe. Mit dem gespenstischen Auftritt der drei Hexen inmitten eines Gewitters begann das Stück, eine seiner Lieblingsszenen. Nur zehn Verse, dann lief die Welt Gefahr, aus den Fugen zu geraten.

»Gut ist bös, und bös ist gut«, murmelte Phoebe von Treibel im Parterre mit den Hexen im Chor.

Um etwas mehr Spannung würde er bitten, er habe sich geradezu gelangweilt und sich gefragt, was denn hier oben mit den Hexen los wäre, vor allem mit Fräulein Josefine, verkündete Innocenz von Treibel den drei Hexen, bestieg mit einer Behelfstreppe im langen Gehrock die Bühne und rückte seine Halsbinde zurecht. Übrigens wäre hier die Welt in dem Stück noch in Ordnung, Macbeth habe die letzte Schlacht für seinen König Duncan geschlagen und gesiegt.

»Macbeth trifft am Rückweg von der Schlacht in einer Heide auf die Hexen. Herr von Sonnenthal, wenn ich bitten darf«, sagte von Treibel in die Kulisse, fuhr sich mit einem Tuch über die Stirn und stieg etwas schwerfällig die Treppe ins Parterre wieder hinab.

Sonnenthal war großartig. Macbeths Verwirrung ob der Hexen Prophezeiung konnte Direktor Förster förmlich spüren. König solle er werden, womit nicht zu rechnen gewesen war.

»Gnädige Frau, ich lasse bitten«, rief Herr von Treibel, ein weiteres Mal wollte er die Treppe nicht hinaufsteigen, er hatte vor einer Stunde in der Garderobe bei Charlotte Wolter die Honneurs gemacht.

Lady Macbeth erschien und Förster vergaß für einen kurzen Augenblick, dass es die Wolter war.

Das Übel nahm auf der Bühne seinen Lauf. König Duncan musste sterben, auf natürlichem Wege war der Thron nicht zu besteigen, drängte Lady Macbeth den mutlosen Gemahl.

»Eil hierher, auf dass ich meinen Mut ins Ohr dir gieß«, sprach die Wolter mit melodisch tiefer Stimme, im Parterre raunte ein helles Echo, raschelte hochgeschlossener grauer Taft.

August Förster, der das Stück kannte, wusste, was nun folgen würde.

»Ist das ein Dolch, was ich vor mir erblicke, der Griff mir zugekehrt?«, deklamierte Macbeth und Frau von Treibel rückte auf ihrem Sitz ein wenig nach vor.

»Hätt er nicht geglichen meinem Vater, so hätt ich's selbst getan«, versicherten Lady Macbeth und Phoebe von Treibel im Chor. Frau von Treibel schloss die Augen und holte tief Luft, die Hände sittsam in den Schoß gefaltet. Charlotte Wolter warf einen kurzen Blick ins Parterre.

Innocenz von Treibel hatte in der ersten Reihe Platz genommen, umfasste mit der rechten Hand sein Kinn und schwieg. Sonnenthal und Wolter ließen nichts zu wünschen übrig. Macbeth erdolchte seinen König Duncan, mordete weiter, ließ morden, und Lady Macbeth, die Resolute, irrte durchs Schloss, tat, als ob sie sich in einem fort die Hände wüsche, verlor zunehmend den Verstand.

»Fort, verdammter Fleck! Fort, sag ich ... Aber wer hätte gedacht, dass der alte Mann noch so viel Blut in sich hätte?«, stammelte die Wolter und Phoebe von Treibel tat es ihr gleich. Unmerklich neigte die Wolter den Kopf wieder zum Zuschauerraum. Direktor Förster entging es nicht.

Einige Verse wurden noch gesprochen, sodann roch Lady Macbeth an ihrer Hand und Frau von Treibel führte ihre Rechte an die Nase:

»Noch immer riecht es hier nach Blut; alle Wohlgerüche Arabiens würden diese kleine Hand nicht wohlriechend machen«, sprach man im Duett.

Das Textbuch, das klatschend auf den Bühnenboden fiel, ließ Innocenz von Treibel zusammenzucken, er hatte Charlotte Wolters Wutausbruch nicht kommen sehen, und wenn nicht alles täuschte, stampfte sie noch auf mit dem rechten Fuß. Heftig aufwallend, unbedacht in ihren Äußerungen wie so oft, rauschte die Wolter von der Bühne. Das dilettantische Nachschwätzen wäre ihr nicht entgangen, rief sie noch mit tragender Stimme.

Frau Phoebe von Treibel war untröstlich, zu sehr hatte das Stück sie echauffiert, beteuerte sie mit lebhaftem Teint und blanken Augen. Da kam Charlotte Wolter wieder zurück, leicht versöhnlich, vielleicht ob der geäußerten Grobheiten auch bereuend, und las ihren Text zu Ende.

Ein letztes Mal noch, als Macbeth beim Tod seiner Lady die Worte sprach, *Sie hätte später sterben können,* wurden Frau von Treibels Augen feucht vor Betroffenheit. Dann war der erste Probetag zu Ende.

So verging der Herbst, es wurde Winter und im Volksgarten blieb der Schnee auf den Wegen liegen. Manchmal noch schaute Direktor Förster bei einer Probe vorbei und wunderte sich nur wenig, wenn Frau Phoebe von Treibel in raschelndem Taft im Parterre saß. Innocenz von Treibel war es zufrieden. Eclat gab es keinen mehr.

Dann kam der 21. Dezember, Schneeflocken tänzelten aufgeregt um das Burgtheater, am Abend war Premiere. *Tout Vienne* kam. Die Wolter in fürstlich prunkvollen Gewändern beschwor mit dunklem Mezzosopran, ließ sterbend aus den Kulissen ihren Wolter-Schrei ertönen, Sonnenthal brillierte mit Verve als ängstlicher Macbeth und verbitterter Tyrann, die Hexen waren angemessen böse, der Rest des Ensembles überwältigend heroisch, Bühnenbild und Kostüme à la Makart erfreuten die Sinne. Man war enthusiasmiert, der Applaus fand kein Ende.

August Förster wäre in der Tat ein würdiger Direktor des kaiserlichen Burgtheaters, Innocenz von Treibel am Höhepunkt seiner Karriere, so hieß es allgemein. Frau Phoebe von Treibel lächelte ein wenig verhalten.

Direktor Förster hatte im Sacher ein Bankett bestellt und drei Equipagen. Es war nicht weit zum Sacher über den Michaelerplatz, durch die Herrengasse und über den Augustinerplatz, aber ein frostiger Wind trieb Schneeflocken durch die Gassen und die Trottoirs waren schneebedeckt. Eine Premierenfeier aber musste sein. Nur Charlotte Wolter ließ sich entschuldigen, ihr Mann Graf O'Sullivan de Graß war im Jahr zuvor verstorben, der Sinn stand ihr nicht nach allzu munterer Geselligkeit.

Eduard Sacher hatte sich Mühe gegeben, wie stets. *Fogas sauce hollandaise, Boeuf braisé aux légumes,* Zander und Rindfleisch, zum Abschluss *Compotes* und *Crème glacée.* Für späte Stunden ein *Gulyás* mit *Dalkerln,* den köstlichen böhmischen Knödeln. Adolf von Sonnenthal blickte mit Behagen auf die von Anna Sacher sorgfältig geschriebene Menükarte, da wusste man doch, was man verschlucken würde. Die Speisenfolge war erlesen, an diesem Abend wurden auch die gefräßigsten Gourmands satt, dafür hatte Eduard Sacher gesorgt. Man häufte sich die Teller voll, aß viel und achtete nicht auf die Figur, und zu später Stunde intonierte man Couplets in unverfälschtem Wienerisch. Es wurde spät, und als die Zeit gekommen, bestiegen Herr Direktor August Förster und das Ehepaar von Treibel eine Equipage. Treibels wohnten in der Löwelstraße und Direktor Förster wollte tatsächlich noch auf einen Sprung ins Burgtheater.

Wenn bei Sektionschef Emil Baron Abendrot sonntagmorgens das Telefon läutete, bedeutete dies nichts Gutes. Je zeitiger der Anruf, desto erschütternder die Nachricht. An diesem Sonntagmorgen war es vor den Fenstern noch dunkel. Um sieben Uhr in der Früh.

Kurz vor acht Uhr stand Sektionschef Baron Abendrot bereits im Volksgarten im Schnee, die Hände in den Taschen seines Mantels vergraben, den Kragen mit Persianerbesatz ein wenig hochgezogen, und starrte Direktor August Förster an, der auf den Stufen der öffentlichen Bedürfnisanstalt lag. Erstochen. Den blutigen Dolch hatte man Grillparzer zu Füßen gelegt, im wahrsten Sinne des Wortes, sein Denkmal war nur wenige Schritte entfernt. Wie fast alle österreichischen Beamten hatte Emil Abendrot eine Liebhaberei, er dichtete, und fast alle österreichischen Literaten waren wie

Grillparzer Beamte. So wie der kleine Mann in Wien vom Lotteriegewinn träumte, träumte wohl jeder dichtende Beamte davon, Direktor des Burgtheaters zu werden. Und wenn es nicht vor Stunden zu schneien aufgehört hätte, wäre das Messer bis zu einem Tauwetter nicht auffindbar gewesen. Die Mordaffäre war in jeglicher Hinsicht ein Sakrileg.

Sektionschef Baron Abendrot läutete an der linken Türe in der Beletage der Löwelstraße Numero acht. Ungewöhnlich Brisantes erledigte er nach all den Jahren doch lieber selbst. Dem Dienstmädel, das öffnete, übergab er Mantel und Visitenkarte, eine Anmeldung erübrigte sich, Innocenz von Treibel kam ihm aus dem Salon entgegengeeilt. Verwirrt und ein wenig blass, wie es Sektionschef Abendrot schien, allerdings erwartete man um diese Zeit auch keine Besuche, und die Premierenfeier hatte überdies, laut Informationen seiner Geheimpolizei, lange gedauert, die Gäste des Sachers waren schließlich schützenswert. Der Equipage, die in der Nacht den Burgtheaterdirektor und das Ehepaar Treibel von dort weggebracht, war man nicht gefolgt. Dazu hatte auch kein Grund bestanden.

Phoebe von Treibel hingegen, im hochgeschlossenen Taftkleid, befand sich wohl, wie zu sehen war. Sie schickte trotz unverzeihlich morgendlicher Stunde das Dienstmädel um Kaffee in die Küche, plauderte lebhaft auf Emil Abendrot ein. Nach Details aus dem Volksgarten erkundigte sie sich nicht, was allerdings verständlich war, als Dame goutiert man keine Grauslichkeiten. Und als Sektionschef Abendrot ihren Mann mit 23. Dezember bis auf weiteres zum Burgtheaterdirektor ernannte, drückte sie die verschränkten Hände unter ihr Kinn und errötete ein wenig.

»Der König ist tot, es lebe der König«, sagte Sektionschef Abendrot etwas unschicklich, und Innocenz von Treibel wurde blass. Vor Aufregung wohl, dachte Abendrot, als er auf der Straße die grauen Rehlederhandschuhe überstreifte.

Mit dem Kaiser zusammen waren die Sektionschefs die Herren des Landes, höchste Beamten der Ministerien. Und in den Kästen im Büro hingen Uniform und Orden, denn jeden Augenblick konnte man zum Kaiser gerufen werden, und den Allerhöchsten durfte man nicht warten lassen. Emil Baron Abendrot fürchtete in seinem Leben wenig. Nur die höfliche, diskrete Anfrage, ob er Minister werden wolle. Für einen pflichtgetreuen Beamten gab es da kein Nein, und ein Ministerposten war das Ende der Karriere. Keine Rückkehr zum geliebten Sektionschefposten, kein Minister zum zweiten Mal. Von da an würde man als alter Exzellenzherr verdrossen auf der Ringstraße oder durch den Volksgarten promenieren und sich von Lobmeyr und anderen feinen Leuten zu Herrendéjeuners einladen lassen. Das hatte Sektionschef Emil Baron Abendrot bis dato zu verhindern gewusst.

Von seiner persönlichen Ernennung des Herrn Innocenz von Treibel zum Burgtheaterdirektor würde er seinen Minister am Nachmittag benachrichtigen, es so gestalten, dass dieser den Eindruck gewann, selbst auf die Idee gekommen zu sein. Aufs höfliche Temporisieren verstand sich der Herr Sektionschef. Sein Minister war immerhin der fünfte, den Sektionschef Abendrot in seiner Amtszeit nun schon erlebte.

Am Montagabend gab man in der Beletage in der Löwelstraße ein kleines Fest, die Ernennung zum Burgtheaterdirektor war zu feiern. In Anbetracht des gewaltsamen Todes des Herrn August Förster, war das Fest nahezu diskret zu nennen, außer der Wolter und dem Sonnenthal waren nur wenige Gäste geladen. Das hatte sein Gutes, denn Innocenz von Treibel schien nicht auf der Höhe. Wenngleich kein gesetztes Diner, mutete es seltsam an, dass Herr von Treibel auf einem unokkupiertem Sessel bestand, den er bisweilen mit verstörtem Blicke musterte. Phoebe von Treibel hingegen konversierte auf das Charmanteste. Sie hatte sich persönlich des Wohls der Gäste angenommen, Delikatessen vom Wild, Kaviar vom Kattus und Wein aus dem Hofkeller kommen lassen. Das Fleisch hatte Weißhappel geliefert, für die Köchin hatte sie für diesen Abend noch eine Hilfskraft eingestellt. So gelungen der Abend, so endete er doch früh, man wollte den sichtlich übermüdeten Hausherrn nicht über Gebühr strapazieren.

Von Mühsal war am Dienstag, dem 24. Dezember nichts mehr zu bemerken. Innocenz von Treibel eilte schon vor neun Uhr die wenigen Schritte ins Burgtheater hinüber, ließ drei Dienstmänner zu sich kommen und schickte sie mit einer Botschaft zu den Ensemblemitgliedern. Besprechung und anschließende Probe, man möge im Burgtheater erscheinen. Augenblicklich. Die jungen Schauspieler kamen, die älteren, verwundert, ließen sich entschuldigen. Es wäre Heiligabend. Bei der Wolter und bei Sonnenthal war man überhaupt vor verschlossener Tür gestanden. Sie alle kündigte Direktor von Treibel fristlos. Und mit den wenigen jungen Schauspielern, die anwesend waren, verbrachte er den Nachmittag und Abend auf der Bühne. Wer konnte, flüchtete durch Kulissen und Stiegenabgänge und kehrte an diesem Tag nicht wieder. Phoebe von Treibel, die sonst bei Proben stets anwesend gewesen, sah man nicht an diesem Tag.

Am 25. Dezember war im Burgtheater nur noch der Concierge Leopold Wotruba zugegen, den Burgtheaterdirektor von Treibel durch das Haus zu hetzen versuchte. Doch Herr Leopold war zu lange im Amt, um sich von wem auch immer herumhetzen zu lassen. Das einsame Gebrüll aus dem Direktorbüro war beeindruckend, Herrn Leopold bekümmerte es nicht. Er hatte sich mit seinem Gabelfrühstück in ein Zimmer in den ersten Stock zurückgezogen, dessen Fenster auf den Volksgarten gingen. Zwischen den kahlen Bäumen der Parkanlage irrte eine einsame Gestalt auf verschneiten Wegen, die Hände wie sich waschend reibend. Phoebe von Treibel, glaubte Herr Leopold zu erkennen.

Trübe brach der 26. Dezember an, es wurde zur Mittagszeit kaum Tag. Phoebe von Treibel war in dieser Nacht nicht zu Bett gegangen, in der Wohnung in der Beletage herumgegeistert. Am späten Nachmittag verließ sie das Haus, dem Concierge flüsterte sie am Trottoir noch Seltsames zu: »Etwas Übles kommt des Weges«, was diesen dazu bewog, das Haustor umgehend und nicht erst um zehn Uhr abends abzuschließen.

Im Volksgarten weiter hinten, im Aristokratenwinkel, wo man im Sommer nur gegen Sesselgeld Platz nehmen konnte, ließ sich Phoebe von Treibel auf einer Bank nieder. So fand sie im Schneetreiben im Lichtschein einer Laterne ihr Mann, ein leeres Fläschchen Belladonna in Händen. Sein Aufschrei ließ hinter blattlosen Büschen den Herrn von der Geheimpolizei, der ihm gefolgt, zusammenfahren.

»Sie hätte später sterben können«, zitierte Innocenz von Treibel lauthals Macbeth und taumelte durchs Heldenplatztor auf den Ballhausplatz.

Der Herr von der Geheimpolizei konnte es nicht verhindern. Auf zugeschneitem Kopfpflaster waren die Pferdehufe nicht zu hören, vom Kutschbock im Schneetreiben ein Taumelnder nicht auszunehmen und die Pferde scheuten spät. Unter den Rädern des Fiakers nahm Innocenz von Treibels Leben ein Ende. In der Zeitung war davon nichts zu lesen. Darauf legte Sektionschef Abendrot entschieden Wert.

In aller Herrgottsfrühe wurde Adolf von Sonnenthal am 27. Dezember 1889 zum provisorischen Leiter des Burgtheaters bestellt.

Gestern nahm ich ein Geschichtsbuch zur Hand. Burgtheaterdirektor August Förster ist am Semmering und nicht in Wien gestorben, so steht es geschrieben, und in der Chronologie der Burgtheaterleitung gähnt ein Loch. Vier ganze Tage, zwischen Förster und Sonnenthal, vom 23. bis zum 26. Dezember 1889, war das Burgtheater angeblich herrenlos. Innocenz von Treibel sucht man vergeblich.

Dem ist nichts hinzuzufügen. Sektionschef Emil Baron Abendrot wollte es nicht anders.

Franz Zeller

Kabale, Liebe und Tod

Eine Groteske in Rot-Schwarz

»Ich glaub, der Bub geht uns auf die Seitn«. Maximilian Schratt blickte besorgt auf den Entwurf eines Wahlplakates, den ihm Weinwurm wie ein gefälliger Diener präsentierte. Schratts rechter Mundwinkel und der opulente Schnurrbart zuckten. Kein gutes Zeichen, das wusste Leopold Weinwurm aus langjähriger Erfahrung. »Ich glaub, der Niki bandelt mit den Roten an, besonders über diese Lissi Weichenberger. Du wirst ab jetzt ein Aug auf ihn haben, Poldi.« Schratt tippte mit dem Zeigefinger auf den Kopf des zweidimensionalen Nikolaus Kober. Der dunkelhaarige Feschak stand, umzingelt von schönen Ingenieurinnen und Ingenieuren, vor einer Reihe von Monitoren und Computern, darunter die Aufschrift »Wir sind Wirtschaft«.

»Ich hab ihn immer wie mein eigenes Kind behandelt«, räsonierte Schratt weiter und deutete Weinwurm mit einem kurzen Nicken an, den Entwurf wieder einzurollen und im Kartonköcher zu verstauen. »Der Kober soll sich heute am Abend mit der Reingard Nowak von den Blauen treffen und mal sondieren, wie wir nach der Wahl weitermachen. Es ist ja kein Geheimnis, dass wir die Blauen präferieren. Blöd, dass die unter rechts was anderes verstehen als wir. Miteinander könnten wir alles machen in diesem Land und die gerechte Ordnung wieder herstellen. Der Dollfuß tät im Parlament von der Wand springen und uns abbusseln, ich sag's dir, Poldi.«

Weinwurm nickte und bemühte sich um eine getragene Miene, obwohl er es schon ziemlich satthatte, vor Schratt immer den Verständnisvollen vom Dienst spielen zu müssen. Das Hauptquartier in der Lichtenfelsgasse war in den letzten Jahrzehnten nur selten ein Hort der Freude gewesen. Der Kummer nistete quasi schon in den Wänden, sah man von den paar Jahren ab, in denen die Partei den Bundeskanzler gestellt hatte. Aber von der Glorie dieser Zeit war nicht mehr viel übrig, außer laufenden Gerichtsverfahren und verurteilten Ministern, mit und ohne Fußfesseln.

»Hilf mir mal, mein treuer Gefährte.« Schratt streckte Weinwurm pathetisch die Hand hin. Selbst die Morphiumpumpe war kaum noch in der Lage, seine Schmerzen zu dämpfen. Ergeben zog ihn Weinwurm hoch.

»Das kitzelt.« Lissi Weichenberger lachte und drückte den Kopf von Nikolaus zurück, der seine Zunge gerade in ihrem Nabel versenkt hatte.

»Ich finde mir auch noch andere Stellen für meine Zunge«, sagte Nikolaus und rutschte tiefer.

»Jetzt nicht. Wir haben gleich Plenum. Wenn ich da nicht auftauche, köpft mich mein Großer Vorsitzender umgehend, Niki.«

»Dem alten Schratt fällt das nicht einmal auf, wenn ich nicht da bin. Der sieht nicht mehr so weit.« Nikolaus Kober setzte sich grinsend auf und lehnte sich an die mit Engeln tapezierte Wand. »Eine Viertelstunde. Länger brauchen wir vom Hotel Orient nicht bis ins Parlament.«

»Echt?« Statt eine Antwort abzuwarten, warf sich Lissi Weichenberger auf den schlanken Mann und drückte seine Arme in die Laken. Scherzhaft versuchte er sie abzuwehren, obwohl er die kleine Frau jederzeit hochstemmen hätte können. Lissi drückte seine Arme mit den Knien nieder und schaukelte das Bett wie ein übermütiges Kind. »Dann haben wir jetzt noch Zeit für ein bisschen Wahlkampf.«

Nach dem Plenum ging Lissi über den Rathausplatz zum Burgtheater. Lange stand sie vor dem Eingang und starrte in Schillers Nasenlöcher. Die Büste des Klassikers war neben Goethes Kopf so weit oben am Burgtheaterportal angebracht, dass man guten Gewissens von einer *Hoch*näsigkeit der Klassiker sprechen konnte. Danach strich Lissi noch ein bisschen im Volksgarten herum. Wie meist, wenn sie an einem Problem kaute, blieb sie vor den Rosen stehen. Für etwas mehr als dreihundert Euro konnte man seiner Liebsten oder dem Liebsten hier fünf Jahre lang als Pate eine Rose widmen. Sollte sie jemals so romantisch hofiert werden, konnte es sich nur um einen historischen Unfall handeln. Ihre Rose war die rote Nelke. Männer durften zwar vorkommen in ihrem Leben, aber so wie Hagel oder Schneefall. Sie waren eine klimatische Erscheinung, nicht das Substrat, auf dem Lissi wuchs. Als Niki im Bad gewesen war, hatte sie seinen Kalender am Handy kontrolliert. Diese Dumpfbacke schützte ihre Daten nicht mal durch einen vierstelligen Code. Wer so naiv war, dem musste man leider jede Dummheit zutrauen. Um achtzehn Uhr würde er sich mit Reingard Nowak treffen, der Generalsekretärin der Blauen. Hoffentlich gingen sie nur miteinander ins Bett. Aber in Wahrheit war Schlimmeres zu befürchten: eine lange Liaison mit einem fünfjährigen Ehevertrag. Sie würden sich das Land aufteilen und alles an öffentlichem Besitz, das nicht niet- und nagelfest war, privatisieren, von Immobilien bis hin zu Kunst. Sie musste wohl einen Zahn zulegen, um diese Katastrophe abzuwenden.

Während sie weiterschlenderte, stieß ihr Fuß gegen ein kleines Aststück, das der Wind abgebrochen hatte. Sie hob es auf, und als sie sich unbeobachtet fühlte, schlug sie der fett blühenden *Rosa romantica* mit einem geschwinden Hieb den Kopf ab.

»Und?« Schratt hatte seinen inquisitorischen Blick aufgesetzt. »Wie ist es gelaufen?«

Weinwurm zuckte mit den Schultern. »Das war recht unspektakulär, gestern. Ich hab den Niki Kober nach dem Plenum vor dem Parlament erwischt und mich an seine Fersen geheftet. Er ist zu Fuß in die Innenstadt. Auffällig war, dass er die Bruno-Kreisky-Gasse genommen hat und nicht die Leopold-Figl-Gasse, aber er wollte wohl am Ballhausplatz vorbei, seinen zukünftigen Arbeitsplatz besichtigen.«

»Du bist einer der unseren, Poldi. Dieser Optimismus, der zeichnet uns aus.«

Weinwurm dachte kurz daran, ehrlich zu sein, unterließ es dann aber. Warum sollte er ausgerechnet dem alten Schratt auf die Nase binden, dass ihm Politik schon immer egal gewesen war? Politik war eine traurige Angelegenheit. Das hatte sich ihm gestern wieder gezeigt, als er hinter Niki Kober über den Minoritenplatz geschlichen war, vorbei am Innenministerium. Gegenüber parkten immer zwei Dutzend Wägen mit Diplomatenkennzeichen, alle in Schwarz.

So traurig war die Politik. Nicht einmal die Grünen hätten es gewagt, dort mit einem bunten Auto vorzufahren, wenn sie denn Diplomaten gehabt hätten. Nein, Politik war schwarz wie die sprichwörtliche Seele. Und Schratt, dieser Nimmersatt, hoffte, dass sie noch schwärzer werden würde, damit die Machtverhältnisse in diesem Land endlich wieder in Ordnung kommen würden.

»Träumst du, Weinwurm?« Schratt riss ihn aus seinen Gedanken. Er klopfte mit der flachen Hand auf seinen mächtigen Schreibtisch. »Daran erkennt man, dass du kein Politiker bist. Politiker sind Männer des Realen.«

»Warum nur Männer?«, wagte Poldi Weinwurm zu fragen, weil es ihm gerade in den Sinn kam. Außerdem war er schlecht gelaunt. Seit fast einem Monat war seine Glückssträhne bei den Wetten abgerissen. Erst gestern hatte er wieder fünfhundert Euro auf das falsche Pferd gesetzt. Ein todsicherer Tipp. Nichts wert.

»Geh bitte, Poldi, jetzt komm mir du nicht auch noch mit diesem Genderschmarrn. Wenn wir wieder am Ruder sind, zahlen wir den Frauen fünf Jahre lang Kinderbetreuungsgeld, dann finden sie ohne Wimpernzucken wieder den Platz, den ihnen die Natur vorgesehen hat. Und dann hat sich das Thema Frauen und Karriere und dieser ganze Firlefanz erledigt.«

»Ich glaube nicht an die Vorsehung der Natur«, murmelte Weinwurm und bemühte sich, Kobers weitere Schritte zu reportieren. Der junge Spitzenkandidat hatte sich am Abend in der Meierei im Prater mit der blauen Generalsekretärin getroffen. Reingard Nowak war durchaus keine unattraktive Frau, auch wenn sie etwas sehr Burschikoses an sich hatte.

Schratt waren Details über Nowaks Körper egal. »Und? Hat es zwischen den beiden gefunkt? Ich meine, rein politisch.«

»Naja, ich denke, körpersprachlich war die Nowak mehr am Niki interessiert als umgekehrt«, antwortete Weinwurm pflichtbewusst.

»Und hat er der Nowak unser Positionspapier übergeben?«

»Positionspapier?«

»Den DIN-A-4-Zettel mit der geplanten Verteilung der Ministerien. Soziales, Frauen und Landesverteidigung können sie haben, die Blauen, die wichtigen Ressorts bleiben bei uns. Ist ja eh klar.«

Weinwurm schüttelte den Kopf. »Nein, hat er nicht. Vielleicht mailt er die Liste.«

»So etwas mailt man nicht, Poldi. Dann kannst du gleich eine Presseaussendung machen. Nein, das ist ein internes Arbeitspapier. Das übergibt man persönlich.«

Weinwurm fühlte ob der wiederkehrenden Belehrungen durch Schratt neuerlich Groll in sich aufsteigen.

»Ich weiß aber, wo der Niki dann hin ist«, sagte er trotzig.

Schratt sah Weinwurm alarmiert an.

»Zur Lissi Weichenberger von den Roten.«

»Nein, das hat er gemacht, der Bub?«

Poldi nickte. Und er wusste auch, dass Nikolaus Kober den Simmeringer Wohnsilo von Lissi Weichenberger erst nach Mitternacht verlassen hatte.

»Die ist nicht nur ein blondes Gift, sondern vor allem ein rotes.«

Schratt blickte zur Decke. »Das dürfen wir nicht zulassen, dass uns die Roten noch einmal dreinpfuschen, nur weil der Niki plötzlich sein soziales Herz entdeckt hat.«

»Aber der Kober kann doch sicher Persönliches und Politisches trennen.«

»Gar nix kann der Niki«, fuhr ihn Schratt erbost an. »Gar nix, außer gut ausschauen. Seine Qualität hat darin bestanden, dass er bisher gemacht hat, was man ihm gesagt hat. Wenn er das nicht mehr tut, dann ist er wertlos für uns. Außerdem weiß er zu viel. Das könnte ihn zu einem gewissen Maß an Kontrollverlust ermuntern.«

»Wir sind Moral.« Fassungslos starrte Lissi Weichenberger auf das Wahlplakat mit Niki Kober im Zentrum. Rundherum hatten die Schwarzen eine Modellfamilie drapiert, Vater-Mutter-Bub-Mädel. Die hochpreisige Familienkutsche im Hintergrund verriet, dass die Eltern sicher keine Kinderbetreuungsprobleme hatten. Wahrscheinlich wartete eine Nanny im Haus.

Lissi zückte das Smartphone. Sie ließ Kober nicht einmal Zeit für eine Begrüßung. »Du und Moral, Kober. Das ist ungefähr so etwas wie schwarze Milch oder eine friedliche Panzerfaust. Warum lässt du dich nicht mal vor dem Burgtheater ablichten? Der Slogan liegt auf der Hand: *Wir Schwarzen machen nur Theater.*«

Kurz versuchte der Mann am anderen Ende der Verbindung aufzubegehren.

»Na, dann erklär mir mal, warum du dich gestern mit der Reingard Nowak getroffen hast? –Nein, ich bin nicht eifersüchtig, Kober. Ich bin blöderweise primär ein politischer Mensch. Wenn du mit ihr ins Bett steigst und dabei das Horst-Wessel-Lied hörst, habe ich kein Problem, außer ein ideologisches. Aber wenn du Vorarbeiten für den Tag nach der Wahl machst, dann ist mir das nicht egal.«

Kurz ließ sie Niki Kober Zeit für eine Erklärung.

»Dann sei ein Mann, Niki, und stemm dich gegen diese Mischpoche. Du kannst doch nicht ewig tun, was der Schratt will.«

Wieder flötete es aus dem Lautsprecher ihres Smartphones.

»Ist mir egal, Kober. Bevor du die Sache nicht geregelt hast, siehst du von mir nicht einmal mehr einen nackten Unterarm, geschweige denn intimere Stellen.«

Entschlossen tippte sie auf das rote Hörersymbol und verstaute das Smartphone in ihrer Tasche. Das Hotel Orient würde in nächster Zeit kein Geschäft mit ihnen machen.

Kober sah lange auf den Monitor seines Smartphones. Das Bild der lachenden blonden Frau war längst verschwunden. Diese Hexe. Sie wusste genau, wie sehr er ihr verfallen war. Vielleicht war das jetzt der richtige Zeitpunkt, aus Schratts Schatten zu treten und nicht nur als seine Sprechpuppe zu fungieren. Über Jahre war es sehr bequem gewesen, auf diese Art und Weise die Parteileiter hinaufzusteigen. Innerparteiliche Demokratie bestand darin, das zu tun, was von oben verordnet wurde. Das einte die Schwarzen mit den Roten. Aufstieg ging nur über Willfährigkeit. Aber mittlerweile kannte er auch die kleinen Rädchen im Apparat und wusste, wie sie geschmiert wurden. Zum Beispiel, indem man sich die Zustimmung zu großen Geschäften staatsnaher Betriebe gut honorieren ließ. Da bekam dann eine parteinahe Agentur einen Beratervertrag, von dem wiederum ein großer Teil in die Parteikasse zurückfloss. Dafür musste man maximal ein bisschen im Burgenland jagen gehen, um Details mit Mittelsmännern auszuhandeln, und schon war die Chose am Laufen.

Glücklicherweise hatte er diese Dinge gut dokumentiert. Er galt zwar als Sunny Boy, aber auch Sunny Boys brauchten eine Lebensversicherung. Und die hatte er wohlweislich abgeschlossen. Es war Zeit, Klartext mit Schratt zu reden. Kober seufzte. Leicht würde es trotzdem nicht werden. Schratt war schließlich sein politischer Ziehvater. Aber mit Glück ging es auch ohne Drohung.

Vielleicht war es doch nicht so klug gewesen, den körperlichen Kontakt mit Kober abzubrechen. Lissi Weichenbergers Fahrrad schepperte über das Stöckelpflaster der Bruno-Kreisky-Gasse. In der Löwelstraße stieg sie ab und sperrte es an den Zaun des Volksgartens. Drei Minuten und eine geköpfte gelbe *Gloria Dei* später setzte sie sich beim Theseustempel in den Schatten. Seltsam war es schon, dass man Serienmördern wie Theseus einen Tempel baute. Andererseits war auch das politische Geschäft manchmal ein schmutziges, und dennoch benannte man Straßen und Plätze nach Funktionsträgern.

»Deprimiert?«, hörte sie eine Stimme sagen. Ein junger Kollege aus der Kommunikationsabteilung schlenderte Arm in Arm mit einer Unbekannten an ihr vorbei.

»Nur nachdenklich«, sagte Lissi und versuchte zu grinsen. Leider führte das Nachdenken aber oft ohnehin zur Melancholie.

Nein, Kober aus dem Bett zu stoßen, war taktisch unklug gewesen. Jetzt musste sie Informationen zukaufen, die sie sonst gratis im Hotel Orient bekommen hätte. Die eine Geschichte daheim war eine Ausnahme gewesen, er hatte sie dort buchstäblich überrumpelt mit seinem Besuch.

Noch einmal kontrollierte sie die Geldscheine. Siebenhundert Euro. Sie steckte die grünen Noten zurück in das kleine Kuvert und legte es neben sich auf die Bank. Fünf Minuten später setzte sich ein Mann undefinierbaren Alters neben sie und zündete sich eine Zigarette an. Den weißen Umschlag in seiner rechten Hand legte er zwischen sich und Lissi. Während er rauchte, betrachtete er seine linke Hand, als sei sie ihm unbekannt oder flößte ihm Angst ein. Als er kurze Zeit später wieder ging, blieben nur eine halbe Zigarette und das große Kuvert zurück.

»Schau, Niki.« Der alte Mann sah Kober milde und abgeklärt an. »Ich sage nur Tina.«

»Kenn ich nicht«, antwortete der junge Feschak im Anzug.

»There is no alternative. *Tina.* Das hat unsere Säulenheilige Maggie Thatcher so populär gemacht. Und warum?« Schratt wartete keine Antwort ab. »Weil es stimmt, wenn wir es sagen. Es gibt keine Alternative zu einer Koalition mit den Blauen. Oder willst du das Gfrett der letzten Jahre mit den Roten wiederholen?«

Kober schüttelte den Kopf. »Aber wir können uns trotzdem nicht mit Fremdenhassern und Brandrednern ins Bett legen.«

»Die zähmen wir schon, Niki.«

»Das haben wir schon einmal gedacht, Maximilian.« Kober überlegte kurz. »Die Roten werden bei der Wahl krachen. Das bedeutet, sie werden ihr Personal austauschen müssen. Dann könnten wir doch neu ansetzen.«

»Fromme Wünsche, Niki. Nichts wird sich ändern. Das ist wie bei den Matroschkas. Du entfernst Kopf und Körper einer Puppe, schon steht die nächste vor dir, die der ersten aufs Haar gleicht, nur dass sie ein bisschen kleiner ist.« Maximilian Schratt lachte kurz gequält auf. Wieder spürte er seine Schmerzen. »So wie die Lissi Weichenberger kleiner ist als ihre Chefin, aber trotzdem in der gleichen roten Wolle gefärbt.«

Kober sah alarmiert auf und stieß Schratts Hand weg, die der alte Mann begütigend auf seinen Unterarm gelegt hatte. »Das geht dich nichts an, Max.«

Maximilian Schratt zog eine Augenbraue hoch. Dann versuchte er seinen Schlips geradezurücken, der ohnehin saß, als hätte er ihn mithilfe eines Lineals ausgerichtet.

»Ich habe andere Pläne mit dir, Niki. Wenn du sie durchkreuzt, fliegst du aus dem Boot.«

Kober stand auf und atmete tief durch. »Wenn du das tust, nehme ich dich mit ins kalte Wasser. Du weißt, dass ich den Deal mit dem Breitbandausbau kenne. Wie viel haben wir über den Burgenländer daran verdient?«

Er sah den sichtlich getroffenen Schratt kurz an.

»Zwei Millionen, Max. Du hast die Geschichte eingefädelt, als graue Eminenz. ›Leitung muss sich lohnen‹, wie du so schön gesagt hast. Ich hatte damit nichts zu tun. Diese Geschichte würde dein politisches Antlitz doch schwer beschädigen.«

Ohne zu grüßen, verließ Kober das Büro. Maximilian Schratt wirkte plötzlich alt und klein in seinem barocken Stuhl.

»Poldi!«

Weinwurm trat durch eine Tapetentür ins Zimmer und faltete unschlüssig seine Hände.

»Hast du alles gehört, Poldi?«

Der kleine rundliche Mann nickte.

»Wie schätzt du Niki ein? Wird er uns gefährlich?«

»Ich denke, wir haben unterschätzt, wie viel Macht diese Lissi Weichenberger über ihn hat. Mit Verlaub, offenbar ist er momentan von hier aus gesteuert.« Leopold Weinwurm deutete schamhaft mit dem Zeigefinger in Richtung Körpermitte.

»Wirkt so.« Schratts Arme zitterten, als er sich im Sessel hochstemmen wollte. »Ohne die rote Hexe ist Kober wieder ansprechbar, denke ich. Wie lösen wir das Problem, Poldi?« Leopold Weinwurm sah seine Hände an und drehte sie herum, als wären sie ihm plötzlich völlig neu. Wie immer, wenn er nervös wurde. »Ich denke, wir erledigen die Sache klassisch«, sagte er leise, »und ganz.«

»Ich zähle auf deine Erfahrung, Poldi. Denk dran: Wir sind eine Glaubens- und Schicksalsgemeinschaft, die in Ausnahmefällen auch zu unorthodoxen Mitteln greifen muss. Du sollst nicht töten, steht bei den Geboten erst an fünfter Stelle. Über allem steht der Auftrag zum Gehorsam. Und geht's dem Max gut, geht's euch allen gut.«

Lissi Weichenberger hatte sich bewusst für die Kantine im Burgtheater entschieden. Sie wollte Kober zu einem Menü um vier Euro zehn zwingen, wie es hier auch viele Studenten konsumierten. Einfach als Versuchsballon, was Kober ihretwegen alles tun würde.

Belustigt sah sie ihm zu, während er an seinen überbackenen Hascheehörnchen nagte. Ein paar Mal versuchte er seine Hand über den schwarzglänzenden Tisch hinweg nach ihr auszustrecken. Sie entzog ihm ihre Finger jedes Mal.

»Iss, Niki, du brauchst sicher Kraft für das, was ich dir gleich sage.«

»Ich würde mir wünschen, meine Kraft für etwas anderes zu gebrauchen.«

»Erst die Arbeit, dann das Vergnügen. Obwohl ich mir Zweiteres noch überlege. Erst mal den Wahlabend abwarten, dann sehe ich, wie es mit uns weitergeht.« Sie zwinkerte Kober zu und schob seine Hand von ihrem Knie. Grinsend zog sie einen handschriftlich beschriebenen Zettel aus ihrer Tasche und entfaltete ihn genussvoll. »Also, Niki, uns bei den Ministerien so abzuspeisen wie die Blauen, das könnt ihr vergessen. Wir wollen im Gegenteil das Innenressort wieder zurück.«

Kober nickte. »Das größere Problem ist der alte Schratt. Der wird nie und nimmer zustimmen.«

»Ich weiß«, sagte Lissi und ließ Kobers Hand nun auf ihrem Knie. Sie rückte ihm sogar noch ein wenig näher. »Dafür habe ich einen Plan, der unsere Verbindung einzementieren wird.«

Als Kober und Weichenberger das Burgtheater verließen, wartete Weinwurm bereits seit geraumer Zeit in einer Nische der überdachten rechten Auffahrt. Wieder blickte er verwundert auf seine Hände und drehte sie vor seinem Gesicht. Manchmal fand er es furchteinflößend, wie viel Kraft in ihnen steckte. Die zwei jungen Leute verabschiedeten sich wie Freunde voneinander, mit Küsschen links und rechts auf die Wange. Kober versuchte zwar kurz seinen Arm um die Taille der Frau zu legen, aber schon löste sich Weichenberger von ihm. Im Weggehen winkte sie ihm gönnerhaft nach, ohne sich noch einmal nach Kober umzudrehen.

Erst jetzt trat Weinwurm aus dem Schatten des Burgtheaterbogens. Er ballte seine Hände zu Fäusten und ging Lissi langsam in den Volksgarten nach.

»Hast du das mit der roten Lissi erledigt, Poldi?«

»Ja.« Leopold Weinwurm blickte wehmütig in den Rückspiegel. Maximilian Schratt saß erschöpft im Fond des schwarzen Audi.

»Gut gemacht, Poldi. Wann lese ich davon in der Zeitung?«

»Übermorgen, denke ich.« Weinwurm bog in die Freudenauer Hafenstraße ein.

»Was machen wir hier eigentlich, Poldi? Du kutschierst mich durch Teile Wiens, wo ich noch nie meinen Fuß hingesetzt habe. Ich habe doch keinen Termin im Hafenviertel. Ich muss in die Donaustadt.«

»Donau, ja«, sagte Weinwurm. Bevor Schratt weiterfragen konnte, hielt er an einer einsamen Stelle neben der Donau an. Er löschte alle Lichter im Auto und knipste auch die Innenbeleuchtung aus. Als er die Tür öffnete, blieb der Innenraum finster.

»Poldi!« Schratts Ruf war der eines alten, kranken Mannes. Niemand würde ihn hier hören. Bevor er noch etwas sagen konnte, schlug ihm Weinwurm mit der Faust so fest gegen die Schläfe, dass er lautlos zusammensank. Jetzt wirkte der alte Tyrann gar nicht mehr so souverän wie all die Jahre zuvor.

Weinwurm zog seine Schuhe aus und schlüpfte in die von Schratt. Der Untergrund war zwar fest, aber womöglich hinterließ er trotzdem Spuren. Von der anderen Seite des Wassers starrte die Donauinsel finster herüber. Ohne Mühe trug er Maximilian Schratt zur Donau hinunter. Dort zog er ihm seine Schuhe wieder an und warf den Körper ins Wasser. Es war nicht seine, sondern Lissis Idee gewesen. Der alte Schratt hatte seine Schmerzen nicht mehr länger ertragen, darum war er aus Verzweiflung ins Wasser gegangen, so die Legende. Der Freitod war zwar bei katholischen Menschen wie Schratt nicht das erste Mittel der Wahl, aber auch nicht auszuschließen. Schließlich gehörte Doppelmoral zum religiösen Leben wie das Kreuz in die Kirche, hatte Lissi gemeint.

Leopold Weinwurm ging erst hundert Meter stromabwärts wieder auf die Straße zurück. Er stellte den Fahrersitz auf Schratts Größe ein und warf den Autoschlüssel dann in die Donau. Jetzt stand ihm ein ausgiebiger Fußmarsch in der Dunkelheit bevor, bis zur U3 beim Gasometer, dort, wo ihn Schratt laut Lissi aussteigen hatte lassen, um allein weiterzufahren.

Danach hatte er die ganze Nacht und endlich wieder genug Geld, um auf die richtigen Pferde zu setzen. Mit Lissi hatte er bereits einen wunderbaren Anfang gemacht.

Eva Holzmair

Memento

Der weiß es wohl, dem gleiches widerfuhr;
– Und die es trugen, mögen mir vergeben.
Bedenkt: den eignen Tod, den stirbt man nur,
Doch mit dem Tod der andern muß man leben.

Mascha Kaléko

I.

Ich brauche dich fürs Gefühl, für den Blickkontakt, aber für den Text, nein, für den brauche ich dich nicht. Daran hätte Greta Minich denken müssen, ehe sie hineinflüsterte. In die Stille. Und nun dieser grauenhafte Moment, wo sie erkennt, es war unnötig. Joachim Meyerhoff hat Greta angeschaut. Ja, das hat er, aber doch nur, um sich zu vergewissern, dass sie immer noch dasaß, bereit zu helfen, und sie hat geglaubt, er habe einen Hänger, genau dort, wo er in den Proben oft gestolpert war. Kein Wunder bei diesen endlosen Monologen übers Singen und Sezieren! Deshalb hat sie ihm auch das Wort gegeben, und nun hört sie ihn sagen: Weiß ich doch. Genauso gut hätte er ihr eine knallen können. Weiß ich doch, schallt's um Gretas Ohren. Das Publikum lacht. Die Leute kriegen so etwas mit. Deshalb muss sie auch vorsichtig sein mit dem Helfen. Wenn's nicht wichtig ist, weiterspielen lassen. Spielen. Sie spielen doch nur. Da sind Fehler erlaubt. Joachim Meyerhoff macht aber keine, kann alle schwierigen Wörter wie chondrodystrophisch oder Pfortaderthrombose und erst recht die soeben mit Kunstpause eingeleitete

Hirschsprungsche Erkrankung sowie sämtliche nachfolgenden Recessi. So als hätte er nie etwas anderes getan als Pathologie-Vorlesungen zu halten und das Aufschlitzen von Toten zu beschreiben. Greta starrt aufs Textbuch. Ab nun wird sie zuwarten. Bei allen Pausen. Zwei Sekunden. Drei Sekunden. Erst dann wird sie soufflieren.

Aber es ist ja bald vorbei. Sie sind schon weg vom Theater, sitzen in den Drei Husaren, haben das Beef tatar gegessen, den Champagner getrunken, Sunnyi Melles wird noch ein paar Mal husten, Peter Simonischek wiederholen, was Joachim sagt, und Stefan Wieland bestätigen, dass er die Telegramme abgeschickt hat. Nach Stockholm. Nach Kopenhagen. Dann wird es finster werden, bis auf das Notlicht, das auch im Burgtheater brennen muss. So eine Funzel hat 1972 einen Skandal ausgelöst. Bei den Salzburger Festspielen. Heute protestiert kein Regisseur mehr. Notlicht muss sein. Joachim Meyerhoff setzt zum letzten Rundumschlag an.

vor ihrer tödlichen
Inkompetenz
Das Theater
Insbesondere die Oper

Greta liest mit. Wie hat sie nur denken können, dass er sie brauchen würde! Joachim wird ihr doch nicht böse sein? Sie muss sich bei ihm entschuldigen. Gleich nach der Vorstellung. Ihren Fehler ausbügeln. Die ungute Anspannung lässt nach. Greta kehrt zurück in ihren gewohnten Arbeitsmodus. Volle Konzentration. Keine Abschweifung. Sie wird gebraucht. Als Schatten, als Frau im Dunkeln, die der Schauspieler mehr erahnt als sieht, deren Flüsterstimme jedoch ganze Szenen retten kann. Nun ruft Sunnyi nach Stefan, der gewohnt beflissen

Natürlich gnädige Frau

sagt. Alles erledigt. Die Opernhäuser verständigt. Der Doktor kann sich beruhigen. Greta schaut hoch zu Sunnyi, die sich mit den Worten

Erschöpfung

nichts als Erschöpfung

endlich der nahezu kompletten Finsternis anvertrauen darf. Links und rechts von Greta Minich beginnen die Zuschauer zu klatschen. Vereinzelte Bravorufe sind zu hören. Greta wartet, bis die ersten Besucher aufstehen. Erst dann springt auch sie hoch und eilt von ihrem Stammplatz in der ersten Reihe hinter die Bühne, wo sie Joachim Meyerhoff fast niederrennt. Du, es tut mir wahnsinnig leid. Ist schon okay. Und weg ist er. Dafür kommt Karin Bergmann auf sie zu. Mit einer Leidensmiene, die Greta sonst nur von Pressekonferenzen zur Budgetsituation kennt.

»Ich muss mit dir reden. Dringend. Nächste Woche. Da brauchen wir dich für Proben. Jan Bosses Regieassistentin wird auch da sein.«

Greta versteht nicht.

»Proben? Was?«

»Das heutige Stück.«

»Der Ignorant und der Wahnsinnige?«

»Ja. Für die Neocasino-Gala«.

»Aber die vier können das doch aus dem Effeff. Galavorstellung hin oder her.«

Karins Züge können mit jedem Gnadenbild einer Mater dolorosa mithalten, so stark zeichnet sich ihr Schmerz, ihre

Verzweiflung ab. Nur die Augen passen eher in die Panikabteilung eines Slasher-Movies.

»Joachim hat schon eine andere Verpflichtung. Und Neocasino wünscht sich Detlev Kraemer als Ersatz.«

Entsetzt schaut Greta auf ihre gramgebeutelte Chefin. Detlev Kraemer. Ausgerechnet Kraemer! Alles, nur das nicht! *No, da hab i schon gnua,* intoniert Greta. Sie hätte auch Piaf oder Puccini genommen. Hauptsache, Kraemer wird verdrängt. Dieser Widerling. Nur nicht anstreifen. *No, da hab i schon gnua!* Eine simple Zeile, aber was für eine Labsal im Vergleich zu Kraemers unsäglichen Rülpsern, die im Internet verbreitet und auf Facebook gelikt werden. Oder auch nicht. Greta hört noch, wie Karin nahezu flehentlich meint:

»Tu alles, was du kannst, damit Kraemer durchs Stück kommt. Wir werden kürzen, kürzen, kürzen.«

Wie eine Aufziehpuppe, so mechanisch setzt Greta einen Schritt vor den anderen, verlässt das Burgtheater, geht durch die Teinfaltstraße, die Schottengasse, quert den Ring, marschiert vorbei an den Schaukästen des Kinos De France und weiter in Richtung Schlickplatz. Erst vor Gretas Haustor kommt die Mechanik ins Stottern und schließlich zum Stillstand. Niemand da, der Greta wieder aufzieht. Sie kann nicht weiter, will nicht in ihre verwaiste Wohnung, nicht aus dem Fenster auf die Straßenbahnschienen und die Polizeikaserne starren, nicht die Fotos vor sich haben, die gerahmten, neben dem Laptop und den annotierten Textbüchern. Gerd hat wenigstens einen Beruf, der ihn reisen lässt. Nun noch öfter als früher. Aber sie ist an Wien gebunden. An die Burg. Ans abendliche Dunkel. Nur das Textbuch im Licht der

Taschenlampe. Für diese Gala wird sie ein komplett neues brauchen. Mit noch mehr Strichen und vor allem zahllosen Rufzeichen bei jenen Passagen, die Kraemer Probleme bereiten. *Helfen oder notschlachten?*

Greta rennt. Weg vom Haus Schlickplatz vier, weg, bloß weg. Kein Kreischen hören, kein Blaulicht sehen. Da kann auch Nestroy nicht helfen. Und Thomas Bernhard schon gar nicht. Dafür das Roth im Hotel Regina, ihr Ankerplatz für Nächte wie diese. Wenige Menschen, Whisky Sour und Oliven. Alles andere wird sich finden, muss sich finden, sonst dreht sie durch.

II.

Bosses Regieassistentin mimt die Königin. Greta mag Tanjas Stimme. Auch Kraemer ist angetan. Du solltest mal in meine Show kommen! Gretas Blick ist aufs Textbuch gerichtet. Sie erträgt Kraemers Visage nicht. Den nachgebesserten Haaransatz, die gelifteten Lider. Es wird gemunkelt, dass er das neue Werbegesicht für Neocasino abgeben soll. Hätte er nicht blond gefärbtes Haar, sähe er aus wie Berlusconi. Vielleicht haben sie denselben Schönheitschirurgen. Tanja liest weiter:

Solange ich die Koloraturen herausbringe
trete ich auf

Sie markiert eine Koloratur und Greta wartet.

Die zweifellos berühmtesten Koloraturen

sagt Greta, als von Kraemer nichts kommt. Ich hab den Text drauf, herrscht er sie an, hab bloß zugewartet. Noch nie was von Kunstpause gehört? Greta schweigt und Tanja markiert erneut eine Koloratur. Am besten weitermachen. Greta darf

Kraemer nicht blöd sterben lassen, nicht während der Proben, egal, was sie denkt, was sie fühlt. Sie muss sich im Griff haben. Ihre Rolle spielen. Die Rolle der aufmerksamen Souffleuse, die alles tut, damit die Galavorstellung ein Erfolg wird und ihrem Theater etwas bringt. Money, money.

Kraemer ist nervös, aber er hat sich wieder gefangen. Durch die ersten – auf ein absolutes Minimum zusammengestrichenen – Monologe hat er sich durchgehaspelt. Nun ist es für eine kleine Weile nicht mehr ganz so schwierig. Gelangweilt wirft Peter Simonischek

Eines Tages werde ich umsonst warten

hin, so als ob diese Probensituation normal wäre. Auch Stefan Wieland nimmt sie gelassen. Beide Profis. Durch und durch. Nur Sunnyi ist entschuldigt. Verkühlung. Sie will niemanden anstecken. Tanja erläutert Kraemer, dass er Sigaud französisch aussprechen müsse. Das sei ein französischer, kein deutscher Arzt gewesen. Claude Sigaud. Sigohh, Betonung auf der zweiten Silbe. Kraemer macht sich eine Notiz. Von Tanja lässt er sich etwas sagen. Bei Greta schwankt er ständig zwischen Dankbarkeit und Aggression. Diese endlosen Passagen aus dem Pathologieskript! Daran wird er sich aufhängen. Auch noch in der Vorstellung. *Helfen oder notschlachten?* Er soll sich in Sicherheit wiegen. Gestützt von der Frau im Dunkeln. Seitlich der Bühne, nicht wie sonst in der ersten Reihe Cercle. Sie wird voll gefordert sein. Tanja hat Kraemer so positioniert, dass er möglichst nahe bei Greta ist. Durch ihre Gasse muss er kommen ... *Du bist Dünnschiss. Nichts als Dünnschiss.* Tausende »Gefällt mir« hat ihm das eingebracht. Jeder Klick eine Erniedrigung für die so Bezeichnete, sie war erst vierzehn, doch was schert das Kraemer, diesen Stotterfritzen, dem Greta gerade sekundiert: *Dystrophia adiposogenitalis etcetera*

»Was etcetera?«

»Nichts. Thomas Bernhard hat hier etcetera und sonst nichts geschrieben. Das macht er öfter in diesem Stück.«

Detlev Kraemer schweigt. Beschämt? Greta lächelt freundlich, geradezu aufmunternd. Sie berät sich mit Tanja. Streichen. Ja. Geht nicht anders. Ab

nicht verstand was ich sagte

bis

etcetera

streichen. Nun lächelt Detlev Kraemer sogar zurück. Strahlt Greta an, ist sichtlich erleichtert, wieder eine Passage weniger, will mit ihr diskutieren, warum denn Bernhard gar so viel Medizin in dieses Stück verpackt habe, doch Tanja drängt darauf, die Probenzeit zu nutzen. Und den Text weiter zu kürzen.

III.

Völlig ausgelaugt sitzt Greta im Café Landtmann und kaut an einem Bissen Schinken-Käse-Toast, während sie die Striche im Textbuch kontrolliert und ihre eigenen Notizen ergänzt. So viel Aufwand für einen Sponsor, der spielen lässt. An der Burg und am Automaten. Zahlt fürs eine, kassiert fürs andere. Die Rechnung geht auf. Wird immer aufgehen. Menschen wollen Träume verwirklichen, Träume, die kaputt machen. Neocasino ist nicht kleinlich. Sponsert auch Suchtzentren, weil die Rechnung aufgeht. In unserer Spaßgesellschaft. Und Detlev Kraemer mittendrin. Einer, der nichts kann, aber das Maul aufreißt. Eine Heranwachsende bloßstellt, vor Millionen bloßstellt. Dreist über Menschen urteilt, die es wagen, patscherte Träume umzusetzen. Dieses präpotente Ekelpaket, das nun um Verständnis heischt. Bei ihr. Bei Greta Minich, der Schattenfrau. Kraemer, der zu blöd ist, seine eigenen Fähigkeiten einzuschätzen. Doch Kandidaten fertigmachen, denen genau der gleiche Fehler unterlaufen ist, das kann er. Und wie! Bis die Menschen kreischen. Und die Sirenen heulen.

Greta tunkt ihren Toast in den Ketchup-Haufen. Wann ist Kraemer zuletzt auf einer Bühne gestanden? Und vor allem, wo? Sindelfingen? Bad Füssing? Mit Heimatschmonzetten oder bei Dämmerschoppen. Dieser Kotzbrocken kann nicht spielen, schon gar nicht Thomas Bernhard, ist bloß mit der verdammten Castingshow hochgespült worden und nun Kult, so sehr, dass Neocasino ihn ans Burgtheater holt. Ja die, die zum Spiel laden, lassen bitten: den Bürgermeister, den Landeshauptmann, den Aufsichtsratsvorsitzenden, den Sparkassendirektor. Sie alle werden kommen. Zur Dünnschissparade des Detlev Kraemer. Noch eins draufsetzen. Live. Damit die Einschaltquoten stimmen. Hauptsache, wir lachen, lachen uns tot.

Greta zahlt und schlängelt sich zwischen den Tischen zum Ausgang. In einer Fensternische Karin. Ihr gegenüber Klaus Missbach. Greta nickt den beiden zu. Nur nicht stören. Wer weiß, was die Direktorin und der Chefdramaturg zu besprechen haben. Da winkt Karin sie zu sich, will wissen, wie die Proben laufen. Greta zuckt bloß vielsagend mit den Schultern, worauf Klaus zuerst sie, dann Karin anschaut.

»Entspannt euch! Sie wollten keinen unbekannten Ersatz, sondern einen Namen. Jetzt haben sie ihn, den Namen. Das ist ihr Vabanquespiel, nicht unseres.«

Ja, genau! Greta atmet auf. Karin lächelt. Das Glück ist ein Vogerl. So kann man es auch sehen. Faites votre jeu! Und Greta wird mitspielen. Am Rande. In der Nullergasse. Die grüne Null. Kommt selten, zieht jedoch magisch an. Die Hasardeure lieben sie. Eine Null kann viele Nullen ergeben. Nur bei den Verzweifelten nie. Sie sind bereits weit über ein Nullsummenspiel hinaus, kommen nicht mehr aus der Verlustzone. Egal, wie oft sie auf den grünen Hoffnungsträger setzen, die Kugel wird auf eine andere Zahl fallen. Rouge ou noir.

Greta verabschiedet sich. Ja, ich schaukle das schon. Auch bei dieser Gala wird der Vorhang fallen, das Publikum klatschen, das Buffet eröffnet werden, die Welt sich weiter um die eigene Achse drehen. Klaus hat Greta das entscheidende Stichwort gegeben. *Helfen oder notschlachten.* Das ist nun keine Frage mehr. Sie hat gezögert, weil sie dem Theater verbunden ist und für die Schauspieler da sein will. Sogar diesen Kraemer wollte sie letztendlich durchtragen, nur ein wenig verunsichern, mehr nicht, aber nun ...

Draußen regnet es noch immer heftig. Trotzdem löst Greta nicht den Verschluss ihres Schirms. Auf nassen Wangen sind Tränen nicht auszumachen. Sie kennt sich. Erst wenn sie genug geweint hat, kann sie die kalte Wut aufbauen, die sie braucht. Sie darf nicht schwanken, nicht an ihr Arbeitsethos denken, nur an das Mädchen, das ein selbst komponiertes Lied vorgetragen hat. Greta muss zuschlagen, so fest, dass dieses Schwein nicht mehr hochkommt, keinen Schaden mehr anrichten kann. Sie wird sich nichts anmerken lassen und auch die letzten beiden Proben fokussiert bestreiten. Wie Peter, wie Stefan, wie Sunnyi, die ab morgen wieder mit von der Partie sein wird. Auch am Abend der Galavorstellung wird Greta für die drei den Standby-Modus einschalten. Peter, Stefan und Sunnyi können sich auf sie verlassen. Wie immer. Und sie werden professionell genug reagieren, wenn Kraemer strauchelt.

Greta marschiert an der Lifttür vorbei, die Treppe hoch in den dritten Stock. Ihr persönliches Fitnessprogramm. Herz und Kreislauf müssen gefordert bleiben, dürfen nicht schlappmachen. Sie muss sich gut vorbereiten. Stichwörter sammeln. Von Thomas Bernhard und ... Immer in der Schwebe. *Helfen oder notschlachten.* Das wird spannend. Sie wird spontan entscheiden. Bei jeder Unsicherheit. Bei jedem Hänger. Doch auch Spontaneität muss geprobt werden. Gut geprobt werden. Immer genau das Richtige sagen, damit der Dünnschiss nicht mehr zurückgehalten werden kann. Unschlüssig studiert sie die Bücherrücken im Regal. Mascha Kaléko. Keine Frage. Gelebtes Frauenleben. Sie muss sein. Gerade für Thomas Bernhard, den Frauenvermeider. Aber vor allem wegen des Mädchens, das ein Gedicht der Kaléko vertont hat. Doch wer noch? Grillparzer? Nestroy? Turrini? Vielleicht. Auf die Dosis kommt es an. Lange schaut sie auf das Foto links neben dem Laptop, ehe sie diesen hochfährt und den Suchbegriff »Detlev Kraemer« eingibt.

IV.

Das übliche Bild. Anstelle von Kartenkontrolleuren stehen Security Guards mit Ohrstöpseln an den Eingängen. Ohne persönliche Einladung kein Einlass. Auch der Nationalratsabgeordnete muss sie vorweisen. Hat er eine Vorstellung von dem, was ihn erwartet? Wer von den Geladenen kennt das

Stück? Thomas Bernhard. Ja, den kennen sie. Zumindest vom Hörensagen. Manche sogar aus eigenem Erleben. Nicht alle hier sind Banausen. Aber *Der Ignorant und der Wahnsinnige?* Um eine Flasche Champagner möchte Greta wetten, dass fünfundneunzig Prozent der Gäste dieses Stück noch nie gesehen haben. Sie werden sich wundern. Und erst die, die es kennen!

Auf dem Parkplatz vorm Bühneneingang bemerkt Greta einen jungen Vogel, der hektisch auf und ab hüpft, einem reversierenden Lieferwagen ausweicht, es nicht schafft fortzufliegen. Aus dem Nest gefallen. Drüben. Im Volksgarten. Und dann bis hierher gehopst. Eine endlose Strecke für so einen fluguntauglichen Wicht. Behutsam ergreift sie den tschirpenden Piepmatz. So weich die Federn. Das Junge beschützen und damit töten. Aber ohnmächtig zuschauen, wie es unter die Räder kommt, geht schon gar nicht. Ruft da eine Vogelmutter? Vergeblich. Dieses Flauschebällchen, umschlossen von Gretas Hand, wird sie nicht retten. Das Vogelkind hält still, nur sein Herz rast. Weiß es, dass es sterben muss? Wer nicht fliegen kann, kommt um. Greta quert den Platz und betritt den Volksgarten. Frühling. Vogellaute ringsum. Von den Bäumen, Sträuchern, Zäunen. Sie singen im Chor. Vielstimmig. Pfeifen, trillern, gurren, krächzen. Und irgendwo darunter der Lockruf. Für den gefiederten Zwerg bestimmt, der schon den fremden Geruch angenommen hat. Greta lauscht. Ist es der Spatzensopran von der Platane drüben? Sie setzt das Vögelchen im Gras ab, unterdrückt den Impuls, seinen winzigen Kopf zu streicheln. Nur keine Sentimentalität. In ihrer Hand schon jetzt das Phantomgefühl, das sie nur zu gut kennt. So als ob das Kleine noch da wäre, sie es weiter halten würde. Ein Anflug von Wärme, ein Rest von Leben, das erst erkaltet, als sie, um an Kraemer vorbeizukommen, die Wand beim Bühneneingang streift. Kraemer läuft ihr nach, fragt, ob es stimme, dass Ösophagus auf der zweiten Silbe betont werde. Greta nickt. Kraemer wiederholt laut Ösophagus. Wird schon schiefgehen. Ja, das wird es.

Sie verkriecht sich in der Nullergasse, ihrem Bau, und durchblättert das Textbuch. Alles bereit. Während sie auf und ab geht, hört sie die bekannten Geräusche: das Gemurmel aus dem Zuschauerraum, die Schritte der Bühnenarbeiter, die Durchsagen der Inspizientin. Detlev Kraemer nimmt Aufstellung. Er hat Lampenfieber. Das kann Greta an seinen zitternden Händen erkennen. Oder ist das Parkinson im Frühstadium? Nein. Das bildet sie sich ein, weil sie dauernd medizinische Ausdrücke mit ihm gepaukt hat. Und selbst wenn. Nur kein Mitleid. Er hat's nicht verdient. Er nicht. Peter Simonischek kommt hinzu und fläzt sich auf den Stuhl. Der Vorhang geht hoch. Greta liebt diesen Augenblick, in dem die Verbindung zwischen Saal und Bühne hergestellt wird. Die ersten Minuten. Sie sind so entscheidend. Das weiß auch Kraemer. Den Einstieg hat er drauf. Trotzdem liest sie aufmerksam mit.

Was wir hören
hören Sie
ist nichts als ein Kunstgezwitscher
was wir sehen
Puppentheater

Greta spürt förmlich die Fäden, an denen diese Marionette tanzen wird. Bald. Die Obduktion wartet schon. Gekürzt, aber doch. Das Corpus callosum und das Hirnmesser sind noch drin, danach nur mehr die Stelle mit den Gesangspädagogen. Sonst Striche. So viele, dass sie für die drei anderen neue Textbücher vorbereiten mussten. Die Primarärzte im Publikum werden mitkriegen, dass Kraemer das Kleinhirn nur marginal seziert, sich mehr auf die schädliche Trinkfreudigkeit des Vaters und die Spaziergewohnheiten der Tochter konzentriert.

die Füße zu rasenden machen

sekundiert Greta. Diese Stelle hat Kraemer auch bei den Proben nicht gepackt. Dabei ist sie doch einfach. Noch ist Greta die hilfreiche Stimme an seiner Seite. Vor der Pause muss er ihr voll vertrauen. Deshalb hilft sie ihm auch über alle Klippen hinweg, nur bei

es ist eine völlig überflüssige Angst

reitet sie der Teufel. Greta wartet. Kraemer schaut hilflos zu ihr. Anstelle von

Sie werden sehen gerade zu dem richtigen Zeitpunkt

kommt sie herein

souffliert sie:

Oh, Spieglein, Spieglein an der Wand,

Wohin hast du das Kind verbannt?

Kraemer stottert, weiß nicht, was er mit dem Gehörten anfangen soll. Deshalb flüstert Greta erneut, diesmal die richtigen Zeilen. Er soll an eine Sinnestäuschung glauben. Peter Simonischek hat kurz hochgeblickt, ist aber nicht aus seiner Rolle des blinden Trunkenbolds gefallen. Hat er ihren Kaléko-Einschub gehört? Er ist einige Meter weiter weg. Trotzdem. Sie muss mit Bedacht vorgehen. Die Dosis langsam erhöhen. Kraemer schluckt, fängt sich wieder. Er hat den Text gebüffelt. Das weiß Greta. Doch wenn nicht genug Zeit bleibt, um die Worte einsinken zu lassen, nützt das nichts. Er hätte die Rolle nicht annehmen dürfen. Wer Flohkacke sagt, muss an

ob die Darmschlingen stark gebläht sind

scheitern. Greta hilft erneut und spricht bis zu Peters Einwurf alles vor. Wort für Wort. Wenn das so weitergeht, wird sie gar keine aktive Sterbehilfe leisten müssen. Doch dann fängt sich Kraemer wieder, gewinnt an Sicherheit und lässt sogar zwischendurch so etwas wie Bühnenkunst aufblitzen, outriert aber auch entsetzlich. Da passt das Schlussbild des ersten Akts mit der am Seil hängenden Sunnyi gut dazu. Die Leute lachen. Auch der Generaldirektor von Neocasino amüsiert sich über die bestellte Zirkustruppe.

In der Pause klopft Peter dem erschöpften Kraemer auf die Schultern. Geht doch! Dankbar blickt der untersetzte TV-Star zu dem großen Mimen hoch. Beide verschwinden in ihren Garderoben. Zu Greta sagen sie nichts, haben das »Spieglein an der Wand« vergessen oder verdrängt. Greta geht auf die Toilette. Sie muss die Nervosität bezwingen. Das ist keine gewöhnliche Vorstellung. Sie hält ihre Unterarme unter den kalten Wasserstrahl, benetzt das erhitzte Gesicht und kehrt zurück an ihren Platz, doch die Erregung klingt nicht ab. Wie eine Raubkatze im Käfig läuft sie hin und her. Was hast denn? Herr Svoboda, der alte Bühnenarbeiter, schaut sie an.

»Nichts.«

»Bist sicher?«

»Ja.«

Er tätschelt ihr den Oberarm, ehe er in Richtung Hinterbühne verschwindet, hinein in die Staub- und Lärmkulisse. So viel Leben dort. Jedes Rädchen im Getriebe wartet. Die Tontechniker, Beleuchter, Bühnenarbeiter, die Inspizientin. Darauf, dass der Vorhang hochgehen und Kraemers Show aufs Ende zusteuern kann. Greta weiß sich geborgen in diesem Haus, das ihr die nächste Stunde vergeben und vielleicht sogar still Applaus spenden wird. Mit angespannter Ruhe verfolgt sie, wie sich Sunnyi, Peter und Kraemer an den Tisch setzen. Sie lächelt ihnen zu. Die Frau im Dunkeln ist bereit. Zum Sprung.

V.

Benommen steht Greta im hell ausgeleuchteten Pausenfoyer und nippt am Weißwein. Wie bei einem Hörsturz liegt zwischen ihrem Innenohr und der Außenwelt eine Dämmschicht, die nur langsam zerbröselt.

Wortfetzen dringen durch ... hat sich nicht an Bernhard versucht, sondern vergriffen ... Werbeträger? Ich bitt Sie, wie kommen Sie denn darauf?

Kameras surren, Journalisten halten dem RTL-Boss ihre Mikrofone hin ... damit untragbar geworden.

Der Generaldirektor, die Stadtschulrätin, der Kanzleramtsminister teilen diese Meinung ... Castingshow ... fehlende Vorbildwirkung ... untragbar, absolut untragbar.

Auch Peter, Sunnyi und Stefan werden interviewt ... die Souffleuse hat getan, was sie konnte ... auch wir haben ... irgendwann mussten wir extemporieren.

Zu spät hat Kraemer Gretas Strategie durchschaut, diese gekonnte Mischung aus Bernhard und anderen. Bei den ersten falschen Worten haben Kraemers Bühnenpartner noch den Atem angehalten, doch dann mitgespielt. Stefan hat improvisiert, Peter hat ungerührt den größten Nonsens, den sie Kraemer zugeflüstert hatte, wiederholt. Und mit

Du hast es gut und ich's im Hals ...

Erhole dich! Nimm Biomalz!

hatte Sunnyi in der finalen Hustenszene die Lacher auf ihrer Seite. Da ist Kraemer endgültig ausgerastet, hat Arschlöcher und Kacke gebrüllt, woraufhin Sunnyi mit unnachahmlich sanfter und doch so eindringlicher Stimme ihre persönliche Schlusspointe gesetzt hat:

Fliegenschiss. Ich würde es Fliegenschiss nennen. Mehr nicht.

Das Publikum hat getobt, sich über Kraemer zerkugelt und ihn zum Schluss ausgepfiffen. Minutenlang. Da war er gar nicht mehr auf der Bühne, doch die Leute konnten einfach nicht aufhören. Die Spätnachrichten werden das Pfeifkonzert bringen. In den Übertragungswagen vor der Burg wird es bereits überspielt mit Schnitten hinüber zu den Interviews. Auch die Wortspenden des Bürgermeisters und jene des Landeshauptmanns dürfen nicht fehlen. Rouge et noir.

»Wenn er das meiner Tochter angetan hätte, wäre er schon längst tot. Erdolcht. Nein: erwürgt.«

Sunnyi! Sie zeigt Greta, wie sie Kraemers Hals auf Kragenweite null reduziert hätte.

»Dann hätt er's überstanden. In den Orkus gestoßen werden und weiterleben müssen ist schlimmer, verstehst du?«

Die beiden Frauen schauen durch die hohen Fenster des Pausenfoyers auf die Nebenfahrbahn der Ringstraße, wo ein Taxi von der Reportermeute am Wegfahren gehindert wird.

»Ich denke schon.«

»Sie wollte unbedingt zu dieser verdammten Show. Mit ihrer Gitarre und ihrem kleinen Lied. *Alle Mütter waren einmal klein.* Sie war so jung, so ...«

Greta lacht, während unten ein Taxifahrer Gas gibt und Journalisten zur Seite springen.

»... so kacknaiv und voller Erwartung. Auch noch nach ihrem Auftritt. Und dann sagte dieser geliftete Kretin: Du bist Dünnschiss. Nichts als Dünnschiss. Soll ich da helfen oder notschlachten?«

»Ich weiß, Herr Svoboda hat es uns erzählt.«

»Sie hat nicht geweint, ist ganz ruhig mit Gerd zurück nach Wien geflogen und auf ihr Zimmer gegangen. Er wollte sie trösten. Papa macht's wieder gut. Mit Himbeereis. Ihrer Lieblingssorte. Vom Eissalon. Mit dem Stanitzel in der Hand hat sie sich vor die Straßenbahn geworfen. Ich hab's gesehen. Vom Wohnzimmer aus. Auch, dass Gerd sie noch fassen wollte. Sie war sofort tot. Seither weiß ich, dass nicht der Tod, sondern das Weiterleben die Hölle ist.«

Emotionslos blickt Greta einem Taxi nach, das sich soeben in den nächtlichen Verkehr auf der Ringstraße eingefädelt hat.

Reinhardt Badegruber

Es hat sich ausgeliebt

Don Juan oder Das Ende einer kurzen Jugend

Seit einiger Zeit erhält das Burgtheater wieder Bombendrohungen. »Bombe bleibt Bombe«, beschwert sich der Polizeipräsident gegenüber seinem Pressesprecher. »Und wenn es nur eine Stinkbombe ist. Mit Bomben darf man heutzutage nicht mehr spaßen.« »Aber warum«, hüstelte der Polizeipräsident, »regen sich die Leut über dieses Theaterstück so auf. Worum geht's denn darin überhaupt?«

»Es geht darin«, antwortet der Pressesprecher, »um einen Intellektuellen, der vor den Frauen flieht und sich in ein Bordell zurückzieht, um dort ungestört Schach spielen zu können.«

»Und das ist ein Skandal? «

»Der Skandal ist, dass der Intellektuelle Don Juan heißt und sich der Liebe verweigert.«

»Ja hat er denn bei seinen Aktionen übertrieben? Ist er jetzt impotent?«

»Nein, aber die Rolle des Don Juan spielt der Burgtheaterdirektor, der Ptolemäus Rörr, höchstpersönlich.«

»Ach so, der ist impotent.«

»Ach woher. Ganz im Gegenteil, bei den vielen Kindern ... Nur ist es so, dass im Stück der Don Juan zur Hölle fährt. Und dort gehöre der Rörr auch hin, meint zumindest ein Teil der Schauspieler.«

»Na also, was wollen denn die Leut noch mehr? Endlich ein Theaterstückl, in dem Erwartungshaltungen befriedigt werden.«

»Eben nicht, weil das Ganze bloß ein abgekartetes Spiel ist. Der Don Juan inszeniert seine Höllenfahrt doch nur, um der gerechten Strafe zu entgehen. Im Stück ist das Inferno ein Keller unter der Bühne, in den der Don Juan hinunterspringt. Dort wird sein Fall von Matratzen gedämpft. Das empört den Bischof auf der Bühne genauso wie jene Menschen im Publikum, die den Rörr zum Teufel wünschen.«

»Ich versteh. Das bedeutet Frust. Das erklärt auch den besoffenen Kaplan, der die Premiere gestört hat, indem er Richtung Bühne gestürmt ist, während er Halleluja gesungen und ein Weihrauchfass geschwungen hat.«

»Weihrauch soll in der Kirche bleiben«, wettert der sozialdemokratische *Anzeiger*. »Geruchsorgie im Burgtheater«, freut sich *Was ist wo in Wien*. »Pfarrerlehrbub contra Bühnenbischof«, rotzt das *Studentenblatt*. Diese flapsigen Titel zeitigen üble Folgen: Der Nachwuchskaplan, der die Vorstellung des »Don Juan oder Die Liebe zur Geometrie« von Max Frisch mit Weihrauch eingenebelt hatte, wird zum Bischof zitiert. Der nötigt ihm das Versprechen ab, dem Alkohol zu entsagen. »Rache!« verspricht der *Anarchist*. Schon pinseln Unbekannte »Stinkbomben für den Stephansdom!« auf Parkbänke. Das gefällt. Die Stadt lechzt schließlich nach Stunk, zumal sich diese preußische Skandalnudel, der Klaus Peymann, nach Berlin vertschüsst hat. Der Mangel an Abseitigkeiten würde bereits den Kartenverkauf beeinträchtigen. Denn: Auf wen oder was lohne es sich da noch zu schimpfen? Auf den nackten Hintern der Donna Elvira? Auf die knallrot lackierten Titten der Donna Anna? »*Der Don Juan oder Die Liebe zur Geometrie* im Burgtheater ist derartig langweilig inszeniert«, bekrittelt das *Echo der Bühne,* »dass man es dem Titelhelden keineswegs verdenken kann, wenn er mit Begeisterung zur Hölle fährt. Dort erwartet ihn wenigstens das, was dem Haus am Ring fehlt: Action.«

Der Burgschauspieler Ptolemäus Rörr tobt auf der Titelseite des *Wiental-Boten:* »Erzkonservative Kräfte wollen Wiens Kulturleben niederkartätschen.« Im Radio-Wien-Interview spricht Rörr sogar von geplanten »Weihwasserattentaten«, was dazu führe, dass Rörr nicht mehr ohne Regenschirm außer Haus gehen könne: er würde an allen Ecken und Enden benetzt. Spritzpistolenattentäter lauerten sogar vor seiner Wohnungstür. »Es kläfft der begossene Pudel«, spottet das *Goldene Blatt:* »Rörr wollte sich als Titelheld des ›Don Juan‹ in den Vordergrund der Berichterstattung spielen.« Das sei ihm geglückt. Die daraus resultierenden Anschüttungen habe er sich wahrlich verdient. Endlich erschließe sich dem selbstgerechten Bühnenstar die Möglichkeit abzukühlen. Dieses reinigende Gewitter wäre vorhersehbar gewesen, zumal eben dieser Ptolemäus Rörr als Theaterregisseur einen Friedhof enttäuschter Hoffnungen zurückgelassen habe. Dem exzessiven Selbstverwirklicher wäre es gelungen, vielversprechende Karrieren zu zerstören. Jetzt könne er endlich nachvollziehen, wie es sei, wenn man im Regen stehen gelassen werde.

Der gottoberste Burgtheaterdirektor und Starregisseur Ptolemäus Rörr platzt in die Probe. Dieses Männchen trägt einen Lederjumper und hat einen Friedhofsspargel, also eine Virginia, zwischen die Lippen geklemmt. Der Gnom ist vielleicht 1,59 klein, der Schauspieler, der den Galileo Galilei spielt, wahrscheinlich 1,96 groß. Eine Eiche. Ein Hüne. Das Regie-Männchen Rörr lässt seinen Blick am Leib des Riesen hochflackern.

Maximo Fried, der Schauspieler, unterbricht. Gerade hatte er noch geschrien: »Wenn Wissenschaftler, eingeschüchtert durch selbstsüchtige Machthaber ...« Fried schwankt. Seine wässrig-blauen Augen verlieren den Halt.

»Weitermachen!«, schnauzt der Regisseur.

»Wenn Wissenschaftler, eingeschüchtert durch selbstsüchtige Machthaber ...«, hebt der Mime ein weiteres Mal an.

»Neeee! So nicht!«, schreit der Regisseur.

»Wenn Wissenschaftler, eingeschüchtert ...«, unternimmt der Schauspieler einen dritten Anlauf.

»Neeee! So möchte ich die Rolle nicht angelegt sehen!« Die knorrige Hand des Galilei-Darstellers deutet gegen den Himmel. Seine Gottvater-Visage zuckt. Er hebt das Kinn jäh an, sodass es den Leonardo-da-Vinci-Bart vom Brustkorb weht. Unbeirrt setzt er fort: »Wenn Wissenschaftler, eingeschüchtert durch selbstsüchtige Machthaber, sich damit begnügen, Wissen um des Wissens willen anzuhäufen, kann die Wissenschaft zum Krüppel gemacht werden ...«

»Gehen Sie!«, keift der Regisseur. »Sie machen den Galilei zum Handelsvertreter, und ich hasse Kleinkrämer. Trollen Sie sich! Verlassen Sie mein Haus! Aber schnell, Sie kleingeistiger Greißler Sie!«

Maximo Fried, der Hüne und gefeierte Held zieht die Schultern ein und wälzt sich langsam Richtung Ausgang.

Schon will er die Türklinke herunterdrücken, da ereilt ihn der Ruf des Meisters. Dieser winkt ihn lautstark zu sich. »Kommen Sie! Na kommen Sie schon! Sehen Sie nicht, dass mein Schnürsenkel offen ist.«

Der Zwerg deutet auf den rechten seiner braunen Straßenschuhe. »Knoten Sie mir eine Masche!« Und der Riese lässt sich gehorsam auf die Knie sinken und nestelt mit klammen Fingern an den Schuhbändern des Starregisseurs aus Berlin. Dann stößt sich der Galilei-Darsteller von den Bodenplanken ab. Zornesröte schießt ihm ins Gesicht. Die Augen blitzen Zorn. Die Brauen fahren hoch. Doch noch in diesem Augenblick erlischt das Licht in seinem Antlitz. Die Haut wird fahl, die Lippe blau. Gerade noch hatte er sich aufgelehnt, doch eine Sekunde später lässt er jedwede Hoffnung fahren. Er hat sich wider besseres Wissen der Macht unterworfen. Er hat sein Selbst ausgelöscht.

»So sollen Sie die Rolle spielen!«, ätzt der Regisseur. Er ist begeistert. »Das ist Galilei: das Aufbrausen, das Begehren und Begründen, und plötzlich das Sich-Fügen, die pure Verleugnung der Erkenntnis, die brutale Selbstaufgabe, das Sich-Einfinden ins Schicksal.«

Und wiederum zieht Maximo Fried die Schultern ein. Aber dieses Mal stelzt der Burgschauspieler Richtung Ausgang. Bedachten, mönchischen Schritts. Er beginnt zu lachen. Er dreht sich um und zitiert Galilei: »Wie es nun steht, ist das Höchste, was man erhoffen kann, ein Geschlecht erfinderischer Zwerge, die für alles gemietet werden können.«

Das mit den »Zwergen« versteht der Regisseur als wohldosierten Seitenhieb, als Anspielung auf seine Kleinwüchsigkeit. »Ich mach dich, tot, tot, tot!«, kreischt er. »Es wird nicht vergeben! Nie, nie, nie!«

Gruppeninspektor Frank Karl findet das Burgtheater zum Schlafen. Deshalb schleicht er in dessen Kantine. Hier verkriecht er sich, weil es am besten scheint, sich dort zu verstecken, wo einen keiner vermutet. Überdies fällt ein stinkender Drecksack unter Theaterleuten kaum auf, schließlich ist doch fast jeder von ihnen auf seine Art eine verkrachte Existenz. Die Preise sind moderat und das Mittagsmenü erträglich. Kurzum, diese Kantine ist der ideale Ort, um Überstunden abzuarbeiten. Glückselig sinkt Frank Karl in den Schlaf. Sein Gesicht liegt mit der rechten Wange auf dem Wirtshaustablett, als eine Faust auf die Tischplatte knallt. Die Gläser klirren. Frank Karl fährt hoch. Er starrt in das Gesicht des Maximo Fried. »Der Rörr hat mich bedroht«, keucht er. »Er hat geschrien, er bringt mich um. Dass ich nicht lache. Ich komme ihm zuvor.«

Frank Karl ruft seinen Chef an, weil er weiß, dass der Polizeipräsident mit dem Burgtheaterdirektor persönlich befreundet ist. »Der Maximo Fried will den Ptolemäus Rörr abkrageln«, teilt er übergangslos mit. »Und woher wollen Sie das wissen?« Frank Karl atmet dreimal kräftig durch. »Ein Informant hat es mir geflüstert.« »Den Namen des Souffleurs, nehme ich an, können Sie mir natürlich nicht nennen.« »Richtig, ich habe versprochen, seine Identität geheim zu halten.« »Sie wissen ja, was ich von vagen Gerüchten halte. Aber jedenfalls danke, dass Sie versucht haben, mich zu unterrichten«, kanzelt ihn der Polizeipräsident ab und legt auf. »Wer die Wahrheit nicht weiß, der ist bloß ein Dummkopf. Aber wer sie weiß und sie eine Lüge nennt, der ist ein Verbrecher«, antwortet Frank Karl. Das bekommt der Polizeipräsident aber nicht mehr mit. Deshalb wird er niemals erfahren, dass dies ein Zitat aus dem »Leben des Galilei« war.

»Nein, der Frank Karl kommt nicht infrage«, entscheidet der Polizeipräsident.

»Aber, der ist immerhin Gruppeninspektor«, entgegnet Oberst Pleiner.

»Ja, aber eine kulturelle Null. Und so einen willst du ins Burgtheater schicken.«

»Gerade deshalb.«

»Weil er ein Trottel ist?«

»Nein, weil er als Kulturbanause nicht auf die Bühne schaut, sondern auf das Publikum.«

»Auf das Publikum?«

»Ja, weil dort der Attentäter sitzen könnte.«

»Attentäter?«

»Na ja, du kennst ja die deutschen Freunde. Jeder, der auf sich was hält, braucht persönliche Feinde. Hast du keine persönlichen Feinde, bist du nichts und niemand.«

»Und du meinst ...«

»Ja, ich meine, dass unser Gast nicht verhandeln will, sondern auf Staatskosten Wien besichtigen möchte.«

»Du meinst, der Piefke ist ein Schmarotzer?«

»Weniger ein Schmarotzer, sondern ein Dummy, einer, der nichts zu sagen hat, weil er nichts sagen soll. Verstehst du, eine Nullnummer, eine Art Schauspieler.«

»Und deswegen soll er ins Burgtheater.«

Der Polizeipräsident lacht. »Dort gehört er hin. Und zwar mit Personenschutz, damit er sich wohlfühlt und in München erzählen kann, welche naiven Trotteln die Wiener sind.«

»Ja, und warum kommt der Wichtigtuer überhaupt nach Wien.«

»Offiziell wegen der Hypo-Angelegenheit. Er ist ein hochgradiger Sonderermittler, ein sogenannter Hypochonder. Er fühlt sich in Permanenz bedroht und überhaupt nicht mehr wohl.«

»Ich muss dem ›Leben des Galilei‹ beiwohnen. Dienstlicher Auftrag«, beschwert sich Frank Karl beim Kellner der Burgtheaterkantine und bestellt den vierten doppelten Weinbrand. »Ohne eine entsprechende Vorbereitung hält das unsereins nicht aus!« Danach stürzt er den fünften Rachenputzer hinunter. Jetzt begibt er sich vor das große Prunkportal des Burgtheaters. Der bayrische Sonderermittler erwartet ihn schon. Seine dicke Ehefrau dünstet Veilchenparfüm aus. Er selbst ist eher dünn, grau und unscheinbar.

»Sie sind also mein Personenschutz?«

Frank Karl nickt. Er klopft auf seinen Bauch. »Ich decke Sie ab. Breit genug bin ich ja.«

Die Loge im Burgtheater erinnert den Gruppeninspektor an einen Beichtstuhl. »Plüsch und Plunder«, knurrt er.

Dem Deutschen gefällt die Kiste auch nicht: »Ist wie ein Käfig. Zu gefährlich.«

Es dauert zwanzig Minuten, bis der Gruppeninspektor eine Gruppe von Germanistikstudenten davon überzeugt hat, ihre Karten im Parkett gegen die Logenplätze einzutauschen. Jetzt sitzen Frank Karl und die dicke Frau des bayrischen

Bürokraten nebeneinander. Die Sitze knarren unter dem Gewicht. Diese Wucht der Elefanten erschreckt. Der Gruppeninspektor fischt sich den Flachmann aus dem Innenfutter. Er tätigt einen kräftigen Zug.

Fünf Minuten später schläft er ein. Frank Karl wacht erst wieder auf, als auf der Bühne der Inquisitor wissen möchte: »Sollen wir die menschliche Gesellschaft auf den Zweifel begründen und nicht mehr auf den Glauben?«

»Auf Indizien, nur auf Indizien, wenn Sie mich fragen«, schreit der Gruppeninspektor Richtung Bühne.

»Pscht!«, zischen seine Sitznachbarn.

»Beweise sind alles.«

»Pscht!«

»Is eh wurscht«, grantelt der Gruppeninspektor und schläft wieder ein.

Mittlerweile zieht der Großinquisitor über den Galileo Galilei und die anderen Astronomen her, die ihre Fernrohre gegen den Himmel richten. Über die Planeten sagt er: »Ist es nicht gleichgültig, wie diese Kugeln sich drehen.« An dieser Stelle reißt es den Gruppeninspektor. Er fährt hoch. Halbwach grölt er: »Der Trottel hat keine Ahnung von Ballistik.«

»Können Sie nicht einfach Ihre Papen halten«, beschwert sich ein Schatten halb rechts vor ihm, »Sie besoffene Sau!« Aber der Frank Karl bekommt das ohnehin nicht mehr mit, er war wieder eingeschlafen. Er schnarcht. Die Besucher vor und hinter ihm zischen »Pscht-Pscht«.

Jetzt hat der Papst seinen Bühnenauftritt. Der Heilige Vater wird sofort politisch. Er will den Galileo Galilei weder verbrennen noch foltern. Deshalb liest er dem Inquisitor so richtig die Leviten. Er nennt den Galilei den »größten Physiker«, so jemand dürfte man nicht ungestraft attackieren: »Er hat Freunde. Da ist Versailles. Da ist der Wiener Hof. Sie werden die heilige Kirche eine Senkgrube verfaulter Vorurteile nennen.«

»Verfault?«, greift der Gruppeninspektor den Gedanken auf und lässt einen fahren.

»Kein Benehmen das!«, ertönt es aus der Nachbarschaft.

»Geh, was regen S' Ihna denn auf. Das war doch bloß ein Kulissendonner.«

Inzwischen wird es auf der Bühne düster. Die Scheinwerfer wechseln ins Violett. Um den Galilei, beschwichtigt der Inquisitor, möge sich seine Heiligkeit keine Sorgen machen. Der gäbe sofort nach. Etwas Drohen reiche, schon würde er seinen aberwitzigen Theorien abschwören. »Er ist ein Mann des Fleisches.«

»Ich krieg an Hunger«, grunzt der Gruppeninspektor.

Jetzt wird der Inquisitor ziemlich konkret. Man würde diesen Genussmenschen erst gar nicht mit Zangen in die Brustwarzen zwicken müssen. Ja, es reiche, fährt der Papst dazwischen, dass man ihm die Instrumente zeige.

Auf der Bühne macht es einen Knaller. Den Gruppeninspektor haut es vom Sessel. »Um Himmels willen!«, brüllt er. »Passts auf, die bringen ihn um!« »Du jesuitisches Schwein!«, schreit er zum Großinquisitor hinauf.

Ein Summen und Zischeln pfeift durch die Bankreihen.

»Ja begreifts ihr net, dass die den ermorden wollen?«

»Seien Sie still!«, bellt einer. »Skandal!«, schreit ein Zweiter. »Sie sind ja besoffen!« »Setz dich nieder, du Arschloch! Das ist kein Dorfwirtshaus, das is das Burgtheater!« Und schon versuchen ein paar Kulturliebhaber den Gruppeninspektor zurück auf den Sitz zu pressen. Die Dame hinter ihm zwickt ihn in die Wange. Jetzt schreit sie noch lauter als der Frank Karl. Der hat ihr nämlich in die Hand gebissen.

»Du Arschloch du!«, keifen zwei Halbstarke, denen das Stück ohnedies zu langweilig gewesen war. Schon hängen die beiden am Rücken des Gruppeninspektors wie Affen auf der Palme. Sie wollen ihn umwerfen. Der Gruppeninspektor schleudert den einen über die Sitzreihe. Er landet nach einem perfekter Salto auf dem Schoß einer Omi. Die entwickelt jedoch keine mütterlichen Gefühle, sondern verpasst dem Krispindl eine Ohrfeige.

»Polizei!«, schreit der Gruppeninspektor und zückt seinen Ausweis. Aber die Theaterrowdys ignorieren das Machtwort und reißen an seinem Sakko. Und plötzlich macht es »Ratsch« und Frank Karl steht im Unterhemd da. Die Regie erfasst die Situation. Theaterscheinwerfer vollführen einen Schwenk. Der Lichtkegel ummantelt das Geschehen. Das Polizistenunterhemd leuchtet wie Frischschnee. Der Gruppeninspektor erhält einen Stoß. Er rudert mit den Armen. Er kippt nach hinten. Die Linke greift ins Leere, die Rechte umklammert die Perlenkette der Sonderermittlergattin. Ein Schnalzer. Die Kette reißt. Die Perlen hüpfen wie Flöhe vom Körper.

Das ist aber dem dollfußkleinen Zwerg aus Bayern zu viel. »Wissen Sie, wie viel so eine Perlenkette kostet?«, schnauzt er den Gruppeninspektor an und will dem Zweimeterprügel eine picken. Dazu kommt es nicht mehr, weil ihn einer von hinten rempelt. Der bayrische Zwerg zappelt und fällt an der Brust seiner Gattin vorbei mit dem Kopf in die Handtasche der Nachbarin. Im Vorbeisegeln verhaspeln sich seine Finger am Saum des Dekolletees. Der Gummi gibt nach und zwei riesige Brüste flutschen in die Freiheit.

Wien hat nun endlich wieder einen Theaterskandal. »Selten ist die Spannung zwischen Intellekt und fleischlicher Lust so drastisch vor Augen geführt worden«, schreibt der *Wiener Morgen*. »Ohne Sex geht es wohl nicht mehr«, kritisiert das *Seriöse Blatt* in seiner Frühausgabe. »In unseren Tagen muss man sich an nackte Haut offensichtlich gewöhnen. Aber alles in allem: die Regieeinfälle des Burgtheaters waren großartig und die Überraschung gelungen. Ein Gutteil des Publikums benötigte Minuten, um zu erfassen, dass die Schlägerei im Parkett als geplante Einlage zu begreifen war. Mit diesem Kniff war es dem Regisseur Ptolemäus Rörr gelungen, die Handlung aus der Renaissance zu befreien und in das Jetzt zu transferieren. Wer das sogenannte Regietheater als muffiges Relikt der Siebzigerjahre totgesagt hatte, wurde gestern Abend eines Besseren belehrt.« Nach diesen Sätzen bringt das *Seriöse Blatt* eine Großaufnahme. Das Titelfoto zeigt die mächtigen, nackten Brüste der Deutschen und davor den Bärenschädel des Gruppeninspektors. »Ein Naturtalent von Schauspieler«, behauptet die Bildunterschrift. »Das ist Leidenschaft. Nach Mimen dieser Ausdrucksstärke muss man heutzutage fahnden. Der Talentefundus des Burgtheaters heißt neuerdings ›Bundespolizei‹.«

»Normalerweise fahnden Polizisten nach Tätern!«, schreit der Innenminister. Es befällt ihn ein Tobsuchtsanfall, er schmeißt das *Seriöse Blatt* auf das Beistelltischchen. »Bei Ihnen, Frank Karl, ist es umgekehrt.« Dann lacht der Minister lautlos und klopft auf die Polsterung des Rokokomöbels. »Herr Minister«, katzenbuckelt ein Sekretär. »Im Vorzimmer wartet der bayrische Würdenträger. Sie wissen schon, jener ..., dessen Frau, ahhhh ... von Natur aus besonders begünstigt ist.« »Ah, der schon wieder«, pfaucht der Minister. »Der will bestimmt eine Entschuldigung haben wegen gestern.«

Der Minister reißt die Tür auf und herrscht den Deutschen an: »Was ist Ihr Begehr?!«

Der Bayer stottert: »Kompensation.«

»Sie meinen Satisfaktion.«

»Nein, nicht Satisfaktion, sondern Kompensation, pekuniäre Kompensation. Schließlich waren die Perlen an der Perlenkette meiner Frau echte Perlen. Sie haben ein Vermögen gekostet.«

»Zum Teufel mit der Perle«, braust der Minister auf, »ich zieh die gesunde Auster vor.«

»Wie bitte?«, gibt sich der Bayer verwundert.

»Der Satz«, brüstet sich der Minister, »ist nicht von mir. Er stammt aus dem ›Leben des Galilei‹. Schauen Sie ruhig nach: achter Akt! Und, wenn Sie wissen wollen, was eine Wiener Auster ist, dann lesen S' die Josefine Mutzenbacher.«

»Mit Verlaub, dahinter vermute ich eine Sauerei.«

»Wasssss!!!«, stampft der Minister auf. »Eine Sauerei? Sie wollen mir eine Sauerei unterstellen, ausgerechnet Sie, wo Sie sich nicht zügeln konnten und im Wiener Burgtheater die sekundären Geschlechtsmerkmale Ihrer Frau einer breiten Öffentlichkeit darbieten mussten. Man fragt sich, was Sie als Nächstes zu unternehmen planen? Im Stephansdom einen Porno drehen?«

Der Deutsche zieht vorerst ein saures Gesicht. Dann setzt er jedoch seine »Ich werde andere Saiten aufziehen müssen«-Miene auf. Er knattert ein paar Schritte über das Parkett. Er steppt förmlich. Dann schießt er los:

»Ich lege offiziellen Protest ein ... bezüglich des Verhaltens Ihres Bodyguards.«

»Erstens ist dieser sogenannte Bodyguard ein ausgewachsener Gruppeninspektor«, fährt ihm der Minister über die Panier, »und zweitens haben wir keinen dickeren Polizisten in ganz Wien auftreiben können. Sie sehen, es war uns eben kein körperlicher Einsatz zu schade. Wir haben Ihnen den bestmöglichen Schutzschild geliefert. Und jetzt bitte ich Sie, mich entschuldigen zu wollen.«

Der Ministersekretär schiebt den Bittsteller zur Flügeltür hinaus.

»Ich fürchte, da wird noch was nachkommen«, bemerkt der Sekretär.

»Überhaupt nicht«, beruhigt ihn der Minister. »Ich hab's schon längst mit seinem Chef besprochen. Der will diesen Streber ohnedies seit Ewigkeiten loswerden, und jetzt bietet sich dafür eine günstige Gelegenheit. Der Kollege wird das auf seine süddeutsche Art bewerkstelligen. ›Es tut mir ja schrecklich Leid‹, wird er heucheln, ›aber nach diesen schlüpfrigen Fotos in den Wiener Zeitungen können Sie sich weder in Deutschland noch in anderen Teilen der zivilisierten Welt jemals wieder blicken lassen.‹ Also wird der theaternarrische Ungustl zum Oberbuchhalter an einer deutschen Botschaft in einem Eskimoland befördert. Von dort aus kann er mit Fug und Recht über das unterkühlte Verhältnis zu Vorgesetzten referieren.«

»Und, was machen wir mit dem da?« Der Sekretär deutet mit dem Schädel auf den Gruppeninspektor. Jetzt beutelt es den Minister vor Lachen: »Der Oberst Pleiner meint, man solle Leidenschaften niemals unterbinden. Folglich wird unser geschätzter Frank Karl als eingefleischter Kulturliebhaber nichts dagegen einzuwenden haben, wenn wir ihn bis auf Weiteres zum Burgtheater versetzen. Dort soll er den Bühneneingang kontrollieren.« Der Minister schlägt dem Gruppeninspektor jovial die Pratze auf die Schulter: »Das wird Ihnen doch gefallen, wo Sie uns doch immer wieder vor Attentaten warnen. Ich erwarte einen Bombenerfolg.«

»Entschuldigt, Kollegen, aber ich muss zu einer Sitzung«, bescheidet der Gruppeninspektor den beiden Uniformierten, mit denen er sich vor dem Lieferanteneingang des Burgtheaters aufgebaut hatte. Die beiden Kieberer überreißen natürlich sofort, dass es den Frank Karl keineswegs zur Toilette, sondern in die Kantine zieht. Andererseits sind sie auch wiederum froh, diesen Grandscherben los zu sein. »Und ja nichts unkontrolliert hineinlassen«, befiehlt der Karl Frank noch und zeigt ihnen den Rücken. Zwei Minuten später sind die beiden Polizisten schon überfordert. Mussten sie das Terpentin, das vorgeblich an die Kulissenwerkstatt geliefert werden sollte, passieren lassen oder nicht? Waren diese stinkenden Verdünnungs-, Säuberungs- und Lösungsmittel nicht brandgefährlich? Konnte damit nicht jeder einfache Hobbybastler eine Bombe bauen? »In der Schule habe ich in Chemie ein Genügend gehabt«, witzelt der eine Polizist und zuckt mit den Schultern. Dann winkt er die Kisten mit den Flaschen durch. Die Kulturheinis vom Theater gehen ihm ordentlich auf den Hammer. Ständig dieses überhebliche Grinsen. Die lauern ja nur darauf, dass man einen Fehler macht. Andererseits wird von der Exekutive erwartet, dass man die Bombendrohungen, die seit Wochen gegen das Burgtheater ausgestoßen werden, sehr, sehr ernst nimmt. »Penibel kontrollieren, wie am Flughafen!« Aus Dankbarkeit für dieses schweißtreibende Schnüffeln lassen die einen merken, dass man für einen Störfaktor und bildungsfernen Trottel gehalten wird. »Na gut, wenn ich das Kohlenstoffdioxid CO_2(s) nicht abladen darf, dann fahr ich halt wieder«, gibt sich der Chauffeur eines Kleinlasters schnippisch. »Was Sie sich da leisten, ist aufführungsgefährdend«, droht der Portier. »Die Folgen Ihres Handelns werden Sie zu tragen haben.« Aber, was soll ein kleiner Beamter in diesem Fall tun? CO_2(s) klingt einfach brandgefährlich. Also fragt man kleinlaut: »Was ist Ce O zwei Es?« »Trockeneis«, lautet die Antwort. »Trockeneis? Ja zum Teufel, wozu braucht ihr Trockeneis?« »Für die Hölle«, lacht der Bühnenarbeiter. »Für die Hölle?« »Ja«, räuspert sich der Bühnenarbeiter ungeduldig. »In der Schlüsselszene von diesem aktuellen Stück da landet der Don Juan eben in der Hölle, als Strafe für seine Vielweiberei. Da unten qualmt's und brodelt es halt. Also brauchen wir jede Menge weißen Rauch, und den bekommen wir über die Sublimation.« »Sublimation?« »Na, die Trockeneispartikelchen beginnen sich in Gas zu verwandeln. Verstehst, eine Sublimation halt. An sich ist dieses Gas ja farblos, und die weißen Wolken entstehen erst bei der Kondensation von Wasser in der Luft, die mit dem Trockeneis in Berührung kommt.«

»Schleichts euch mit eurer Sublimation!«, schreit der ältere Polizist, dem der Naturkundeunterricht auf die Nerven geht. Aber schon rollt das nächste Fass heran. Es ist himmelblau und weiß lackiert. »Und was ist denn das schon wieder?« »Lachgas.« Schon will der Polizist scherzen: »Wozu braucht ihr Lachgas? Sind eure Komödien denn so traurig, dass ihr die Leute chemisch kitzeln müsst?« Aber dann fällt ihm im letzten Augenblick ein, dass sich die Bühnenleute mit einem blöden Witz über Tränengas revanchieren könnten. Also verkneift er sich die Pointe und winkt die Kartusche durch. »Das Lachgas kommt in die Kantine«, klärt ihn der Portier ungefragt auf. »Dort wird es aufgrund seiner guten Fettlöslichkeit als Treibgas benutzt, vorzugsweise zum Aufschäumen von Schlagobers.« »Und in der Medizin als Betäubungsmittel«, ergänzt der Bühnenarbeiter.

Auf der Bühne verweht es Schwaden. Das Denkmal des Komturs steht hinter Don Juan. Jetzt ergreift Don Juan die Hand des Steinernen Gastes. Der Trockeneisnebel wird dichter. Plötzlich ein peitschender Knall. Don Juan stürzt in die Versenkung. Die Hölle erwartet ihn. Er fällt in die hölzernen Spieße. Die Pfähle durchbohren seinen Leib. Seine Augen weiten sich. Nun brüllt er. Blut spritzt. Die Männer mit den spitzen, spanischen Karfreitagskapuzen pressen ihm die Operationsmaske vor das Gesicht. Sie öffnen das Ventil. Das N_2O-Gemisch zischt in seine Lunge. Don Juan wimmert. Er schlägt mit dem Kopf zur Seite. Jetzt röhrt er. Dann lacht er. »Hinauf! Hinauf!«, schreit ein geistlicher Spitzhut. »Mit der Hebebühne hinauf!« Die Bühne bebt. Die Schauspieler stieben zur Seite. Das war in der Regieanweisung nicht vorgesehen. »Die Scheißspontanität des Theaters!« Aus der Tiefe fährt zitternd die Plattform empor. Darauf zappelt Don Juan.

Er ist wie ein Schmetterling an riesigen Nadeln aufgespießt. Das Chrom des größten Pfahls schießt stechende Lichtblitze. Don Juan kreischt. Er pisst sich an. Aber er lacht sich die Seele aus dem Leib. Das Lachgas wirkt. Don Juan schmettert eine kichernde, krachende Salve. Seine Zunge klatscht. Er trillert. Aus den Wunden schießt in Stößen Blut. Die Scheinwerfer bündeln ihr Licht. »Ha, ha, haaa!«, singt Don Juan.

Frank Karl springt vom Stuhl. »Das ist kein Scherz!«, schreit er. Neben ihm zischt das Publikum: »Pscht!« »Ein Mord«, kreischt er, »die bringen den Don Juan um!« »Halt die Goschn, du Trottel!« Eine Frau donnert ihm die Handtasche auf den Scheitel. »Das ist kein Spiel!«, jammert er. »Das ist echt.« Da zwängen sich auch schon »seine« zwei Polizisten durch die Reihe. Karl Franks Nachbarin jammert: »Meine Zehe, meine Zehe.« Offensichtlich war ihr ein Kieberer auf den Fuß gestiegen. Die Polizisten versuchen den Gruppeninspektor niederzudrücken. Sie stemmen sich gegen die Schultern, haben aber bei dem Zweit-Meter-Prügel keine Chance. »Immer dasselbe Gwirks mit Ihna.« Sie wollen ihn aus der Sitzreihe zerren, packen ihn an der Krawatte und am Revers. »Sie Radaubruder Sie!«, schimpft das staatliche Semmelgesicht. »Die bringen ihn um!«, keucht der Gruppeninspektor. »Des is a Theater ...«, belehrt ihn der Bezirksinspektor, »und diese Vorstellung wird Ihnen das Genick brechen. Endgültig, Herr Kollege, das versprech ich Ihna.«

Die beiden Kieberer ziehen Frank Karl auf den Mittelgang. Dort fällt er mit einem Plumps zu Boden. In diesem Augenblick flacht die Wirkung des Lachgases ab. Schmerz zischt durch die Venen. Don Juan kreischt: »Hilfe, Hilfe!« Dann hebt seine Stimme an. Er heult wie ein verendendes

Tier. Das langgezogene Hu-uu-huuu des Wolfs. Ein schnarchendes Wiehern. Plötzlich reißt die Stimme. Der Kopf des Don Juan kippt zur Seite. Lasch hängt er. Jetzt fällt der Vorhang. Das Publikum tobt. Es klatscht sich die Handflächen wund. Kehlige »Bravo! Bravo!«-Rufe.

»Jetzt ist er tot«, mutmaßt Frank Karl. Die zwei Polizisten knien auf ihm und versuchen ihm die Hände auf den Rücken zu drehen. »Ihr müssts unbedingt den Bühnenausgang sichern«, befiehlt der Gruppeninspektor. Der Bezirksinspektor lacht nur einmal kurz auf. »Das ist ein Irrtum.« Frank Karl versucht es mit der Sprache der Vernunft: »Ihr unterliegt einer Fehlwahrnehmung.« Der Bezirksinspektor tritt ihm in den Bauch.

Der frenetische Applaus des Publikums hält an. Noch immer »Bravo! Bravo!«-Rufe. Jetzt tritt der Großinquisitor vor den Vorhang. Das Klatschen brandet hoch. Der Großinquisitor breitet die Arme aus, versucht durch Heben und Senken der Hände das Publikum zu beschwichtigen. »Es möge schweigen!« Das Gegenteil tritt ein, die Menschen jauchzen. Jetzt zieht der Großinquisitor eine abgesägte Jagdflinte unter dem Ornat hervor. Augenblicklich erstirbt der Applaus. In die Stille hinein krächzt er: »Rörr ist tot. Wir haben ihn gepfählt. Er hat uns erniedrigt.« Langsam schiebt er den Doppellauf der Flinte unter sein Kinn. Maximo Fried schleudert den roten Kardinalsschuh von sich und hebt sein Knie an. Er führt die große Zehe an den Abzug. Das Publikum findet diese storchenhafte Verkrampfung lustig. Es lacht. Jetzt kracht der Schuss. Blut, Knochensplitter und Gehirnteig spritzen auf den Vorhang.

Günther Pfeifer

Black!

Eine Frau wird rot

Das Verhör hatte vor gut zwei Stunde begonnen und seither hatten sich Gregorijev, Althans und Jansky bemüht, etwas aus den drei Komparsen herauszubekommen. Mit äußerst mäßigem Erfolg. Es ging schon auf den Morgen zu, als der Chef schließlich entschied, die Marple anrufen zu lassen. Zwanzig Minuten später saßen sie alle in seinem Büro und man erzählte ihr die Fakten.

»Tja, so schaut's aus«, sagte der Chef.

»Wo sind sie jetzt?«

»Aufgeteilt. Im Einser-, Zweier-, Dreierzimmer.«

»Bringt sie alle ins Zweier, das ist am kleinsten und am ungemütlichsten.«

»Aber alle drei gemeinsam ...? Sie könnten sich absprechen.«

»Das haben sie sicher längst, ich fang in fünf Minuten an.«

Die Marple war so etwas wie die Verhörspezialistin im Dezernat. Nicht, dass sie eine besondere Ausbildung gehabt hätte, aber im Lauf der Jahre hatte sie sich einfach einen Namen gemacht, ihre Geständnisquote war fast doppelt so hoch wie die von Althans – und der war gut. »Miss Marple« nannte man sie schon ewig, aber das war ironisch gemeint. In Wahrheit erinnerte nichts an ihr an eine freundliche alte Dame. Sie war nicht klein, sie war nicht alt und sie war auch nicht unscheinbar. Tatsächlich sah sie eher aus wie eine etwas reifere und etwas üppigere Ausgabe dieser Weibsteufel-Schauspielerin. Einige fantasievolle Kollegen begannen zu winseln, wenn sie in ihre Nähe kam. Andere wiederum hechelten nur.

»Kann es nicht ein Unfall gewesen sei?«, fragte sie.

»Theoretisch«, antwortete Jansky. »In dem Chaos hat irgendjemand ›Black!‹ gerufen und der Lichttechniker hat das für eine gute Idee gehalten. Gut möglich, dass das Opfer einfach unglücklich gefallen ist, aber wenn man sich die Entfernungen am Bühnenplan ansieht, kann man zumindest nicht ausschließen, dass jemand nachgeholfen hat. Und die drei Clowns waren am dichtesten an ihm dran ...«

Als die Marple bald darauf das Zweier-Verhörzimmer ansteuerte, hatte sie sich einen Minirock angezogen und die obersten drei Blusenknöpfe geöffnet. Die drei Statisten würden sich gegenseitig darin übertreffen wollen, sie anzubaggern.

»Das muss ich mir anschaun.« Der Chef hatte sich neben Althans vor den Monitor gestellt. Auch Gregorijev und Jansky blieben da.

Die Marple betrat den Verhörraum und wurde von drei Augenpaaren eingefangen, gemustert, taxiert, schließlich genüsslich aus- und vorläufig nicht wieder angezogen. Das Urteil war gefällt: Sie war eine Tussi, und mit der konnte man sich einen Jux machen.

»Guten Abend. Ich bin Gruppeninspektorin Berko. Ich werde jetzt weitermachen, wo meine Kollegen aufgehört haben. Wir haben ihre Daten zwar schon, aber ich kenne Sie noch nicht. Wer ist der Herr Meixner?«

Die drei verständigten sich mit Blicken. Kurz schienen sie zu überlegen, ob das nicht schon die erste gute Gelegenheit wäre, die Polizistin hochzunehmen, indem sich nämlich nicht Meixner, sondern Körner meldete, aber dann ließen sie es doch bleiben.

»Was steht zu Diensten, schöne Frau?«, fragte Meixner und räkelte sich auf seinem Sessel, wobei er den Unterleib provokant weit vorschob. Jansky behauptete später, dass die Marple es tatsächlich geschafft hatte, rot zu werden, aber die anderen glaubten ihm nicht – man schob es auf einen Farbfehler, den der Monitor manchmal hatte.

»Sie sind Komparse am Burgtheater? Ist das ihr ... Hauptberuf?«

»Holdes Wesen! Sie sehen einen Menschen vor sich, den das Leben ganz und gar ›auf den Hund‹ gebracht hat. Mehr noch, ›unter den Hund‹ gebracht hat, dann ›unter die Hund‹ und am Schluss, als unter die Hund nichts mehr zu holen war, wieder zurück unter die Menschen, und das soll man keinem Menschen zumuten, dass er unter die Menschen gerät, weil unter die Hund und ihre Artgenossen, die Wölfe, geht es weitaus menschlicher zu als bei denen, die sich selber Menschen nennen, und doch meistens nur Leut sind.«

Die Marpel lächelte ein ganz klein wenig. Der Typ redete im Nestroy-Stil und hielt sich für einen verwegenen Kerl, der sich im Verhörraum wie auf der Bühne benahm. Selbstdarsteller aus einem Minderwertigkeitskomplex heraus. Keine große Herausforderung für sie.

»Ja, aber das beantwortet meine Frage nicht ganz. Was ist denn jetzt ihr Beruf?«

»Beruflich hab ich schon viele Stationen hinter mir, die meisten davon will ich einem zarten Gemüt wie dem Ihren nicht zumuten, damit Sie nicht den Glauben an das Glück verlieren. Nur so viel will ich Ihnen verraten, dass das, was ich so tu, um mich am Leben zu erhalten, nicht das Geringste mit einem herkömmlichen Beruf zu tun hat und schon gar nicht mit der Berufung, die doch ein jeder Mensch in sich spürt – wenigstens so lange, bis er dann einen Beruf ergreift.«

Die Marple zuckte mit keiner Wimper.

»Und was wäre Ihre Berufung?

»Zum Astronomen fühl ich mich berufen, weil die Beschäftigung mit die Stern eine so reine Liebe ist, dass dem schier gar nichts gleichkommt. Ein Schuster kann noch so lange die Rindviecher anschauen, kann noch so lange den Wohlgeruch des fertigen Leders inhalieren, kann noch so lange von den zarten Damenfüßchen träumen, die später seine Schuh überstreifen werden, irgendwann muss er doch zum Zuschneiden anfangen, sich in die Händ spucken und das Leder über d' Leisten schlagen, sonst macht er nie ein Gschäft und muss verhungern. Wohingegen dem Astronomen niemand bös sein wird, wenn er keine Sterne vom Himmel holt oder sie aufhängt und abklopft, als wären s' Bettvorleger.«

»Sie fühlen sich also zum Astronomen berufen. Schön, aber wovon leben Sie? Von der Komparserie am Burgtheater. Oder spielen Sie sonst noch irgendwo?«

In Wahrheit hatte sich Gregorijev schon vor einer Stunde die Lebensläufe der drei besorgt und die Marple hatte sie im Zimmer des Chefs überflogen. Sie gingen zusammen auf eine Schauspielschule. Während des Studiums durften die Schüler eigentlich nicht auftreten, dennoch versuchten etliche als Komparsen an der Burg einen Fuß in die Tür zu bekommen. Diese drei waren auf einen Schlag ins Rampenlicht getreten, als sie bei einer Aufführung von »Lumpazivagabundus« während der Wirtshausszene mit dem »Schauspielfürsten« in ein Gerangel geraten waren. Niemand wusste mehr genau, wie es angefangen hatte, aber am Schluss stürzte der Fürst so unglücklich von der Bühne, dass er noch an Ort und Stelle verstarb. »Fürst« war die mittlerweile gängige Abkürzung für »Schauspielfürst«, ein Prädikat, welches die Medien dem Mann schon vor einiger Zeit verliehen hatten.

Seit dem Ende des Adels vor mittlerweile fast hundert Jahren hatten sich die Österreicher eine ganze Heerschar Ersatzadeliger geschaffen. In Wien wimmelte es nur so von Marmeladekaisern, Hendlkönigen, Ballprinzessinnen und Biergrafen. Der Fürst war einer der meistbeschäftigten Darsteller am Theater, außerdem im TV, im Kino und sogar in der Werbung äußerst präsent; dementsprechend waren eine halbe Stunde nach dem Abbruch des Stückes die Innenministerin, der Polizeipräsident und ein halbes Dutzend anderer Großkopferter damit beschäftigt, den Leiter des Morddezernates daran zu erinnern, dass es ein Fall von öffentlichem Interesse war, dass die ersten vierundzwanzig Stunden nach einem Mord die wichtigsten für die Ermittlungen waren, dass sie noch in dieser Nacht Ergebnisse erwarteten und dass absolut nichts an die Medien durchsickern durfte.

Das war natürlich Schwachsinn, in der Vorstellung waren über sechshundert Zuschauer gesessen und dank Twitter, Facebook, WhatsApp und dem guten alten Telefon wussten mittlerweile nicht nur die Medien, sondern auch tausende

Privatpersonen von der Sache. Schon als die Marple ankam, war das Präsidium von Fernsehteams, Reportern und Fotografen belagert gewesen, sie hatte einen weiten Bogen um sie geschlagen und war durch ein Nebengebäude reingekommen. Jetzt saß sie also den drei Hauptverdächtigen gegenüber.

»Nun, wovon leben Sie?«

»Von der Hand im Mund, um einen kannibalischen Vergleich zu bringen ...«

»Und Sie sind der Herr ...«, die Marple sah den mittleren Schauspielschüler an. Würde auch er versuchen, Floskeln in Bühnensprache von sich zu geben?

»Zach«, antwortete er.

»Wovon leben Sie, Herr Zach?«

»Von Luft und Liebe, kann man sagen. Ich meine die greifbare, die körperlicher Liebe, die ich seit meiner frühesten Jugend mit einer geradezu fanatischen Ausdauer praktiziere, um nicht zu sagen betreibe. Mehrmals täglich verspüre ich das nicht zu unterdrückende Bedürfnis nach dem Weibe. Mit jeder Faser meines Körpers drängt es mich zur Kopulation in ihrer wildesten und ursprünglichsten Form. Ich will es verraten, ich neige zu einer tiefreligiösen Verehrung der heiligen Vulva. Diese Göttin kann sowohl die höchsten als auch die tiefsten Gefühle in mindestens einer Menschheitshälfte wecken, warum sie also nicht auf den Thron heben, der ihr zusteht? Sie spüren schon – warum soll ich es auch leugnen? –, ich bin ein großer Freund der Frauen, auch wenn ich von Statur eher klein bin.«

Das stimmte, während der Astronom aus Berufung ziemlich groß war, hatte der Frauenfreund, die Einssiebzig knapp verfehlt. Die Marple war also fast zehn Zentimeter größer als er.

»Meine bescheidene Größe«, fuhr er fort, »hindert mich aber nicht daran, nach Höherem zu streben, wie es der Mensch ja immer tun soll. Nach Höherem, nach Höherem, ganz egal, wie hoch, wenn nur das Höhere ein hohes Frauenzimmer sein möcht.«

Hatte der Monitor schon wieder Farbfehler? Oder konnte die Marple tatsächlich auf Knopfdruck erröten? Die Augen hatte sie jedenfalls verlegen niedergeschlagen und motivierte Zach so zum nächsten Vorstoß.

»Und auch meine – bleiben wir höflich und nennen wir sie nicht zaundürr, nennen wir sie lieber schlank –, meine schlanke Statur also kann mich nicht daran hindern, noch weniger davon abhalten, das Üppige, das Volle und das Runde zu begehren, zumal wenn Üppigkeit, Völle und Rundlichkeit die Zuwaag zu einer reichlichen Portion Frauenzimmer sind. Es liegt in meiner animalischen Natur, Brunftschreie auszustoßen, wenn sich mir dralle Weiber nähern.«

Er fuhr sich bereits zum wiederholten Mal genüsslich mit der Zunge über die Lippen, erlebte aber diesmal eine herbe Enttäuschung, weil die Marple sich nicht provozieren ließ und sich bereits an Körner gewandt hatte.

»Und Sie? Wollen Sie mir sagen, welchen Beruf Sie ausüben, wovon Sie leben und was bei der heutigen Vorstellung passiert ist? Oder wollen Sie mir auch nur zeigen, dass Sie ein bisschen Theater spielen können?«

Sie hatte nicht nur ihren Tonfall geändert, sondern auch ihre Haltung, was ihr plötzlich eine völlig andere Ausstrahlung verlieh. Körner zögerte ein wenig mit der Antwort.

»Ja, Theater, Sie haben ganz Recht, es ist alles Theater, weil ja die ganze Welt eine Bühne ist, aber auf ebendieser Bühne bin ich dem großen Abgang stets näher als dem großen Auftritt, weswegen ich auch den letzten Abgang des großen Kollegen zu meinem eigenen machen werd. Vom heutigen Tag an will ich nichts mehr spielen, schon gar kein Theater, weil ich just heut hab erkennen müssen, dass das Leben Grauslichkeiten genug über hat, da brauch ich gar nicht ins Theater, wenn selbst dort aus einem kleinen Jux eine große Tragödie wird. Da bräuchte es die Tragödien des Lebens gar nicht, um ...«

»Sie sehen, meine Gnädigste«, unterbrach der Sternenfreund, »der Gute ist ganz und gar aus dem Häusl, weil ein harmloser Spaß derartig entartet ist, dass es mit der Artigkeit von allen Seiten rasch vorbei war und eine Rauferei von der Art entstanden ist, dass es die Sterne nicht mit ansehen konnten und vom Himmel gefallen sind, namentlich der Stern eines verehrten Kollegen, der zwar nur von der Bühne und nicht vom Himmel gefallen ist, dafür aber so unglücklich aufschlug, dass er sich mit Sicherheit jetzt im nämlichen Himmel befindet.«

Die Marple sah vom einen zum anderen. In Gedanken zog sie eine kleine Zwischenbilanz. Meixner war zweifellos der mit dem größten Ego. Er gab den Leithammel und den Spaßvogel, außerdem war er betrunken oder hatte sich mit Unterhaltungschemie anderer Art in Form gebracht. Zach wiederum ließ scheinbar keine Gelegenheit aus, sich an irgendeiner Frau zu reiben – wenigstens verbal. Vermutlich kämpfte er im richtigen Leben mit Erektionsproblemen oder vorzeitigem Samenerguss. Die Marple tippte auf Letzteres. Und Körner? Der war noch der Normalste. Aber so was konnte man nie mit Sicherheit sagen. Es gab mehrere Ansatzpunkte:

Erstens, sie könnte das große Ego noch weiter aufblähen, bis es platzte und der Sternenfreund sich verplapperte.

Zweitens, sie konnte sich auf den Normalen stürzen, ihn von den anderen separieren und an sein Gewissen appellieren.

Drittens, sie konnte den Frauenfreund vom Verbalerotiker zum Brachialerotiker befördern. Es gab nichts, was Männer der Marpel verschwiegen, wenn diese den dritten Durchgang einläutete.

Die Grundfrage aber blieb doch: War es ein vorsätzlicher Mord oder ein Unfall? Vielleicht wussten ja gar nicht alle drei dasselbe. Was, wenn einer von ihnen einen Alleingang gemacht, den Jux um die gestörte Theateraufführung ausgenutzt hatte, ohne dass die anderen etwas davon ahnten? Sie beschloss anzugreifen.

»So, meine Herrschaften, jetzt sag ich euch was. Ihr habt während der Wirtshausszene, genauer gesagt während einer Gesangseinlage, begonnen, die Vorstellung zu stören, indem ihr zuerst falsch hineingesungen habt, und dann bist du, Meixner, von deinem Tisch weggetorkelt und hast den Fürsten angerempelt, du, Zach hast einer Komparsin die Bluse aufgerissen und sie in den Lichtkegel eines Spots gedrängt, und du, Körner, bist mit einem Stück Seil zur Bühnenmitte gegangen und hast geschrien: ›Wenn alle Strick reißen, dann häng ich mich auf!‹ Das stimmt doch, oder?«

Sie war dazu übergegangen die drei Zeugen zu duzen, sollte einer empfindlich darauf reagieren, dann wäre das der erste Ansatz.

»Der Fürst hat dich weggestoßen, der Chor kam aus dem Takt, die teilentblößte Komparsin ist ins Off geflüchtet und zwei, drei eurer Kollegen wollten euch zurück in den Bühnenhintergrund drängen. Wo Komparsen ja auch hingehören. Ihr seid doch Komparsen, oder? Wolltet ihr auch einmal im Mittelpunkt stehen? Habt ihr geglaubt, dass das Ganze keine schlimmen Folgen für euch gehabt hätte, wenn es nicht zu diesem ›Unglücksfall‹ gekommen wäre? Wie naiv kann man eigentlich sein? Aber wie auch immer, der Beleuchter machte ein ›Black‹ und der Fürst fiel von der Bühne.«

Sie wurde unterbrochen. Gregorijev öffnete die Tür, sie ging zu ihm. Er flüsterte: »Der Fürst ist gekommen!«

»Der Fürst? Aber der ist doch ...« Sie warf einen schnellen Blick über die Schulter. Hatten die drei das gehört? Sie hatten nicht. Rasch drängte die Marple Gregorijev auf den Gang hinaus.

»War er nur ... Ich hab gedacht, der Tod ist mit Sicherheit festgestellt worden?«

»Ist er auch. Aber heute hat nicht der Fürst selbst gespielt, sondern ein Double.«

»Ein Double?«

»Er hat uns erzählt, er hätte eine derartige Fülle von Angeboten, dass er das unmöglich alleine schafft. Er hat vor ein paar Jahren einen Kerl getroffen, der ihm verblüffend ähnlich geschaut hat. Ein ganz brauchbarer Schauspieler, wie er meint. Er hat dem Burschen Unterricht gegeben. Den Rest macht die Maske, sagt er. Es weiß nur ein ganz kleiner Kreis von der Sache, alle Beteiligten haben sich vertraglich zur Verschwiegenheit verpflichtet.«

»Und, das hat funktioniert?«

»Offenbar. Der Fürst sagt, dass der andere natürlich keine großen Rollen oder wichtige Premieren gespielt hat. Eher Kurzauftritte, Werbespots und Abonnementvorstellungen. Auch in ›Lumpazivagabundus‹ hat er sonst immer selber gespielt, aber heute war ein echter Notfall – deshalb musste der andere ran. Jetzt fürchtet der Fürst, dass die Sache ans Licht kommt, und bittet uns um äußerste Diskretion ...«

»Aber den Tod von dem ... wie hieß der Doppelgänger eigentlich?«

»Clausthaler.«

»Also den Tod von dem Clausthaler hat doch jeder vom Publikum mitbekommen.«

»Na ja, vergiss nicht, dass sie glauben, den Tod vom Fürsten mitbekommen zu haben, er muss sozusagen ... wiederauferstehen ... was weiß ich, vielleicht ... im Spital aus dem Koma erwachen, oder wie auch immer.«

Die Marple schwieg eine Weile, man konnte sehen, wie es hinter ihrer Stirn arbeitete.

»Geh wieder zurück und frag ihn, ob er die drei persönlich kennt, ob er vielleicht einmal mit einem von ihnen Streit gehabt hat oder sich sonst ein Motiv vorstellen könnte. Dann hol mich.« Sie trat wieder in den Zweier-Verhörraum und zog die Tür nachdenklich hinter sich zu.

»Es sollte also eine Art PR-Aktion in eigener Sache sein. Nicht wahr?«

»Ein wahres Wort aus einem holden Mund«, entgegnete Zach. »Der Mund einer Frau ist ja ein ebenso schönes wie mächtiges Instrument, das in seiner Macht nur noch übertroffen wird von ihrer ...«

»Und aus!« Die Marple hatte ihrer Stimme eine derartige Autorität und aggressive Dominanz verliehen, dass Zach, der ein wenig vorgebeugt auf dem Sessel saß, förmlich zurückprallte. Auch die anderen beiden waren zusammengezuckt. Keiner sagte ein Wort.

Die Marple setzte sich nicht, sondern blieb an die Tür gelehnt stehen und begann langsam, fast nachdenklich, zu erzählen. Sie erzählte eine Geschichte, in der drei mittelmäßig begabte Schauspielschüler beisammensaßen und überlegten, wie sie sich denn profilieren könnten. Wie sie ihren Bekanntheitsgrad mit einem Schlag steigern könnten. Schließlich waren die drei auf die Idee gekommen, sich als Komparsen bei einer Aufführung am Burgtheater derartig ins Rampenlicht zu spielen, dass am nächsten Tag alle Medien des Landes davon berichten würden. Vermutlich hatten sie Chancen und Risiken gegeneinander abgewogen und waren zu dem Schluss gekommen, dass es sich auszahlen würde. Vielleicht würden sie sogar das große Los ziehen. Auch Negativwerbung war schließlich Publicity.

»Einer von euch«, hob die Marple jetzt ihre Stimme, »einer von euch hatte aber noch eine andere Idee. Eine geniale Idee. Eine Idee, wie der Lausbubenstreich noch länger im Gedächtnis der Leute bleiben würde. Und außerdem ein Schauspieler weniger Rollenangebote bekommen würde, weil es ihn gar nicht mehr gab, weil er ja tot war, der Schauspieler. Aber irgendeiner muss sie ja spielen, die vakanten Rollen, nicht wahr?«

Sie musterte die Gesichter der drei. Mittlerweile hatten die aufgesetzten Mienen Risse bekommen und es blitzte bei allen ein gewisses Interesse an ihrer Geschichte auf. Aber Angst konnte sie vorläufig bei keinem erkennen.

Es klopfte. Diesmal streckte Althans den Kopf zur Tür herein.

»Kannst du kurz ...?«

Sie gingen raus.

»Was ist schon wieder?«

»Der Fürst sagt, dass er einen der drei einmal bei einem Casting abgelehnt hat. Er hätte ihm zu wenig Ausstrahlung gehabt, meint er.«

»Welcher?«

Althans nannte ihr den Namen. Sie nickte nachdenklich.

»Was aber viel wichtiger ist«, fuhr Althans fort, »der Polizeiarzt lässt ausrichten, dass die tödliche Verletzung nicht vom Bühnensturz stammt, sondern dem Opfer kurz vorher mit einem stumpfen Gegenstand zugefügt worden ist. Er meint, ein Rohr, eine Flasche, ein Krug oder so ...«

»Okay. Schön langsam seh ich klarer. Pass auf, hol den Fürsten vor die Tür und sag ihm ... Oder wart, ich schreib dir was für ihn auf ... Vielleicht ist es ja ein Schuss in den Ofen, aber probiern möcht ich's doch. Zeig ihm im Monitor den einen, dann schick ihn her ...«

Sie kritzelte ein paar Zeilen auf die Rückseite eines Poliziballplakates, das sie von der Wand genommen hatte. Althans eilte davon. Sie ging wieder rein und blieb auch diesmal stehen, so als würde sich das Setzen gar nicht lohnen, weil in ein paar Minuten ohnehin alles vorbei wäre.

»Also, die Frage ist doch, ob sich zwei von euch jetzt solidarisch erklären, nachdem ihnen nach und nach klar werden wird, dass sie missbraucht worden sind. Für einen kleinen, dreckigen Mordplan missbraucht worden sind. Vielleicht seid ihr ja wirklich so naiv und glaubt an den Unfall im Zuge der Rangelei. Aber er hat zugeschlagen. Vorher! Vor dem Sturz. Dafür konnte er natürlich keine Zeugen brauchen. Hat ›Black!‹ gerufen. Und der Beleuchter hat das Licht abgedreht.«

»Wer? Sie reden dauernd von einem von uns und sagen aber nicht, wer das sein soll!« Der Sternenfreund hatte viel von seiner Coolness verloren.

»Ich denke, das soll uns das Opfer selbst sagen.«

Die drei Schauspielschülergesichter entgleisten, als die Marple kurz darauf die Tür öffnete und der Fürst eintrat. Er hatte schnell begriffen, was seine Rolle war, seine Haltung, seine Miene, alles an ihm war wiederauferstandener Racheengel. Er trat ohne Weiteres auf Körner zu und baute sich vor ihm auf.

»Du warst es! Du hast mir das Krügel ins Genick geschlagen! Hast dir gedacht, dass du dich so rächst! Hast dir gedacht, dass du mir schon zeigen wirst, wie viel Ausstrahlung du hast. Bist beim Casting abgelehnt worden, so was tut weh, nicht wahr? Da ist dir dann das da eingefallen und die zwei Trottel da waren blöd genug, sich dafür missbrauchen zu lassen. Aber ich bin nicht tot. Bin immer noch da!«

Er hatte sich den Text, den ihm die Marple aufgeschrieben hatte, etwas mundgerecht gemacht, aber damit konnte sie leben.

»Hat er als Erster von der Idee der Publicity-Aktion auf offener Bühne geredet?« Miss Marple deutete auf Körner, war aber an Zach, den Verbalerotiker, herangetreten – ebenfalls sehr nahe. Jetzt setzte sie ihre Weiblichkeit sehr bewusst ein. Zach schwitzte, röchelte, schluckte, räusperte sich, schluckte nochmals und nickte dann.

»Willst du leugnen?« Sie fragte Körner in einem Tonfall, der keinen Zweifel daran ließ, dass Leugnen eine ganz und gar absurde Idee wäre. Der Fürst hatte ihm beide Hände auf die Schultern gelegt und sein Gesicht dicht vor das von Körner gebracht. Dieser schwitzte womöglich noch mehr als Zach.

»Nein«, brachte er schließlich mühsam hervor.

Dreißig Minuten später, als das Geständnis abgetippt und unterschrieben war, als sich Staatsanwalt und Pressesprecher auf eine Version für die Öffentlichkeit geeinigt hatten, begleitete die Marple den Fürsten zum Hinterausgang. Erst als sie sich die Hände gegeben hatten, redete er wieder.

»Das war nicht nur Rache oder Neid auf meinen Erfolg oder die vage Hoffnung, bessere Rollen zu bekommen, es ist das Denken dieser neuen Schauspielergeneration. Dieses Denken, sich einen Typ anzueignen und dann lebenslag diese Rolle zu spielen, oder sagen wir ... sie regelrecht zu leben. Maßlos zu trinken, um die Trinkerrollen zu bekommen. Alltagsverrückt zu sein, um die Verrücktenrollen zu bekommen. Die Hure zu leben, um die Hurenrollen zu bekommen. Ein Psycho zu sein, um die Psychorollen zu bekommen. Stanislawski und Strasberg ins tägliche Leben zu holen. Lebenslanges Method Acting, ohne das eigentliche Handwerk überhaupt zu beherrschen. Das ist nicht meine Auffassung von dem Beruf. Und auch nicht mein Stil. Kennen Sie die Geschichte von Laurence Olivier und Dustin Hoffman?«

Die Marple schüttelte den Kopf.

»Beim Dreh zum Film ›Marathon Man‹ tauchte Hoffman eines Tages vollkommen fertig und zerstört am Set auf, er sah furchtbar aus. Olivier fragte ihn, was los sei, und Hoffman erklärte ihm, dass er an diesem Tag eine Szene zu drehen hätte, die nach zwei schlaflosen Nächten spielte, und er sich ganz realistisch darauf vorbereitet hätte. Olivier sah ihn eine Weile schweigend an und frage dann: ›Warum probierst du es nicht mit Schauspielerei? Das ist viel einfacher.‹ Wissen Sie, was ich meine?«

Die Marple nickte. Dann gingen sie stumm voneinander.

Peter Wehle

Mörderparabel

Nathan-Beweise

Ein ahnungsloser Beobachter hätte die kniende Gestalt für einen verzweifelten Angehörigen halten können.

Oder für einen hingebungsvoll Betenden.

Aber Magister Ludwig Halb, Hofrat des österreichischen Bundeskriminalamts, litt weder als frisch gebackener Hinterbliebener noch suchte er Gottes Hilfe, vielmehr hielt er eine altmodische Audiokassette zwischen seinen Händen und überlegte, ob er sie im Grab seines Großvaters verscharren sollte.

Sein geliebter Opa – nachdem Halb seine Eltern bei einem Straßenbahnunfall verloren hatte, war er bei seinem Großvater »... immer größer« geworden.

»Mein Gott, Bub, mir scheint, Du bist seit der Früh schon wieder gewachsen. Du wirst immer größer! Oder bin ich geschrumpft?« ... und dann war er ihm liebevoll durch seine Haare gefahren, die je nach Alter und Jahreszeit zwischen Stoppelglatze und Schulterlänge variierten.

Halb versuchte hochzurechnen, wie oft sich dieses Ritual im Stammcafé gleich beim Wiener Burgtheater abgespielt haben könnte.

1969 hatte ihn sein Opa zu sich genommen. Zu sich nach Hause, aber auch zu sich ins Burgtheater – der Chefbeleuchter dieser altehrwürdigen Kulturinstitution hatte sich alle

Mühe gegeben, seinem Enkel Mutter, Vater und Opa in einer Person zu sein, weshalb er Klein-Ludwig von der Volksschule abgeholt und zu den Nachmittagsproben mitgenommen hatte. Später dann hatte Halb seinen Großvater gebeten, ihn nicht mehr persönlich abzuholen ... er wäre ja kein kleines Kind mehr. Er könnte schon ganz allein ins Kaffeehaus gehen und dort auf seinen Opa warten.

Die Ober waren immer sehr nett und übersahen geflissentlich, wenn er aus Angst vor nahenden Schularbeiten oder aus Kummer über sein Waisendasein mit feuchten Augen und trockenem Mund in der »Sechzehner-Loge« – im Mehlspeis-, nicht im Musentempel! – gesessen war.

Und dann der erlösende Satz ... »Mein Gott, Bub, mir scheint, Du bist seit der Früh schon wieder gewachsen ...«!

Eintausenddreihundert Mal? Ja, das könnte hinkommen, so oft dürfte er diesen Satz gehört haben.

Auf jeden Fall konnte Halb mit Fug und Recht behaupten, dass er im Burgtheater aufgewachsen war.

... oder zumindest gleich daneben.

Und jetzt das!

Vor zwei Wochen hatte er sich und seiner lädierten Wirbelsäule einen sanften Ruck gegeben. Eine Kiste ... er würde eine der Kisten, die heimatlos zwischen seinen zweieinhalb Haushalten umherirrten, im neuen »Erb-Haus« auspacken und ihren Inhalt adäquat verstauen. Genüsslich hatte er sich ausgemalt, was sich ihm für Schätze offenbaren würden. Spielzeuge, Bücher oder vielleicht sogar eines der Fotoalben, die ihm sein Opa immer ...

Kassetten!

Audiokassetten!

Und sein geliebter Radiorecorder.

Vorsichtig hatte er die erstbeste Kassette in den Schacht geschoben und ...

»Mein lieber Enkel-Bub! Vielleicht ist meine Idee blöd. Aber seit Du ganz klein warst, hast Du immer, wenn man Dich gefragt hat, ›Ja, was willst Du denn werden, wenn Du einmal groß bist?‹, da hast Du immer ›Polizist!‹ gesagt. Also, wie Du zweieinhalb warst, hast Du ›Polilist‹ gesagt. Aber dann später ... Polizist. Und vielleicht wirst Du das ja auch wirklich einmal. Und vielleicht hörst Du dann diese Kassette. Und vielleicht ...« – die Stopptaste ging etwas schwerfällig, aber Halb war so überrascht, dass er den störrischen Druckpunkt gar nicht spürte. Keine Hitparade aus den Siebzigern! Sondern sein Opa!

Ohne Knistern. Wie er leibte und lebte. Und wie Halb ihn liebte – mit seinen verschrobenen und verschobenen Formulierungen, seinem Gerechtigkeitssinn und seiner wienerischen Liebenswürdigkeit.

Halb hing noch einige Sekunden seinen Erinnerungen nach, bevor er wieder auf »Play« drückte.

»... kannst Du dann sogar etwas aufklären. Und zwar einen Mord! Ja, allen Ernstes – ich bin mir sicher, dass das ein Mord war. Letzte Woche. Ah so, Du wirst ja sicher einmal ... also, falls Du diese Kassette je abhören solltest ... und falls Du überhaupt wirklich Polizist geworden sein solltest ... also natürlich nur dann. Was wollte ich sagen? Ah ja – in dem Fall willst Du wissen, wann der Mord geschehen ist. Am Freitag, dem 15. Dezember 1972. Du freust Dich natürlich schon wie ein Schneekönig auf das Christkind. Und hoffst, dass Du die Autorennbahn mit der Steilkurve bekommst. Nicht zu Unrecht. Und ich ... ich ... hab ein sehr komisches Gefühl! Weil ich bin mir sicher, dass der Tempelherr tatsächlich ermordet worden ist. Aber ob das wirklich der Patriarch war? Also, natürlich der Schauspieler des Tempelherrn vom Schauspieler des Patriarchen. Aber der Reihe nach.

Am vergangenen Freitag hatte ›Nathan der Weise‹ Premiere. eine großartige Besetzung ... und sogar eine wirklich schöne Aufführung, obwohl das so einer von diesen neuen Regisseuren war. Na so einer, der glaubt, dass die Worte allein zu wenig tragen würden. Als ob man einem Goethe, Schiller, Lessing, Nestroy mit einer übertriebenen Inszenierung helfen müsste. So ein Blödsinn! Aber gerade bei dem ›Nathan‹ hat sich der Regisseur zurückgehalten.

Allerdings war eine seiner Ideen ... na ja, tödlich. Obwohl die mir eigentlich auch gut gefallen hat. Und zwar gleich am Anfang, während des Dialogs Nathan und Daja. Wie sie ihm sagt, dass die Recha fast verbrannt wäre. Da ...«

Stopptaste. Halb konnte sich noch gut erinnern, dass es ihm als Kind wahnsinnig imponiert hatte, wie sein Opa mit allen großen Charakteren der Burgtheater-Literatur quasi per du war. Später war ihm das auf die Nerven gegangen. Und vor zwei Wochen hatte er schlicht bedauert, dass er weder die Begeisterung für noch das Wissen um die Klassiker geerbt hatte. Und da er immer noch ein altmodischer Mensch war, hatte Halb ins Bücherregal gegriffen und sich blitz-gebildet. Daja war die Gesellschafterin von Recha, der Adoptivtochter Nathans. »Gleich am Anfang« ... was war da? Ah ja – Nathan kehrt von einer Geschäftsreise zurück und Daja erzählt ihm noch im Vorzimmer, dass Recha bei einem Hausbrand beinahe umgekommen wäre.

»Das nenn ich einen warmen Empfang«, murmelte Halb in sein beginnendes Doppelkinn und ließ die Kassette weiterlaufen.

»Da ist dem Regisseur folgende Idee gekommen. Vorne links auf der Bühne Nathan und Daja, hinter ihnen ein dünner, weißer Vorhang. Die Szene dahinter sieht das Publikum nur als Schattenspiel. ... das war übrigens eine große Herausforderung für uns Beleuchter. Ich sag's Dir ... aber egal. Jedenfalls wurde dem Publikum auf dieser Schattenspiel-Ebene das gezeigt, worüber vorne an der Rampe gerade gesprochen wurde. Man sah also, wie die Schattengestalt vom Tempelherrn mit wallendem Mantel einen Berg aus Schutt hinauf stürmte und die Schwarz-Weiß-Recha rettete, die wild gestikulierend oben an einem Fenster stand. Es hat zwar ein bisserl nach Rapunzel ausgesehen, trotzdem war es sehr dramatisch. Und es hat bei den Proben immer wunderbar funktioniert. Aber bei der Premiere gibt's plötzlich einen fürchterlichen Kracher, und der Tempelherr stürzt in dem Moment, wie er bei der Recha ist, nach hinten und fliegt die vier Meter ungebremst auf die Bühnenbretter. Die Recha hat so gekreischt, als ob sie wirklich grad verbrennen tät. Nach einer Schrecksekunde ist der Nathan geistesgegenwärtig an die Rampe getreten und hat das Publikum um Verständnis gebeten – das sei ein bedauerlicher Zwischenfall, die Vorstellung würde aber gleich weitergehen.

Die Zweitbesetzung war in ein paar Minuten fertig ... da hat es länger gedauert, den toten Tempelherrn und das kaputte Schutthaufen-Gestell von der Bühne zu zerren.

Ich hab mir das Trumm natürlich gleich näher angeschaut. Und es bewundert – die Kollegen vom Kulissenbau hatten das wirklich sehr stabil und schön gebaut. Im Vordergrund so ein stilisierter Schutthaufen ... die haben den sogar angemalt, obwohl das ja nur als Schatten zu sehen war. Und dahinter war eine Treppe verborgen, damit der Tempelherr, ohne sich zu verletzen, eben möglichst ungestüm zur Recha hinauf sausen konnte. Hinter ihrem Turmfenster war natürlich eine kleine Plattform versteckt, die sie über eine Leiter betreten hatte.

So weit, so gut. Aber! Die vorletzte Stufe der Tempelherr-Treppe war eindeutig auf beiden Seiten angeschnitten worden. Komischerweise nicht angesägt ... das war ein sauberer Anschnitt. Wie mit einem extrem scharfen Messer. Natürlich von unten, dass es ja keiner sehen konnte. Wer immer das getan hatte, hat dafür gesorgt, dass dieses Brett erst herausbricht, wenn es belastet wird. Und außerdem kann er das erst zwischen Generalprobe und Premiere gemacht haben.

Wie auch immer. Der Bühnenarzt war natürlich sofort zur Stelle ... der hat aber auch nur den Tod vom Tempelherrn feststellen können. Die Nächsten waren dann die Polizisten, fast gleichzeitig sind die Herren vom Arbeitsinspektorat da gewesen. Dieses Gstell ist gleich konfisziert und abtransportiert worden. Und dann haben sie auch alle Werkzeuge kassiert, mit denen diese Sabotage durchgeführt hätte werden können. Also ... worden sein können. Sogar jedes Messerl und Sagerl, jeden Taschenfeitl haben s' mitgenommen. Und den Patriarchen. Also den Hans Friedrich Kannerer, der den Patriarchen gespielt hat. Weil es gab mehrere Zeugen, dass sich die beiden, Tempelherr und Patriarch, am Vorabend nach der Generalprobe in den Kulissen fürchterlich gestritten haben. Allerdings hatte keiner genau gehört, worum's da gegangen ist. Beim Verhör hat der Kannerer dann den Streit zugegeben ... aber das wäre nur eine kurze Meinungsverschiedenheit wegen irgendeiner künstlerischen Differenz gewesen. Wegen so was brächte man doch niemanden um! Da gäbe es ja keine Schauspieler mehr!

Auch wieder wahr. Na ja, vier Tage später hat die Polizei dann in einer kleinen Pressemitteilung zugegeben, dass dieser Fall wohl nie gelöst werden wird. Keine Fingerabdrücke an der Stufe, keine passenden Spuren an einem der Werkzeuge. Und letztlich auch kein Motiv. Das war fast das Wichtigste – der Kannerer hatte einfach kein Motiv! Die waren keine unmittelbaren Konkurrenten. Da gab es keinen Rollenneid. Oder sonst irgendwas. Nix. Warum also hätte er das tun sollen?

Und ... na ja, wie es halt so in einem großen Theater wie der Burg zugeht – also, schon heute, eine Woche später, ist diese Gschicht unter den Schauspielern kaum mehr der Rede wert. Da gibt es neue Gerüchte, Intrigen, Sensationen, Kritiken, über die sich alle brühwarm aufregen müssen.

Tempelherr? Ach so, ja, eine Tragödie!

Kurzes Trauer-Outrieren, dann wird wieder zum Alltag übergegangen.

Falls Du Dich jetzt fragst ... ja, also sicherlich Dich, weil mich wirst Du wohl kaum mehr fragen können. Also, falls Du Dich jetzt fragst, warum ich Dir das aufs Band spreche. Ganz einfach ... ich mag ihn. Nicht den Tempelherrn, der war eher sehr distanziert zu uns niederen Geistern. Nein, den Kannerer mag ich. Der war immer freundlich, und selbst im größten Gewurl hat der nie seine Wut an uns ausgelassen. Und jetzt ... der soll ein Mörder sein? Mich stört der Gedanke, dass es dafür keinen Beweis gibt! Ja, tatsächlich, das kränkt mich nicht, das ärgert mich nicht, das schreckt mich nicht. Nein, der Gedanke stört mich. Ich will wissen, ob er unschuldig ist. Oder nicht.

Daher ... diese Aufnahme.

Und bevor Du denkst, dass ich Dir eine Deiner geliebten, von Dir zusammengeschnittenen Hitparaden gelöscht hätte – nein, natürlich nicht. Ich habe mir extra eine neue Audiokassette gekauft.

Schlimmstenfalls waren das ein paar hinausgeworfene Schilling.

Aber vielleicht bist Du ja in ferner Zukunft bei der Polizei. Und vielleicht hörst Du ja eines Tages diese Kassette. Und vielleicht kannst Du ja dann beweisen, dass es der Kannerer nicht war. Wer es denn dann war. Oder dass es doch ...

Na ja, wie auch immer. So, jetzt höre ich auf. Weil, dem Christkind muss noch geholfen werden. Ganz besonders heute, in der Nacht vom 22. auf den 23. Dezember des Jahres 1972.

Mein lieber Enkel-Bub ... eigentlich ein Blödsinn, dass ich so red, als ob ich mich von Dir verabschiede, obwohl Du selig im Nebenzimmer schläfst und vom Christkind träumst.

Aber trotzdem ... wann immer Du dieses Gestammel hörst – also ... ja, vielleicht kannst ja was machen.

Bussi! Baba!«

Die Sonne brannte, sodass es niemandem aufgefallen wäre, dass sich der kniende Herr dort drüben am Grab über die Augen wischte.

Halb hatte auch vor zwei Wochen, als er diese Aufnahme entdeckt hatte, ganz gegen seine zynische Gewohnheit zum Taschentuch greifen müssen. Allerdings nur ganz kurz, dann hatte er sich gleich in seinen analytischen Verstand geflüchtet.

Konnte er da noch irgendetwas tun? Gab es auch nur den Hauch eines Ermittlungsansatzes?

Wie üblich hatte er die Ausgangssituation mit seinen »vier Getreuen« im Bundeskriminalamt besprochen. Wie üblich hatte er den »Ingeniöhr« gebeten, in den Tiefen der digitalen Weite zu stöbern. Mit Verena hatte er wie immer Gedanken-Ping-Pong gespielt, und Schwejk und Toni hatten für ihn dankenswerterweise die klassischen Erkundigungswege übernommen, zu denen er aufgrund seines blödsinnigen Leiter-Bürokraten-Jobs kaum mehr in der Lage war.

Nichts! Kaum Informationen.

Lediglich in alten Zeitungen gab es ein paar kurze Artikel, aber angesichts des neuen U-Bahn-Doppeltriebwagens, der damals seine Testfahrten aufnahm, und der Verleihung des Wotruba-Rings an die Olympiasiegerin und Weltmeisterin Trixi Schuba war der »geheimnisvolle Mord« bald in der medialen Versenkung verschwunden.

Originellerweise war es sein »vorgesetzter Freund« Ernst Straka gewesen, der – ebenfalls wie immer – trotz aller Geheimhaltungsschwüre von seinen seltsamen Bemühungen erfahren hatte, ihn daraufhin – ebenfalls wie immer – zwar oberflächlich gerügt, ihm aber einen interessanten Ermittlungsfloh ins Ohr gesetzt hatte.

Was Halb denn im Theatermuseum erfahren hätte? Er, Straka, kenne den Hofrat Doktor Haberschwandter ganz gut – »mein Gott, wie man halt die Leut aus der Pfarre kennt«. Und der Herr Hofrat Doktor Haberschwandter wäre doch ein so begeisterter Theaternarr, dass er jede freie Sekunde seiner wohldotierten Pension im Archiv des Theatermuseums verbrächte. Vielleicht könnte ihm der weiterhelfen?

Er konnte tatsächlich.

Ja ja, das war ja eine legendäre Aufführung. Und natürlich auch eine tragische. Oder eigentlich eine legendäre, weil tragische. Er, Haberschwandter, war damals natürlich im Premierenpublikum gesessen. Ja, mit seiner Hilde ... der Herr sei ihrer Seele gnädig. Und er konnte sich noch ganz genau erinnern, wie ihnen allen die Gänsehaut über den Rücken gekrochen wäre, als Nathan nach diesem schrecklichen Todesfall die Ringparabel gebracht hätte. Und erst die Worte des Patriarchen ... ›Tut nichts! Der Jude wird verbrannt!‹ – also da hätte man eine Nadel im Heuhaufen fallen hören können. Oder wie man das so sagt.

Ja, selbstverständlich gäbe es von dieser Aufführung auch Fotos. Und Reliquien. Also ... Gegenstände halt. Ja, er hätte schon damals ein besonderes Faible für das Burgtheater gehabt und alles gesammelt, was mit den Vorstellungen zu tun hatte. Eines seiner besonderen Prunkstücke wäre das angeschnittene Stufenbrett, das er nach den Ermittlungen »... ja, eh von unserem gemeinsamen Freund, dem Ernst ...« bekommen hätte. Damals wäre der Ernst zwar noch kein Hofrat gewesen, aber er hatte es doch ermöglichen können, ihm dieses Brett zu besorgen. Natürlich nur fürs Museum. Nein, er wäre doch nicht sensationsgeil, nein, wirklich nicht!

Ob der Herr Hofrat Halb überhaupt die Inszenierung kenne?

Auf seinen verblüfften Blick hatte ihm Haberschwandter wortlos ein Video in die Hand gedrückt, auf dem in blassen

Buchstaben »Nathan der Weise; Burgtheater 1972/73; ORF 2« stand.

Im ersten Moment hatte er nur mühsam sein höfliches Gesicht behalten können – das würde ein schrecklich langweiliger Abend werden.

Im zweiten Moment freute er sich über einen unerwarteten Klein-Triumph – Straka fragte nämlich ganz freundlich, ob ihm »... der liebe Ludwig« nicht das Video borgen könnte, wenn er es nicht mehr für seine wichtigen Ermittlungen bräuchte?

Und im dritten Moment ... ohne Delia wäre es tatsächlich unerträglich fad geworden. Aber die leidenschaftliche »Neo-Bildungsbürgerin« an Halbs Seite hatte den Text, die schauspielerischen Leistungen und das ganze Flair dieser Kultur-Wucht genossen, weshalb auch er dem – laut Fernsehvorspann – »... legendären Theaterabend« einiges an Reiz abgewinnen konnte.

Delia wollte mehr. Ob sie sich nicht noch einmal einige der Szenen ansehen könnten?

Bitte bitte!

Also spulte er zurück zum Dialog Nathan/Tempelherr, dann vor zur Ringparabel, zuletzt zum Auftritt des Patriarchen. »Ich wich' ihm lieber aus. – Wär' nicht mein Mann!«

Halb ertappte er sich bei dem Gedanken, ob ein realer Mörder so beeindruckend sprechen würde? ... und verwarf gleich wieder diese Schnapsidee – warum sollte ein glänzender Schauspieler nicht morden können? Erfreulicherweise gab es den umgekehrten Fall seltener – die meisten Mörder, die er im Laufe der Jahrzehnte verhört und überführt hatte, waren keine großen Darsteller gewesen.

»Ludwig, jetzt versteh ich erst die Hintergründigkeit dieser Inszenierung. Genau in der Szene – dieses Detail, dass der Patriarch gleich bei den ersten Worten seinen prachtvollen schweren Mantel auszieht und ihn dem Tempelherrn wie einem Diener in die Hand drückt, damit ihn der gefälligst ihm nachtragen möge. Woraufhin der Tempelherr wiederum ihm seinen Mantel unter die Nase hält ... und dadurch den Patriarchen zwingt, genau den Brandfleck anzugreifen, den er sich bei Rechas Rettung, also der Rettung der vermeintlichen Jüdin, geholt hat. Diese geballte Symbolik – der eine Mantel als Zeichen der Macht, der andere als durchgehendes Zeichen der Beziehung zwischen Recha und dem Tempelherrn, als Zeichen der Toleranz, eben dieser Brandfleck mitten im Bild bei diesen schaurigen Worten von dieser Patriarchen-Bestie ... herrlich. Und noch dazu sind diese Stoffe alle so wunderschön.«

Halb stieß Delia von sich! Und zog sie sofort wieder ungestüm an sich.

»Du bist ein Genie! Die Mäntel ... oder wenigstens einer von beiden.«

Den Rest des Abends war Halb wieder einmal geistig eher abwesend, was aber – ebenfalls wieder einmal – keine besondere Rolle spielte.

Tatsächlich war Hofrat Haberschwandter schon in aller Herrgottsfrüh – wie er wohl sagen würde – in seinem geliebten Theaterarchiv. Halb versprach, das Video so bald als möglich zurückzubringen, aber es würde bei sensationellen Ermittlungen möglicherweise eine entscheidende Rolle spielen und deshalb ...

Er hatte sich nicht geirrt, sein Gegenüber-Hofrat war sofort Feuer und Flamme.

»Aber ich bitt Sie, Herr Hofrat. Das ist doch ganz klar. Ich freu mich doch, wenn ich unserer wunderbaren Polizei bei ... wie sagten Sie? ... sensationellen Ermittlungen behilflich sein kann.« Wie bitte? Ja ja, das stimmt schon, es gäbe auch noch andere Gegenstände von dieser denkwürdigen Premiere. Ja ja, die hätte er sogar bei der Hand. Also, zumindest irgendwo da hinter ihm im Archiv. Was denn der Herr Hofrat Halb sehen wollte? Einen der beiden Mäntel aus der Szene zwischen dem Tempelherrn und dem Patriarchen?

Plötzlich erbleichte Haberschwandter. »Aber Herr Hofrat, Sie werden mich doch nicht wegen Diebstahls verhaften wollen. Nach all den Jahrzehnten. Außerdem, ich hab mir damals gedacht, dass der neue Tempelherr auf keinen Fall den Mantel seines Vorgängers anziehen wollen würde. Ich mein, das bringt doch Unglück, das Kostüm eines tödlich verunglückten Kollegen zu übernehmen. Das will doch so ein Schauspieler ganz sicher nicht! Ganz sicher nicht, wo die doch alle so abergläubisch sind. Und deshalb ...«

Ein diffuser Gedanke blitzte durch Halbs Hirngänge. Er bemühte sich, ihm die Zeit zu gönnen, erkennbarer zu werden.

»Aber nein, natürlich nicht. Und ...« – in dem Moment waren Halb die Zusammenhänge klar. »Und erst recht nicht wegen dieses Mantels. Ich kann mir gut vorstellen, dass das für einen begeisterten Theaterverehrer und vor Wissensdurst glühenden Sammler wie Sie keine Frage war, den Mantel in die Museumssammlung zu integrieren. Lassen Sie mich raten, es war Ernst Straka, den Sie gefragt haben, ob er Ihnen – selbstverständlich erst nach den Ermittlungen – neben der beschädigten Stufe nicht auch dieses Kleidungsstück besorgen könnte? Sie haben sicher vollkommen recht, welcher andere Schauspieler würde die Garderobe eines Kollegen übernehmen wollen, der noch dazu bei der Premiere in dieser Rolle unter so tragischen Umständen verstorben war. Keiner! Nein nein, das war kein Diebstahl – ich bin mir sicher, dass das Burgtheater ohnehin ganz sicher vorhatte, der nachfolgenden Besetzung des »Tempelherrn« ein neues Kostüm zu schneidern. Abgesehen davon, dass es dem Nachfolger sicherlich gar nicht gepasst hätte.«

Halb tat sich schwer, nicht vor Lachen zu platzen – so oft hatte er das Wort »sicher« noch nie verwendet. Sicher nicht. Aber was tat man nicht alles, um einem völlig verunsicherten Mitmenschen ein Gefühl der Sicherheit zu vermitteln.

»Also, bitte um den Mantel!«

Haberschwandter verschwand ... und kehrte schon nach wenigen Minuten mit einem glänzenden Paket wieder. »Sie sehen, Herr Hofrat, ich habe diesen Mantel damals so belassen, wie ihn die Polizei gesichert hat. Eingepackt in dieses Spurensicherungssackerl. Ich schwöre, ich habe ihn nie ...«

»Aber das weiß ich doch! Vielen Dank! Herr Doktor Haberschwandter, Sie haben möglicherweise der Gerechtigkeit einen enormen Dienst erwiesen. Habe die Ehre!«

Der Mantel, den der ermordete Tempelherr getragen hatte und der ganz sicher eines edlen Ritters würdig ausgesehen hatte, war in Wirklichkeit aus glänzendem Kunststoff. Gut für Fingerabdrücke. Außerdem hatten vermutlich beide, der Tempelherr wie Kannerer, den Mantel fest und mit leicht verschwitzten Fingern angefasst. Auch gut für Fingerabdrücke. Und wenn sie noch dazu eine Creme für die kostbare Schauspieler-Haut verwendet hatten, wären die Fingerabdrücke selbst nach dieser langen Zeit noch eher zu erkennen.

Der Rest war Glück ... und ein bisschen Können. Tatsächlich konnte die Kriminaltechnik Teile von Abdrücken sichern.

Dann trat wieder der »Ingeniöhr« in Aktion. Und er wurde fündig ... in einer Datenbank aus einer fernen und grässlichen Zeit. Einer der Zeigefinger hatte einem Schauspieler gehört, der 1944 einen erfolgreicheren Kollegen als Widerstandskämpfer denunziert hatte. Und weil die Gestapo eine so willfährige Helferin seines Neides war, hatte er gleich noch einige andere unliebsame Theaterkolleginnen und -kollegen in die Konzentrationslager der Nazis geschickt. Nach dem Krieg war er verschwunden. Und dieser Verräter hatte in etwa dasselbe Alter und dieselbe Statur wie der Tempelherr ... und wie der Patriarch.

Die Spuren der Hände des anderen waren unbekannt.

Ächzend erhob sich Halb aus seiner Hocke.

Es hatte also sehr wohl ein Motiv gegeben.

Natürlich hatte er hin und her überlegt, wer von den beiden welche Seite des Mantels angegriffen haben könnte. Er hatte sich das Video noch etliche Male angesehen. ... um dann umso mehr erkennen zu müssen, dass diese Frage nicht mehr zu beantworten war.

War der Tempelherr der Nazi gewesen und der Patriarch hatte ihn identifiziert?

Oder hatte Kannerer fürchten müssen, als einstiger Denunziant entlarvt zu werden?

War einer der beiden ein Verwandter von einem der damaligen KZ-Opfer? Der Geliebte? Der Ehemann?

Dass sein Opa einen Verbrecher gemocht hatte, war klar ... aber welchen?

Eine Chance hätte Halb noch gehabt. Es bedurfte nur einiger kurzer Anrufe, um zu wissen, dass Hans Friedrich Kannerer trotz seiner fast neunzig Jahre noch lebte. Seine Fingerabdrücke konnten also noch gesichert werden. Das hätte die Frage beantwortet, ob Kannerer 1944 und 1972 ein mehrfacher Mörder aus niedrigen Beweggründen oder 1972 ein einfacher Mörder im Affekt war.

Mehr aus Zufall hatte sich Halb das Video noch ein letztes Mal angesehen. Und da entdeckte er ihn – den prunkvollen Dolch, den der Patriarch als Zeichen seiner Würde trug. Ein langer Dolch, dessen Schneide sicher scharf geschliffen werden konnte. Ein Dolch, mit dem man mühelos ein Brett hatte einschneiden können.

Offensichtlich hatten die damals ermittelnden Kollegen schlicht und einfach nicht daran gedacht, auch die Kostüme und die Requisiten zu konfiszieren.

Halb hatte nur kurz überlegt ... und sich die Biografien beider Schauspieler näher angesehen.

Nichts! Man hätte meinen können, dass beide erst in den Jahren nach 1945 als ca. 25-jährige Jungmimen geboren worden waren, denn frühere Daten und Fakten existierten nicht.

Beide hatten in den Nachkriegswirren an Provinztheatern begonnen und sich über die klassischen Stufen bis zum Burgtheater hinauf gearbeitet.

Der Tempelherr hatte in Norddeutschland begonnen, der Patriarch hatte seine ersten Theatersporen ab 1946 im Theater der Britischen Rheinarmee verdient.

... in dem Moment wusste Halb endgültig, wer wer war. Es dauerte noch einige Tage und zahlreiche inoffizielle Telefonate, bis er die entsprechenden Akten auf dem Tisch hatte. Hans Friedrich Kannerer war 1945 von britischen Truppen aus der Hölle von Bergen-Belsen befreit worden. Als ob er die Energie aller ermordeten Freunde in sich hätte bündeln wollen, begann er in verschiedenen Theater- und Filmbereichen tätig zu werden und Erfolg zu haben.

Bis zu diesem verhängnisvollen Abend 1972.

Nach diesem Mord hatte er zwar auch noch den »Patriarchen« gespielt, aber ab dieser Inszenierung war er in der Bedeutungslosigkeit der berühmt-berüchtigten »Die Pferde sind gesattelt«-Sätze verschwunden.

Keine Karriere mehr.

Und vor dreißig Jahren war er – »zum Drüberstreuen«, dachte Halb bitter – dement geworden. Seit Jahrzehnten lag Kannerer im Bett und wurde gefüttert und gewickelt. Besuche hatte er schon seit über zwanzig Jahren keine mehr gehabt – keine Familie, keine Freunde.

Nein! Keine Fingerabdrücke mehr!

Nur mehr eine Frage.

Diese Kassette ... sollte er sie im Grab seines Opas verscharren, wie er es sich vor drei Tagen endgültig vorgenommen hatte? Dieser tristen Geschichte ein Ende bereiten? Auf dass auch Plastik zu Erde werde?

Oder sollte er die Kassette doch wieder mitnehmen? Gab es einen einzigen Grund, der dafür sprach?

Sein Blick fiel auf den Grabstein.

Mitnehmen!

Halb genoss die innere Explosion dieser Erkenntnis.

Natürlich würde er die Kassette wieder mitnehmen. Denn es ging nicht um einen Mord, um eine lange zurückliegende Tragödie, nicht einmal um eine beeindruckende Aufführung von einem der schönsten Theaterstücke der deutschsprachigen Literatur!

Es ging um seinen Opa!

Dessen Stimme!

Er würde sie sich immer wieder anhören ... nicht, was sein Großvater aufgenommen hatte, sondern wie er es gesagt hatte.

Einige der Leute schüttelten unwirsch den Kopf, als sie den Mann mittleren Alters sahen, der ihnen glücklich pfeifend auf dem Weg zum Friedhofstor entgegenkam.

Aber Halb machte das nichts aus – er war sich sicher, dass seine Fröhlichkeit die Toten nicht stören würde.

Und um die ging es weit häufiger, als die meisten dachten.

Beatrix Kramlovsky

Die Fratze

Ein tragischer Akt auf den Stiegen

Ohne das verräterische Geräusch hätte sie das Gebäude durch den Haupteingang verlassen, voll Freude über den Vorplatz, den Ring, den Rosenduft aus dem Park, den Turm gegenüber, der wie ein Scherenschnitt den Stadthimmel spaltete. Aber so war es eben nicht. Rotraut zögerte. Noch stand sie in der offenen Tür der Theaterdependance ihres Buchladens, hinter ihr schichtete die Kollegin Bücher um, passend zum Programm des Abends.

»Hast du das gehört?«, fragte sie halblaut.

»Wenn ich noch alles hören tät, was die Burgleut so von sich geben, warat ich neben der Spur und du könntest teure Karten für meine Vorstellung da herinnen verkaufen.«

Wieder ein Keuchen.

Ein Wischen.

Ein Schleifen.

Schritte. Holpernd, schwer.

Das sind keine von den Programmverkäufern oder den Klofrauen, dachte Rotraut. Künstler und Techniker waren jetzt nicht mehr auf den Stiegen unterwegs, in einer Viertelstunde würde der Einlass beginnen. Sie ging den Geräuschen nach, bog nach links ab, der Gang führte im Bogen zu den letzten, den schmalen Stiegen hinauf.

»Ist da wer?«, rief sie und registrierte verwundert, dass sie sich beeilte, während, es konnte nicht weit entfernt sein, im Halbstock über ihr vielleicht, die Schritte plötzlich rasend schnell klangen, eine Tür zuschlug. Dann war Rotraut auf dem ersten Absatz, bog um die Ecke. Zu den Galerien ging es weiter hinauf, aber hier im Gang – sie stockte. Da lag jemand. Eine Frau. Unter dem offenen Mund klaffte ein breiter Spalt, aus dem es immer noch rot schoss, Blutblasen platzten, der Purpurstrom langsam verdickte.

Später würde Rotraut erstaunt feststellen, mit welcher Ruhe sie sich hinter die Frau in der roten Lacke kniete, versuchte, die Wunde mit ihren Händen zu schließen, laut nach ihrer Mitarbeiterin brüllte. Hilfe! Rettung! Polizei! Alles schien so zäh zu geschehen, das Blut, das noch zwischen ihren Fingern hindurchsickerte, die Schritte von Menschen, die näher kamen, ihre eigenen Bewegungen. Denn sie erinnerte sich, dass sie ihren Kopf hob, weg von den brechenden Augen der Frau, als könnte sie dadurch das Sterben ignorieren. Und sie sah die Blutspritzer auf dem Boden, auf der gegenüberliegenden Wand, diese kraftvollen Bögen, wilde Tropfenvorhänge von Blutfontänen, die gegen die Mauer gespritzt waren. Nur leuchtete da ein ausgespartes Viereck, fleckenloses Elfenbein, als hätte da etwas gelehnt, etwas Großes, auf dem wohl all das fehlende Rot gelandet war. Wer macht denn so was?, dachte Rotraut noch, dann spürte sie, wie der Körper auf ihrem Schoß sich dem Tod ergab.

Erst dem Arzt erlaubte sie, sich der Frau zu bemächtigen. Ein Sanitäter half ihr hoch, führte sie weg, hin zu den versammelten Schaulustigen, die nun von Polizisten zurückgedrängt wurden, ein Absperrband wurde gespannt. Ein Sessel erschien wie von Zauberhand, sie wurde daraufgesetzt. Wie gallertartig ihre Knie doch waren! Sie legte die roten Hände in den Schoß. Alles war vollgesogen, feuchtschwer, sie roch metallen.

»Geht's«, fragte ein Mann und stellte sich vor. Lothar Haberl.

Rotraut vergaß den Namen sofort wieder. Kripo. Aha. Ihr Erster. Der erste Mensch, der in ihren Armen gestorben war, der erste Kriminalbeamte, das erste Verhör, oder wie nannte man das, was sich als Gespräch ergeben sollte? Zeugin eines Kapitalverbrechens. Schreckliche erste Male, die sich nicht abwischen ließen, so wie dieses Blut, das ihre Hose, ihre Bluse durchtränkte und das sie mit einem Menschen verband, der ihr bis jetzt nichts bedeutet hatte.

Der Beamte reichte ihr ein Papiertaschentuch. Lächerlich, aber freundlich gemeint. Ihre Hände waren nun trocken, trugen einen fuchsbraunen Film, der rasch nachdunkelte. Wie Handschuhe aus Bilirubin, dachte Rotraut und knitterte das Papier in ihrer Faust zusammen. Weit weg verschwammen die Stimmen der Theaterbesucher mit den Lautsprecheranweisungen, man sprach von einem Unfall; es würde eine kapitale Verspätung geben und ein kleines Durcheinander, um trotz der gesperrten Aufgänge alle Leute auf ihre Plätze zu bringen. Wahrheitsverbiegung für einen Abend der Illusionen, dachte Rotraut, und dass Theater die Orte intensivster Lebenserfahrung waren, die gleichzeitig ablaufen konnten, Kriege vielleicht ausgenommen; und schon war sie wieder beim Sterben angelangt.

»Ich hab sie nicht gekannt«, sagte Rotraut und wunderte sich über ihr heiseres Flüstern. Als hätte ihre Stimme sich mit dem letzten zischenden Atemzug der Toten vermengt. »Sie schaut aus wie eine von den Putzfrauen.«

»Ah ja?«

»Na, ihre Schuhe, ihr Gewand. Heute spielen sie einen Klassiker, das ist hundertpro keine Statistin. Ich kenn die Inszenierung, das passt nicht dazu.«

Fotos wurden gemacht, vor allem von den Fußabdrücken, jemand folgte den verräterischen Spuren zur Türe. Rotraut schaute zu, wie die Klinke behandelt wurde, wie Beamte verschwanden, kamen, wie der Todesort sich veränderte, seitdem das Rettungsteam fort, der Leichnam weggebracht worden war. Vermutlich, dachte Rotraut, werden sie jetzt ihre Papiere gefunden haben, wissen, wen sie benachrichtigen müssen, irgendwer wird auf ein Klingeln reagieren und von Polizisten erfahren, dass Schmerz glühheiß spalten kann.

»Sie ist jünger als ich«, sagte Rotraut, »und sie war so erstaunt. Als ich sie erreichte, lag sie schon auf dem Boden, es kann nur Minuten gedauert haben, wenn überhaupt. Sie lebte noch. Aber sie war überrascht, nein, überrumpelt.«

»Was genau haben Sie gehört?«

Ein Keuchen.

Ein Wischen.

Ein Schleifen.

Schritte. Holpernd, schwer.

»Als ich laut rufend hinaufrannte, begann jemand zu laufen. Die Tür, ja, die Tür fiel gerade zu, als ich um die Ecke bog. Ich kann es nur intuitiv wahrgenommen haben, denn ich war von der Frau gebannt.«

»Und?«

»Ich bin Buchhändlerin, keine Kriminalistin!«

»Ich weiß, Frau Schöberl. Und ich gehöre zu den Kripoleuten, die lesen. Bücher! Nicht nur Akten. Allerdings keine Krimis. Sie werden es mir nicht glauben, aber ich kenn von der Burg nicht nur die Theaterräume, die Klos, die Kantine sogar, sondern auch Ihre Filiale. Und die hinterm Dom.«

»Hab ich Sie in meiner Kundenkartei?«

»Nein.«

»Das lässt sich ändern.« Ihre Stimme war wieder da, jetzt bewegte sie sich auf vertrauterem Gelände. Sie schaute ihn an, schaute auf die Wand, das unberührte Geviert mitten in der Blutmalerei.

»Ja«, sagte er. »Da muss etwas gewesen sein, das dem Täter wichtig war. Und es war zwar groß, aber nicht schwer. Also kein Spiegel.«

»Wer ist denn so gestört? Könnte es ein Karton gewesen sein? Steif, aber leicht. Das ist aber genauso irr, bloß weniger anstrengend.«

»Wir finden es heraus, Frau Schöberl. Wir finden es heraus.«

Rotraut schüttelte den Kopf. »Viel zu auffällig. Damit kommt doch keiner ungesehen aus dem Haus.«

»Bühneneingang? Requisiten aller Art. Ich wette, kein Mensch schaut da hin, wo zu bestimmten Zeiten die seltsamsten Dinge ausgeladen, hineingebracht, abgestellt werden. Touristen vielleicht, die Fotos machen.«

»Mein Gott, der Nitsch«, platzte es aus Rotraut plötzlich heraus. »Der Boulevard wird ihm sicher einen Nachahmungstäter anhängen.«

»Wir finden es heraus, Frau Schöberl. Wir finden es heraus.«

Und während der Polizist die Buchhändlerin freundlich entließ, überlegte sie sich, wie sie in dem versauten Zustand einigermaßen unauffällig nach Hause kam.

Ein weißes Viereck an der Wand.

Sonst überall Blut.

Eine Leiche davor. Weiblich. Klein, aber nicht unbedingt zart.

Eine abgelegene Stelle an einem öffentlichen Ort.

Nie Blut vom Täter, nie Kampfspuren.

Drei Opfer bisher in achtzehn Jahren. Alle zwischen fünfundvierzig und fünfzig Jahre alt.

Der erste Tatort war eine Burgruine im südlichen Niederösterreich. Tatzeit ein später Sommernachmittag 1994.

Der zweite Tatort die Toilette einer Autobahnraststation. Tatzeit gegen 22 Uhr an einem Arbeitstag im November 2007.

Nun das Burgtheater in Wien. Tatzeit diesmal genau feststellbar: 18.25 Uhr, an einem Dienstag im April 2012.

Die Ermittler sammelten Daten, analysierten. Was war das Verbindende außer dem Alter, außer dem »Zufall«, an einem abgelegenen Ort dem Mörder, der diesen Platz vielleicht beobachtete, in die Hände gefallen zu sein? Es musste eine Serie sein. Der leitende Beamte Lothar Haberl ging in die Burgvorstellungen, mehrere Abende hintereinander. Und saß dann meist verstörter als zuvor noch über den Akten.

Warum war das Theater als Ort gewählt worden? Warum ein derart öffentlicher Raum, in dem die Gefahr, entdeckt zu werden, noch größer war als an den anderen Tatorten? Wäre die Buchhändlerin noch schneller gewesen, hätte es sie vielleicht auch das Leben gekostet. Hätte sie nichts gehört, wäre die Tat vermutlich erst eine halbe Stunde später durch das Personal, die Besucher entdeckt worden. Der Aufruf in den Zeitungen, ungewöhnliche Beobachtungen von der Rückseite der Burg zu melden, war bisher ohne Echo geblieben. Vielleicht gab es ja ein Foto, auf dem die Flucht festgehalten worden war, aber es wurde offensichtlich nicht richtig interpretiert. Vielleicht zeigten gerade ausländische Touristen ihren Freunden daheim, was einem alles so vor die Linse laufen konnte in Wien. Theaterstadt pur!

Lothar Haberl irritierte einiges an diesem Fall. Etwas, das sich an die Wand lehnen ließ und leicht zu handhaben war. Etwas, das kein Aufsehen erregte. Auch nicht im Zentrum einer Stadt, die zu den sichersten der Welt gehörte. Also musste der Mensch, der etwas mit Blut Bespritztes transportierte, ebenfalls unauffällig sein. Entweder dreckig in Arbeitskleidung oder unbefleckt sauber. Die Morde waren alle mit einem Skalpell ausgeführt worden, ein schneller, sicher geführter Schnitt, jeweils sehr tief. Sie hatten nie eine Tatwaffe gefunden, nur Spuren von Schuhen, Größe einundvierzigeinhalb. Einmal Wanderschuhe, einmal vermutlich Schnürschuhe. Diesmal waren es Sportschuhe. Der Gegenstand musste so etwas wie ein Bild sein. Ein Meter sechzig auf ein Meter zwanzig. Das ergab keinen Sinn.

Seit dem Mord hatte er einen Schiller gesehen, eine Jelinek, einen Shakespeare. Tragische Vorkommnisse auf der Bühne, grausam erhellende Szenen mit Sätzen, die ihn mehr schmerzten als das Geschehen. Die Worte passten oft zu dem, was seinen Beruf ausmachte. Und heute eine Komödie, die erst seit zwei Jahren lief. Ein Dreimännerstück in exzellenter Besetzung von einer Französin, Yasmina Reza. *Kunst.* Er hatte vorher noch gedacht, was ist schon komisch an Kunst. Und hatte während der Aufführung trotzdem gewiehert vor Lachen, auch wenn es Galgenhumor war. Toleranz sei auf dem Gebiet der zwischenmenschlichen Beziehungen der schlimmste Fehler, oder so ähnlich. Das sollte er beim nächsten Supervisionsversuch sagen! Er wusste genau, wer von den Kollegen lachen würde. Ein scheißweißes Bild, dessen überzogener Preis drei Freunde auseinanderbrachte. Na, so etwas passierte wenigstens Kriminalern nicht. Und er konnte mit seinen Freunden noch lachen, oder? Sie hatten sich im Laufe der Zeit nicht so sehr verändert, oder? Oder? Ein monochrom weißer Angeberscheiß, der Menschen dazu brachte, Wahrheiten zu sagen, die sie alle nicht hören wollten. Ein explosives Bild.

Der Karton vor den drei Toten war immer gleich groß gewesen. Konnte es derselbe sein? Wie sah er aus? Er musste um eine Simulation bitten, gleich morgen früh. Ein Bild in Rot. Definitiv nicht monochrom. Unverkäuflich. Aber vermutlich von unverständlich hohem Wert für eine ganz bestimmte Person.

Ihn gruselte.

»Du brauchst Zerstreuung«, hatte Jasmin gesagt und ihr von dem Fest erzählt. Schon privat, aber mit der Möglichkeit, Freunde mitzubringen. In der Innenstadt, in einer Dachwohnung mit Terrasse: »Allein der Blick ist es wert. Und das sind gestopfte Leute, Anschauungsunterricht aus ›Reich&Schön‹ quasi.«

»Woher kennst du die?«, fragte Rotraut.

»Ich kenn sie gar nicht. Ich bin die Begleitung von einem, der eingeladen worden ist und verzweifelt ein paar Frauen sucht, die nix mit Wirtschaft am Hut haben.«

»Ich bin Händlerin.«

»Ja, aber von Büchern. Das ist sauber, klingt intelligent und ungefährlich.«

»Geschichten sind alles andere als ungefährlich.«

»Geh komm, allein mag ich nicht und du brauchst was Glitzerndes, Feines, Abgehobenes, das dich ablenkt.«

»Wir sind aber nicht jung.«

»Wurscht. Wir sind fesch und intelligent und er stoßt sich nicht daran.«

Also war sie mitgegangen.

Die Wohnung war tatsächlich beeindruckend. Kunst an den Wänden, Bücher. Jede Menge aufgetakelter, gepflegter Leute, die sie alle nicht kannte, von denen ihr aber doch das eine oder andere Gesicht bekannt schien, vermutlich von den »Seitenblicken«. Die Gastgeberin war eine charismatische Erscheinung, viel imposanter als die Männer und Frauen, die sie umschwirrten.

»Was wird hier eigentlich gefeiert?«, fragte Rotraut.

Jasmins Begleiter Markus antwortete, während er sie hinaus auf die Terrasse bugsierte: »Sie hat was gekauft. Oder abgestoßen. Jedenfalls muss es ein Knüller gewesen sein. Außerdem ist ihre beste Freundin Oma geworden, eine andere hat eine Beförderung in einem internationalen Konzern zu bejubeln. Deshalb heißt die Party ›Ein Fest fürs Leben‹. So ein Lifestyle-Titel für die Klatschspalten. Obwohl sie selber sich ja eher bedeckt hält. Mag nicht viel Publicity. Vor allem nicht seit ihrer zweiten Scheidung.«

»Und woher kennst du sie?«

»Vom Studium her. Sie hat mich nicht vergessen, obwohl ich definitiv nicht erfolgreich bin. Ich hab mit ihr für Prüfungen gelernt. Sie kann Leute um den Finger wickeln, ohne dass sie es bemerken. Früher zumindest konnte sie auch schon mal zum Rumpelstilzchen mutieren, etwa wenn ihre Mutter, ein Rosenquarzketten-tragender Kontrollfreak, ihr wieder etwas verbot. Ich wette, Paula hat ihren ersten Typen nur geheiratet, um der Mutter eins auszuwischen. Die war nämlich von subtiler Bösartigkeit. Mich hat sie einmal vor allen mit einem einzigen Satz so fertig gemacht, dass ich heulte. Vielleicht mag mich Paula deshalb noch immer, weil ich weiß, wie sie sich damals oft fühlte. Und doch ist sie so ein lieber, so ein freundlicher Mensch geblieben, trotz ihrer Rachsucht.«

»Lieb und rachsüchtig? Du hast schon einen komischen Geschmack.«

»Ich kenne niemanden, der sie nicht schätzt. Die meisten lieben sie sogar. Vor allem jene, die sie von früher kennen und die auch über ihre Mutter Bescheid wissen. Paula ist eine ungemein charmante Frau. Ihr rennen nicht nur die Männer nach. Sie hilft, hält Kontakt. Ich bin ein Fan von ihr. Sie ist hinreißend. Und klug. Und witzig. Und fesch.«

»Nicht auszuhalten, so perfekt«, bemerkte Rotraut, und plötzlich kam ihr wieder die arme tote Putzfrau aus dem Burgtheater in den Sinn, der gar nichts mehr helfen konnte.

»Du bist schon wieder woanders mit dem Kopf«, stellte Jasmin fest, hielt einen Livrierten mit schwer beladenem Tablett an und drückte Rotraut ein Glas Champagner in die Hand. »Weißt du was, was wir nicht wissen?«

»Der Inspektor war bei mir, hat sich nun doch in meine Kundenkartei eintragen lassen.«

»Und, hat er was gsagt?«

»Sie suchen noch. Es ist schwierig.«

»Und?«

»Nix und. Der verratet mir doch nix. Ich denk mir nur selber meinen Teil. Ah ja, etwas hat er mir doch gesagt: Sie haben einen Abrieb an einer Tür gefunden. Da muss der Mörder mit dem Karton dagegengestoßen sein. Blut und dicker Verpackungskarton und was von einem schweren, guten Zeichenblatt.«

»Also ist das Papier am Karton befestigt.«

»Vermutlich richtig aufgezogen, damit es auch hält.«

»Wieso hält?«

»Weil es eine Serie zu sein scheint. Der dritte Mord in achtzehn Jahren.«

»Das hat er gesagt?«

»Ja, ist ihm rausgerutscht. Obwohl, der ist nicht der Typ, der so was ohne Hintergedanken tut.«

»Jö, damals hab ich mich grad in meine Exfrau verknallt«, lächelte Markus.

»Und ich hab unseren Sohn eingeschult, weißt noch, Rotraut, wie ich dich genervt hab mit Bücherwünschen, damit es ja gut klappt?«

»Könnt ihr mir sagen, warum einer ein Bild mit Blutspritzern mit sich schleppt?«

»Musst du jetzt wieder grauslich werden?«

»Ein Gestörter, der mit dem Blut quasi Porträts seiner Morde malt, eine Fontäne über der anderen. Einen abstrakten Albtraum in Rot. Jedes Mal, wenn ich in die Burg gehe, denke ich dran. Egal, welche Stiege ich benutze. Ich hab schon probiert, wie eine normale Theaterbesucherin durch das Foyer zu kommen. Und einmal bin ich von den Büroräumen herübergegangen. Ich musste was mit der Direktion besprechen. Ich bin durch die Tür, durch die der Mörder verschwunden ist, an der Stelle vorbei, die Treppen hinunter zu meinem Geschäft. Man sieht nichts mehr, natürlich nicht. Sie haben alles Verräterische verschwinden lassen. Die Bühne ist wieder bereit für den üblichen Theateralltag, das reale Drama ist nicht existent. Trotzdem.«

»Klar, du warst der armen Frau doch so nah.«

»Ich kann sie immer noch riechen. Also nicht sie, sondern das Blut. Es verfolgt mich. Eine Schlachterei.«

»Kommt mit rein. Wir setzen uns in den Salon neben diesem Durchgangswohnzimmer hier. Da ist es hübsch, sicher ruhiger als hier und lauter schöne Dinge hängen an den Wänden. Das lenkt dich vielleicht ab«, sagte Markus.

Sie ließen das fröhliche Gewurl auf der Terrasse rund um das aufgebaute Buffet hinter sich, spazierten mit dem ortskundigen Freund in einen Raum, der trotz der modernen Einrichtung, der exquisiten Kunst bewohnt und heimelig wirkte. Es muss am Licht liegen, dachte Rotraut, oder an den Farben oder einfach daran, dass da eine zerfledderte Zeitung liegt, dort eine Brille vergessen wurde. Und hier endlich konnte sie loslassen und die Gesellschaft ihrer Begleiter genießen, vergaß tatsächlich richtig auf das Burgtheater, auf die Leiche. Sie nahm die Bilder an den Wänden auf, Prachensky, Staudacher, eine grafische Arbeit von Gertie Fröhlich, vieles, das sie nicht kannte, alles Originale. Ein weiblicher Akt in leuchtendem Ockergelb, *Spaziergang mit Vulva,* ein Stillleben von anscheinend demselben Künstler mit unleserlichem Schnörksel signiert, *Vor dem Abwasch;* eine abstrahierte, schwungvolle Hügellandschaft in verbranntem Siena, ohne Titel.

Die Gastgeberin schritt forsch durch den Raum, strich im Vorbeigleiten Markus über die Wange, blieb kurz neben Rotraut stehen.

»Gefällt es Ihnen?«

»Aufwühlend. Ist das eine Landschaft? Ein Vulkan?«

»Ein Porträt von mir.« Und sie ging.

Markus lachte aus seinem tiefen Sessel heraus. »Das passt zu ihr! Das ist Paula. Ein leuchtender Jupitermond, im Gegensatz zu ihrer Mutter, dem Schwarzen Loch.«

Wie spannend, dachte Rotraut und ging die Bücher in dem offenen Kasten durch. Ja, hier wurde gewohnt, hier wurde gelesen, Anspruchsvolles und Unterhaltsames, in wildem Durcheinander Dokumentarisches und mittendrin Asterix. Ein Titel war sogar in vier unterschiedlichen Ausgaben vorhanden, nein, sogar noch mehr. *Das Bildnis des Dorian Gray* von Oscar Wilde. Sie lächelte. Private Bibliotheken verrieten viel zu viel über ihre Besitzer. Das hier passte zu dem verdeckten Rumpelstilzchen in der eleganten Paula.

Es war spät, als sie das Fest verließen. Beim Abschied tauschten sie ein paar belanglose Sätze mit der Gastgeberin aus. Markus hatte recht: eine umwerfende Frau. Trotzdem störte Rotraut etwas, doch führte sie es auf Übermüdung, auf ihre Verfassung zurück.

Dieser Abend hatte ihr gutgetan. Half ihr, die arbeitsreichen Tage besser zu überstehen. Seltener wurden die Nächte, aus denen sie hochschreckte, weil ein Traum sie in einen Blutsee gelockt hatte, brechende Augen immer näher rückten. Wenn der Inspektor im Laden beim Dom vorbeikam, erwähnte er manchmal ein Stück, das er im Burgtheater gesehen hatte; einmal fragte er sie, ob sie zu fixen Zeiten in der Burgfiliale anzutreffen sei.

»Nein«, sagte Rotraut und bemühte sich, nicht an den Mord zu denken.

Er suchte ein Buch für eine Pubertierende aus, seine Tochter, sagte er. Den ganzen Tag menschliche Grauslichkeiten und abends dann Jugendzimmertohuwabohu, dachte Rotraut. Reichlich schizophren.

Zeit versickerte, die Monate brachten Gutes. Neben ihrer Arbeit schaffte es Rotraut, manche Freunde wieder öfters zu treffen. Markus wurde langsam einer von ihnen. Die Familie, ihre Liebsten mochten ihn auch. Sogar zu einem weiteren Fest in der exklusiven Dachwohnung ließ sie sich mitschleppen, brachte der Besitzerin eine Ausgabe von *Dorian Gray* mit, die sie bei ihrem ersten Besuch in der Sammlung vermisst hatte. Es war auf geheuchelte Freude gestoßen, und während sich ein Reigen von interessanten Menschen um die schillernde Gastgeberin versammelte, wurde Rotraut klar, dass etwas aus dem Lot geraten war, dass ihre Aufmerksamkeit Paula ärgerte. Bücher, dachte sie, Bücher decken auf. Nur wusste sie nicht, was gerade entblößt worden war.

Als der Jahrestag des Burgtheatermordes vorüberging, ohne in einem Medium erwähnt zu werden, wagte es Rotraut, den Inspektor bei seinem nächsten Besuch nach den

Ermittlungsergebnissen zu fragen. Er schüttelte nur den Kopf und wählte ein Buch für seine Frau.

»Ich tät's Ihnen sagen, wenn wir den Fall gelöst haben. Wirklich. Ich werde nie vergessen, wie Sie dagehockt sind, die Tote im Schoß, Ihre Hände auf ihrer Kehle. Und nachher bei der Befragung. Alles so voller Blut. Alles so laut, weil in den hohen Gängen die vielen Stimmen nachgehallt haben. Und Sie so ruhig.«

»An den Lärm kann ich mich nicht erinnern.«

»Es war aber so«, und er fügte hinzu: »Wir vergessen das Opfer nicht. Wir schließen nicht ab. Wir suchen und wir warten.«

»Warten?«

»Darauf, dass es wieder passiert.«

»Mein Gott. Rechnen Sie wirklich damit?«

»Wir befürchten es.«

»Wieder in der Burg?«

»Nein, nein. Aber ich trau mich zu wetten, dass es ein öffentlicher Ort sein wird. Noch spektakulärer. Eine Bühne für die nächste Gewalteruption.«

Rotraut verdrängte es. Vielleicht hätte sie es sogar vergessen, wenn nicht im Februar 2015 in einer Seitenkapelle des Stephansdoms abends vor dem Zusperren eine Leiche gefunden worden wäre, mit tief durchtrennter Kehle in einem Blutsee liegend, Spritzern und Tropfenbögen auf dem Boden, auf einer Wand, auf Schnitzereien – und wieder ein unbeflecktes Geviert, ein Meter sechzig auf ein Meter zwanzig.

Als sie es erfuhr, ging sie sofort hinüber ins Theater, stieg die Stufen hoch, bog um die Ecke, sah den vertrauten Gang vor sich. Alles sauber, leer, unverdächtig. Sie lehnte sich gegen die Wand und starrte auf den Boden, auf die gegenüberliegende Mauer. Die Frau im Stephansdom war Mutter erwachsener Kinder gewesen, unauffällig, kurz vor der Pension. Mehr wusste Rotraut nicht, wie sie im Grunde auch nichts vom damaligen Opfer wusste. Sie war 2012 nicht zum Begräbnis gegangen, wollte der Familie der Frau nicht begegnen. Es wäre zu viel für sie gewesen. Sie erinnerte sich an ein Telefonat mit dem Mann, der wissen wollte, ob seine Frau wenigstens ohne Schmerzen gestorben sei. Das hatte sie ihm versichert, ihn überzeugend belogen. Keiner, der in seinem Blut ertrank, starb ohne quälende Gier nach Luft. Aber die Überraschung im Gesicht der Toten, dachte Rotraut nun. War der Schock so groß, so barmherzig gewesen, ihr tatsächlich den Schmerz zu ersparen?

Jemand ging an ihr vorbei, blieb kurz stehen. »Geht es Ihnen gut?«

»Jaja«, beeilte sie sich zu sagen. Jeder kannte sie hier. Vermutlich wunderte sich der Mann ein wenig, weil das Geschäft um diese Zeit ja nicht geöffnet war. Aber wieder wurde sie überrascht:

»Sie denken wohl an unsere arme Frau Prohaska, weil das gestern im Dom passiert ist.«

»Ja.«

»Schlimm. Drei Jahre wird das jetzt her sein.«

»Ja.«

»Diesmal werden sie ihn erwischen.«

»Ja. Hoffentlich.«

Er verschwand hinauf zur Galerie.

Wieso nahm eigentlich jeder an, dass die Morde von einem Mann begangen worden waren, fragte sich Rotraut. Weil es die Statistik untermauerte? Es gab auch Frauen mit großen Füßen. Jasmin zum Beispiel trug Größe zweiundvierzig. Aber wieder vergingen Monate, ohne dass eine Lösung in Reichweite schien, ohne dass der Inspektor bei ihr vorbeischaute, um endlich von einer Verhaftung zu berichten.

Den »Kartonmörder« nannten sie ihn intern. Was ein völliger Blödsinn war, denn mit dem Bild war niemand ermordet worden. Und Papier hatte auch keines dran glauben müssen. Lothar Haberl war ein sehr geduldiger Mensch, aber dieser Fall nagte an ihm. Das neueste Täterprofil lag ausgedruckt vor ihm, er las widerwillig und trotzdem fasziniert, hoffend, dass es Hilfe bot. Das Telefon läutete.

»Schöberl.«

»Jö! Stecken Sie wieder im Burgtheater?«

»Nein, bei einer Bekannten eines Freundes. Sie gibt eine Party.«

»Fein.«

»Nicht wirklich, eher so was zum Füße-in-den-Bauch-Stehen, zu viel Alkohol und zu viel gut gelaunte Schöne.«

»Sie sind auch nicht ohne.«

»Herr Inspektor, lassen S' die Komplimente, das können Sie nicht.«

»Das sagt meine Frau auch.«

»Ich hab die Party gerade verlassen. Und zwar Hals über Kopf. Ich bin in der Tram und fahr heim. Ich muss Ihnen was sagen. Was reichlich Abstruses über Paula, die das Fest gibt. Eine Superfrau mit schwierigem Background. Ein Freund, der in sie vernarrt und hoffnungslos subjektiv ist, hält sie für extrem rachsüchtig.«

»Ja?«

»Kennen Sie das *Bildnis des Dorian Gray?* Das Buch?«

»Wird das ein Quiz?«

»Nein. Es ist von Oscar Wilde, einem Engländer.«

»Ich weiß schon, hab's als junger Mensch gelesen. Lesen müssen. Ein Gestörter, der seine Seele dem Teufel verkauft, er bleibt schön und dafür wird ein Porträt von ihm immer grauslicher, weil das Bild lebt, oder?«

»Genau.«

»Und was ist damit?«

»Ich hab heute so ein Bild gesehen.«

»Was?«

»Also kein echtes Porträt, sondern sehr abstrakt. Schaut toll aus. In einem Holzrahmen, ist aber nicht verklebt. Die Größe, die Sie suchen. Ich hab's berührt. Ohne Signatur, ohne Titel.«

Etwas fügte sich in seinem Gedankenknäuel zu einem Bild, ein gerade gelesener Absatz aus dem Gutachten drängte sich vor, etwas Erhellendes zum Problem der Persönlichkeitsspaltung, mit der man es wahrscheinlich zu tun hatte, biografische Begleiterscheinungen, während er den Namen der Gastgeberin, die Adresse aufschrieb. So bekannt! So gut vernetzt. Das versprach Schwierigkeiten jeder Art.

»Ich habe das Bild 2012 zum ersten Mal gesehen. Wochen nach dem Burgtheatermord. Und einmal voriges Jahr bei einem Empfang. Da sah es so aus wie 2012. Sehr beeindruckend mit diesen Schwüngen, Bögen und den Klecksern. Alles in Rotbrauntönen. Eher dunkel.«

»Und heute?«, fragte Lothar Haberl sehr behutsam und mit dem so lange ersehnten Kribbeln im Bauch, das erlösende Aktionen bei ihm so oft einleitete.

»Frische rote Spritzer. Also dunkelrot. Quer drüber. Es sieht irr aus. Die Schicht darunter muss irgendwie fixiert sein. Die oberste ist es nicht. Das Bild ist voll mit diesen Lagen. Über und über. Wenn ich nicht wüsste, was ich zu wissen glaub, ich würde es für ein großartiges Bild halten. Aber so ist es einfach nur grauenhaft. Bin ich jetzt übergeschnappt?«

»Nein, Frau Schöberl. Das sind Sie nicht. Sie fahren heim. Ich hoffe, es ist wer bei Ihnen zu Hause. Sie bleiben mir nicht allein. Und Sie hören von mir. Morgen. Oder übermorgen.«

»Wenn es das ist, was es ist, dann hab ich auch über Blut von der Frau Prohaska aus dem Burgtheater gestrichen.«

»Ja«, sagte Lothar Haberl, unterbrach die Verbindung und löste den Alarm aus, während er aus seinem Büro lief.

Thomas Schrems

Der eingebildete Tote

Wie Molières Komödie zur Tragödie wurde

Es gibt Tage, die sind unantastbar heilig. Andere werden es, da man sie mit dem Blut der Rache reinigt. Heute ist so ein Tag.

Spielt es da noch eine Rolle, wann ein verdientes Ende seinen Anfang nimmt, ob es zehn, zwölf oder fünfzehn Jahre sind, da es doch beschlossene Sache ist?

Mitnichten.

Auch stellt sich nicht die Frage nach der nackten Befriedigung schnöder, niedertriebiger Gewaltgelüste. Selbst hier, unter einer Theaterbühne nicht. Der natürliche Sinn nach einer höheren Gerechtigkeit macht es aus. Er hat diesen entscheidenden Moment erst geschaffen, den Tag der Umkehr, den Tag, an dem *du* die Rolle angenommen hast. Der Maestro höchstpersönlich. Du steigst aus deinem Olymp, veredelst Molières Paradestück in der Wiener Burg, gibst Argan, das Fleisch gewordene Häufchen Selbstmitleid.

Es ist dies Molières finaler Akt zu einer ins Absurde gekehrten Angst um das nackte Leben. Der larmoyante Hypochonder Argan und sein Publikum, welches sehr viel mehr über ihn weiß als er selbst, getragen von der Passivität, die den urtragischen Helden urkomisch macht, die uns aber auch über sein Theaterleiden hinaus ins echte Leben führt.

Welch Ironie des Schicksals!

Hört ihr das Lachen der Menge? Es durchdröhnt das Theater. Unüberhörbar schallt es herab. Bis hierher. Ja, sie verlachen dich, Argan, du in Großspurigkeit und Gier und Eigenliebe badendes Scheusal von Vater. Sie verlachen das Allmachtgehabe der Medizin, damals wie heute, verlachen Jargon und Kleidung, die allein ganze Identitäten stiften.

Sie verlachen sogar den Tod.

Zeitlebens war es Ihnen, mein lieber Molière, ein Anliegen, die Menschen über das Lachen zu verbessern. Jedoch, alter Meister – glauben Sie dem, der unter die Räder der Selbstsucht geraten ist. Manche Menschen bessern sich nicht. Nicht als Empfänger der Komödie. Nicht als ihr Teil.

Still jetzt.

Ist das dort oben nicht Toinette, nun bereits als Arzt verkleidet?

Ei Sapperment, der Puls da macht sich sehr unnütz; ich sehe schon, mein Freund, du kennst mich noch nicht. – Wer ist denn Euer Arzt?

Ganz recht. Dritter Akt, der vierzehnte Auftritt. Argan, der lebensblinde Tölpel, der sein Dienstmädchen in der Camouflage nicht erkennt, ihm die gesammelten Diagnosen der Ärzteschaft beichtet.

... es sei ein Leberleiden; andere sprechen, es käme aus der Milz.

Dummes Zeug! – An der Lunge seid ihr krank.

An der Lunge?

Ja. Was fühlt Ihr?

Ich fühle von Zeit zu Zeit Kopfschmerzen.

Ganz recht, die Lunge.

Mir ist mitunter, als hätte ich einen Flor vor den Augen.

Die Lunge.

Zuweilen wird mir übel.

Die Lunge.

Ich fühle mitunter eine Müdigkeit in allen Gliedern.

Die Lunge.

Und zuweilen sticht mir's im Leibe, als hätte ich die Kolik.

Die Lunge ... alles die Lunge, sage ich. Was für eine Diät verordnet Euch denn Euer Arzt?

Er verordnet Suppe mit Brotschnitte –

Ignorant!

Geflügel –

Ignorant!

Kalbfleisch –

Ignorant!

Frische Eier –

Ignorant!

Und vor allen Dingen viel Wasser in meinem Wein.

Ignorantus, ignoranta, ignorantum ... müsst Euren Wein ohne Wasser trinken ... gutes derbes Rindfleisch ... holländischen Käse ... Reis, Kastanien, Oblaten ... Euer Arzt ist ein Dummkopf ...

Ich werde Euch sehr verbunden sein.

Du bist wunderbar, Toinette.

Noch ist Zeit.

Zeit? Zeit ist geschaffen, die Umstände auf Recht und Unrecht zu prüfen. Wer nach Gutdünken darüber hinwegfährt, bedient sich der Willkür.

Aber jetzt ist anderes von Bedeutung: die Präzision der Abläufe; die Gewissheit darüber; dieser eine, in den Nebeln der Erinnerung fast schon verlorene Moment der Entscheidung, der das erste Zahnrad in Gang gesetzt, den Plan bis ins kleinste Detail erst ermöglicht hat.

Von da an hat es nur noch diesen einen Weg gegeben, so nah wie möglich an das Vorbild heran inszeniert. Und auch wieder nicht. Das Wie. Das Wo. Das Wer. Das Warum. Das Wann.

Das Wann.

Dieser lange ersehnte Moment, in dem die eine Zeit auf immer verlischt und die andere neu erwacht.

Jetzt ist sie also doch wieder im Spiel. Die Zeit. Elf Monate, zwei Wochen, vier Tage, seit es Gewissheit ist.

Seit du, Maestro, die Rolle angenommen hast.

Endlos lange Stunden sind von da an ins Land gezogen, Tage, die oft nur aus dem Dunkel ihrer Nächte bestanden. Viele von ihnen rastlos durchwacht.

Die Zeit.

Nur noch wenige Augenblicke sind es bis ans Licht. Der größte Auftritt von allen. Ganz ohne das Gleißen der Scheinwerfer. Bravo! Bravissimo!! Die stille Losung gegen das himmelschreiende Unrecht.

Argan, du herzloses Scheusal. Du würdest in deinen gepolsterten Lehnstuhl zurücksinken, zurück*fallen,* unter markdurchdringendem Stöhnen, mit einem blasphemischen *Mon Dieu* auf den Lippen, und um vieles dramatischer, als es das Manuskript vorgibt. Alle Register deiner komödiantischen Kunst würdest du ziehen, zum Gaudium des Publikums, klar und deutlich zu vernehmen bis in die hinterste der prallgefüllten Reihen. Der frenetische Jubel hinterher wäre dir gewiss. Du würdest die Augen auf null drehen. Diese stechend grünen Augen. Hinab bis an das Kinn hinge dir die lange Zunge, ein hässliches, in praller Gier nach den Verlockungen des Lebens zuckendes Stück Muskel. Du würdest den Toten mimen, wie kein anderer im Ensemble einen Toten zu geben versteht, würdest die Kollegen allesamt auch hierin an die Wand spielen.

Alles wie gehabt.

Und auferstehen.

Hu!, würde dein entlarvtes Bühnenweib erschrocken kreischen, um auf alle Tage das Weite zu suchen. Das Klappern der Schuhe. Das Rascheln des seidigen Stoffs über den Reifröcken. Die von Gier zerfressene Schlange kringelt sich fort aus dem Leben des Herrn. Vielleicht in eines anderen Opfers Dasein. Vielleicht auch nicht. Egal.

Dann käme der Tod auf Probe ein zweites Mal.

Für Angélique. Deine Tochter.

Wie auch die Auferstehung ein zweites Mal kommt.

So sieht es das Skript vor. Seit ungezählten Generationen.

Doch Hand aufs Herz – wer hält sich schon gerne getreu ans Original? Gehen die Uhren der Moderne nicht anders? Stehen die Zeichen nicht auf Veränderung um jeden Preis? Und ist es nicht bloß eines jeden Regisseurs, nein, auch eines jeden Schauspielers Bestreben, Eigenes einzubringen?

Ja, verdammt, natürlich ist es das. Und heute ist der Tag dafür. Eigenes würde eingebracht werden. Du Bonvivant dort oben mit dem Schmerbauch und dem breiten Zahnpastalächeln deiner Dritten und der Herzensbildung eines ewig hungrigen Nilkrokodils, der Bühnenschelm, der du es liebst, die Kolleginnen und Kollegen vor den Kopf zu stoßen, festgelegte Abläufe ohne Absprache zu ändern, zu sehen, an welchen Rändern der Verzweiflung sie entlangdümpeln, wenn Spontaneität gefragt ist, wenn du da ein Wort einfügst, dort eines weglässt, Positionen änderst, Gesten, ja, ausgerechnet du, Meister der jähen Veränderung von Dialog und Szenerie, würdest selbst ins Taumeln geraten.

Ganz wie Monsieur belieben.

Auch heute Abend würde das Stück umgeschrieben. Sehr spontan. Doch um vieles elementarer, als dem feinen Herrn lieb sein kann.

Ein radikaler Schwung. Von einem Genre ins andere.

Ein messerscharfer Dreh. Vom Lustspiel ins Trauersp... nein, keine Trauer. Nur ein Spiel, in dem der Tod zurücklacht.

Rasch ein Griff an den Overall, an das Relief, das sich mit sanftem Schlag darunter abhebt. Ein beruhigtes Lächeln. Und ich? Ein Bühnenarbeiter von vielen in dem hektischen Getriebe, der sich hier unten umtut.

Tout comme il faut, würde Monsieur sagen.

Alles Augenmerk nach oben. Keine Blicke. Was ans Ohr dringt, genügt vollauf, ist verständlich für den, der es zu deuten weiß. Hektische Schritte tönen durch die hölzernen Planken herab. Das helle, aufgeregte Stimmchen von Toinette, wie sie ins Zimmer stürmt.

Der siebzehnte Auftritt.

Jede Bewegung, jedes Wort erhebt sich zu einem inneren Sehen. Die Augenblicke vor dem Finale.

Jetzt Argan, ihr Herr und Gebieter.

Wo bleibst du denn, Argan?

Na also.

Was gibt es denn?

Die Stimme des Meisters, zwischen Ruhe und Dringlichkeit schwingend, mit einer sanften Modulation ins Brüchige, Unsicherheit in den Raum stellend. Ganz der ausgebuffte Profi.

... und habe eine gewisse geheime Zusammenkunft entdeckt, von der man nicht weiß, dass ich dahintergekommen bin.

Anflüge von Frostigkeit in seinem Reden. Die Vorahnung von Ungemach.

Wie Recht du doch hast, Argan.

Ein kurzer Blick empor, dessen es gar nicht erst bedurft hätte. Argan hat Verdacht geschöpft. Ja, die Dinge dort oben nehmen ihren festgefügten Lauf. Und auch hier, im Unterboden, nur wenige Armlängen entfernt, nehmen die Dinge ihren unabänderlichen Lauf, folgen einer schicksalhaften, gottbefohlenen Fügung.

Wo bleibt dein Einsatz, Süße? Ah, da ist er ja. Gerade zur rechten Zeit.

Wieder Toinette, das Hausmädchen, Argans Bruder Béralde zugewandt. Die Röte ihres Antlitzes ist greifbar, durchdringt alle Materie, schwebt mit der Aufgeregtheit ihrer Worte herab, in die Tiefen unter die Bühne, ein hysterisches Kläffen fast schon, als wäre sie ein unachtsam getretenes Schoßhündchen, das Protest bellt.

Sagt nichts gegen Madame ... eine Frau ohne alle Arglist ...

Ist sie das wirklich, Toinette? Phantastisch, mein Täubchen, wie du deinen Herren dazu bringst, die Liebe seines Weibes auf die Probe zu stellen. Die Leute vergöttern dich dafür.

Toinette, jetzt bedeutend ruhiger, beschwörend.

Madame wird gleich wiederkommen. Legt Euch lang ausgestreckt in Euern Lehnstuhl und stellt Euch tot. Da sollt Ihr ihre Verzweiflung sehen, wenn ich's ihr beibringen werde.

Und du, Argan? Ganz Feuer und Eifer bist du für die List.

Das wollen wir machen!

Gelegt? Nein, legen ist nicht. *Werfen.* Rücklings in den Lehnstuhl, mit Anlauf, schon im Voraus ächzend, ganz dem Temperament des Herrn Burgschauspielers entsprechend, angespannt und doch leichtfüßig das Zimmer durchtänzelnd, wie ein mit Strass und Federnbusch geschmücktes Zirkuspferd vor der großen Schlussnummer.

Darauf Toinette, geheuchelt besorgt.

Ja, aber Ihr dürft sie nicht zu lange in ihrem Jammer lassen, denn sie könnte leicht darüber sterben.

Wie voraussehend du doch bist, Toinette.

Ja, Argan, endlich wirst du dein verschlagenes Bühnenweib hinters Licht führen, gerade so, wie sie, diese Kanaille, dich all die Jahre hinters Licht geführt hat. Aber nicht bloß dort oben würde heute Abend zurückbetrogen, nein, auch auf jenen rau gezimmerten Brettern, die das echte Leben bedeuten.

Oh, mein hochverehrter Molière, wüssten Sie bloß, wie sehr Ihre Genialität ins Jetzt reicht ...

Wenige Meter oberhalb, scharf neben der Bühne, in einem abgedunkelten Kämmerchen. Fäden wurden auch hier gezogen.

»Nun, was meinst du«, raunte der Bühnenmeister der Inspizientin von hinten ins Ohr. »Wie legen ihn Seine Majestät heute an?«

Die Augen unverwandt auf die Bildschirme geheftet, jene drei für das Geschehen auf der Bühne, im Publikum, über schwenkbare Kameras hereinprojiziert, jenen Schirm aber auch, auf dem ein buntes Gewirr von Ziffern und Signalen auf Soll und Ist von Akustik, Beleuchtung und anderem mehr verwies, schwieg sie um den Moment zu lange, um den Lauf der Dinge zu stoppen.

»Sprich mit mir!«, insistierte er in ihrem Rücken augenblicklich, »oh du mein ... «

Sie wusste zu gut, was nun folgen würde, spürte den gepressten Hauch seines kehligen Raucherlachens um die Schultern, dieses der absoluten Stille hinter der Bühne geschuldete, fast tonlose Gelächter, spürte seinen Atem den Flügelschlag ihres seidigen Haares bauschen, lange bevor er tatsächlich losschnaubte.

Tausendmal denselben dummen Scherz gesetzt. Tausendmal gelacht. Herren der Schöpfung brauchen das.

Sprich mit mir, oh du mein feurigroter Kampfkarpfen! Ha ha ha!

Was sollte sie schon denken? Als Frau, die vor nunmehr fünfzehn Jahren diese männliche Domäne durchbrochen, die als Inspizientin seitdem gesehen hatte, was zu sehen war. Grell aufblinkende Sternchen, die ungebremst emporschossen in den Himmel des Triumphes und dort als Schnuppen verglühten. Bedeutend blassere Sternchen, die ihre Nächte zu Tagen machten und mit knochenharter Arbeit zu Fixsternen emporkletterten. Mimen von Weltrang, die kamen und gingen. Mimen von Weltrang, die kamen und blieben.

Keine Bühne, sagte sie sich, bot ein üppigeres Spektrum der Schauspielerei als das Wiener Burgtheater. Was sollte sie also sagen über Sebastian Herfried Scheidl, dieses Musterbeispiel an Professionalität, aber auch Mahnmal der Selbstverliebtheit? Sie hatte es am eigenen Leib verspürt. Als Trophäe mit dem karmesinroten Haar. Wie also würde ein Vollblutschauspieler seines Ranges den Tod schon geben? In *der* Rolle? Als eingebildeter Kranker?

Argan, der larmoyante Hypochonder, der an allen Krankheiten auf Erden zu leiden und zu sterben vermeint; Argan, der mehr Ärzte um sich schart als ein irischer Schäfer Schafe; Argan, der sich bestärkt sieht in diesem Glauben von seiner zweiten Frau Béline, welche – geboren im Sternzeichen der Geldgier – das fürsorgliche Weib bloß mimt; Argan, der in manischer Sorge seiner selbst Töchterchen Angélique nichts als einen Arzt zum Gatten gewähren will; Argan, der die Warnungen seines Bruders, Molières Alter Ego, vor zu viel Gläubigkeit und Ergebenheit den Göttern in Weiß gegenüber achtlos in den Wind schlägt; Argan, dies rüschenbesetzte, hochbarocke Wesen, das in seinem unermesslichen Leiden vor sich hin winselt, presst und keucht, haspelt und japst, krächzt und brüllt, ein gerade eben im glitzernden Bademantel über die Bühne taperndes, angstvolles Häufchen Mensch, ein Leben, geführt am Gängelband der Zwänge, die nur ein Motto kennen:

Ein guter Tag beginnt mit einem Einlauf.

Argan aber auch, den die Furcht zur rechten Zeit läutert, im Ansatz wenigstens, der Vorwitz und Listenreichtum seines Hausmädchens Toinette, der wahrhaften Patronin, erliegt und auf ihr Anraten seine Frauen, Angebetete wie Tochter, auf die Probe stellt; Argan, dem die Augen aufgehen, welche von beiden ihn tatsächlich liebt, indem er sich totstellt.

Einmal.

Ein zweites Mal.

Argan, der mit großer Geste in seinem Lehnstuhl zusammenfällt und seine Zunge auf eine Weise flappen lässt, als hätte das Chamäleon es ihm abgeschaut und nicht andersrum.

Wie also sollte ein Scheidl den Scheintod des Argan schon anlegen? Heute, bei der erst vierten Vorstellung? Zu welchem Zweck sollte er von Bewährtem abweichen? Was wollte Michael mit dieser Frage? Oder war sie bloß rhetorisch? Als Einstieg für eines seiner ... nun ja ... entbehrlichen Scherzchen?

»Du kannst es wohl nicht lassen, hhmm?«, gab die Inspizientin ausweichend wieder. Ein leises Seufzen hinterdrein, gerade laut genug, dass es ankam.

Nein, sie war fürwahr nicht die Frau, die den Mund zu voll nahm. Dieses eine gottverdammte Mal nur hatte sie wider die Prinzipien gehandelt, hatte im Überschwang des Erzählens drauflosgeplappert, sie, die alle im Haus nur als Schattenriss der Gewissenhaftigkeit kannten: ausnahmslos in Schwarz gewandet, die Stoppuhr um den Hals wie ein Schwimmtrainer, der am Beckenrand mitlief, bisweilen aber auch die Dompteuse, die für Ruhe sorgte im Haifischbecken, stets ein Wort der Beruhigung auf den Lippen, der Erinnerung, des Trostes, der Aufmunterung, des Dankes, energetisch aufgeladen wie ein Sack Flöhe.

Ich bin ein geborener Kampfkarpfen, hatte sie, die im Fisch Geborene, gesagt. Einem Journalisten gegenüber. Ausgerechnet.

Von da an lief der Schmäh im Haus.

Oh du mein feurigroter Kampfkarpfen.

Sie nahm es dem Bühnenmeister nicht ernsthaft krumm. Anders als sein Humor war er nicht von der üblen Sorte. Als Mensch nicht. Als Kollege nicht. Ja, sie unterstellte ihm nicht einmal, dass er ihr wie manch einer hier drinnen ans Leder wollte. Zwischen ihnen lagen nicht bloß die zwanzig Jahre, die sie jünger war, und sie beide wussten es.

Abend für Abend, erlaubten es die Abläufe, betrat er ihr Kämmerchen, tauchte geräuschlos an sie heran und setzte einen seiner altbackenen Kalauer. Das war Teil einer jahrzehntelang gepflogenen Tradition. Eine Inszenierung im Kleinen, abseits der großen Bühne. Sie mochte sein verschmitztes Grinsen. Die silbrige Bürste dieses alternden Doyens hinter den Kulissen. Und obendrein verfügte Michael über ein erstaunliches Sensorium, wann seine Besuche passten und wann nicht. Wann die Dinge rundliefen und wann nicht. Sollte sie ihm also seine Auftritte untersagen? Ihm die lächerlichen zwei Jahre bis zur Pensionierung vergällen?

»Nun sag schon!«, raunte er. »Wie?«

»Das Übliche«, sagte sie knapp. »Du weißt schon. Der Tanz. Das Ächzen. Das Mon Dieu. Und ab in den Sessel. Bin gespannt, wie lange der das durchhält, bis wir einen neuen brauchen.«

»Einen neuen?«

»Sessel, meine ich.«

»Ich weiß nicht recht«, sagte der Bühnenmeister.

»Wegen des Sessels?«

»Nein. Der ist bald hinüber. Hat schon einen ersten tiefen Riss, wie ich vorhin bemerkt habe. Nein. Sein Tod. Irgendetwas liegt in der Luft. Die vierte Vorstellung und nicht eine Änderung. Ist längst überfällig, oder nicht?«

»Nicht heute Abend«, sagte die Inspizientin knapp, mit den Fingern routiniert über den Touchscreen fahrend, die Vorgabe aus ihrem Inspizientenbuch ablesend wie der Dirigent seine Partitur. Ein Nicken, dann die blitzschnelle Weitergabe nach oben an die Technik. Dieser Scheinwerfer nach hier. Jener nach dort. Da ein Theaterdonner. Dort das Hochfahren oder Absenken eines Hubpodiums. Was immer. Feste, längst dem Computer überantwortete Abläufe für die folgenden Sekunden, eine vorprogrammierte Kette von Befehlen, die, einmal in Gang gesetzt, nicht mehr zu stoppen waren.

Der nächste Szenenwechsel. Toinette, wie sie die Hausherrin hinters Licht führt.

Der Bühnenmeister, nicht locker lassend. »Eine Flasche Cabernet?«

Jetzt wandte sie ihm doch den Kopf zu, lächelte.

»Auf den ersten Tod?«

»Natürlich den ersten.«

»Einverstanden. Meine Hausmarke, die aus Horitschon, ja?«

Was ist denn an ihm verloren, und was war er in der Welt nütze? – Ein Mensch, der jedem beschwerlich war, unreinlich und widerlich ... immer ein Klistier oder eine Medizin im Leibe ...

Ja, Béline, was für erhebende Worte einer trauernden Witwe.

Jetzt du, Toinette.

Eine schöne Grabrede.

Und noch einmal die Schlange. Komm schon!

... es sind Papiere und ist auch Geld da, die ich beide erst in Sicherheit bringen muss ... lass uns vor allen Dingen seinen Schlüssel nehmen ...

Nun spring schon auf, mein Alter! Enttarne dein mieses Weib!

Sachte!

Hu!

Ja, Madame! – Das also ist Eure Liebe?

Bravo, Argan! Du hast das Miststück durchschaut. Jetzt du, Toinette, oh du mein listenreiches Luder.

Ach du meine Güte! – Der selige Herr ist also nicht tot?

Argan, unter drohender Gebärde dem fliehenden Weib zornig nachrufend.

Ich freue mich, endlich zu sehen, wie es mit Eurer Freundschaft steht ...

Freundschaft steht. Das Zeichen zum Aufbruch. Alles einstudiert. Wieder und wieder. Bis zur Perfektion.

Rauf auf das Hubpodium. Die Hand am Mechanismus für den Notbetrieb, die Rückversicherung gegen die Tücken der Technik. Danach lautlos die paar Längen emporgleiten, die klaffende Lücke in der Bühne schließen. Den Overall öffnen. Ein flinker Griff. Ab in die Hockstellung. Die Stimmen ganz nah, laut, deutlich.

... war eine Lehre, die mich in Zukunft klüger ...

Argans letzte Worte, ehe der Tod ein zweites Mal zuschlägt. Der schmale Grat zwischen Schein und Sein.

... mich von vielem abhalten soll, was ich tun wollte.

Der neunzehnte Auftritt. Finale.

»Hab ich's dir nicht gesagt?«

»Ich hätte geschworen, er würde – «

»Zweite Chance?«, fragte die Inspizientin, lächelte, das enttäuschte Antlitz des Kollegen als schemenhafte Spiegelung im Dunkel der Scheibe gewahrend. Es gab Tage, da die Kräfte des Ensembles bis zu ihr in die Kammer knisterten, ähnlich dem durchdringenden Sirren, das einen Körper beim Unterqueren einer Hochspannungsleitung befiel, Tage, da auch sie hier drinnen spürte, wenn die Schauspieler einander auf andere Weise begegneten. Frivol. Kokett. Angespannt. Bisweilen feindselig.

Aber heute? Nichts dergleichen.

»Doppelt oder nichts?«, murrte der Bühnenmeister. Ein Mann, der eine Niederlage immer zweimal erfahren musste.

Sie nickte.

Das Emporgleiten. Meter für Meter. Geräuschlos. Aus der Sicht.

Es war ein Leichtes gewesen, die Position des Lehnstuhls oben auf der Bühne zu verändern, zu intervenieren, dass er geradewegs vor der Versenkung zu stehen kam.

Ein paar Worte an dich, Maestro, nach einer der ersten Proben hatten genügt. Die Schrittfolge. Die Körperdrehung.

Der Mangel an Anlauf und Schwung, deinen Abgang in den Scheintod betreffend. Darum empfehlen sich die paar Meter näher an den Bühnenrand, näher an das Hubpodium, das seinen Zweck für diesen Abend getan haben würde.

Wer konnte einem wie dir den Wunsch verwehren, wenn du im Gegenzug alles gabst?

Das Inspizientenbuch würde es belegen. Jede Änderung fein säuberlich darin festgehalten. Lehnstuhl zwei Meter schräg nach hinten, würde da stehen. Auf Herrn Scheidls persönlichen Wunsch.

Das neuerliche Hochfahren des Hubpodiums war nicht darin vermerkt.

Gerade jetzt würde auf dem Bildschirm der Inspizientin ein Lichtlein aufblinken.

Podium Nummer drei ... auf dem Weg nach oben.

Wieso das denn?

Keine Zeit, es zu hinterfragen. Weder Zeit noch Gelegenheit, es zu stoppen. Diese Bruchteile der untätigen Ratlosigkeit genügten. Das abgesenkte Podest hinter dem Lehnstuhl zurück auf Bühnenhöhe?

Was soll's.

Ein schwarzer Schatten, der aus dem Dunkel ins Dunkel des weit ausladenden Sessels taucht. Ein kompakter, kauernder Schatten am hinteren Ende der Bühne. Unerreichbar für alle Augen. Jene der Schauspieler. Jene der Scheinwerfer. Der Kameras. Des Publikums.

Legt Euch wieder hin, wie vorher, und lasst uns einmal sehen, was sie zu Eurem Tode sagen wird. Es ist nicht übel, darüber ins Reine zu kommen, und weil Ihr einmal im Zuge seid, könnt Ihr Euch so am besten davon überzeugen, wie Eure Familie gegen Euch gesinnt ist.

Die brave Toinette.

Zwei Hände, die die Klinge des Messers blitzartig durch den Schlitz der Polsterung treiben, dagegenhalten. Ein Körper, der unter Klappern herantrippelt, rücklings taumelnd ins Wanken gerät.

Präzision.

Dein zweiter Vorname, Maestro, wenn es um die Brillanz eigenen Wirkens geht. Ja, du wirst an derselben Stelle wie immer niedergehen.

Das Trippeln der Pantoffel. Jetzt ganz nah.

Das Messer. Zwei Hände. Ein Körper, der sich windet, der fällt.

Wuchtvoll. Und ausgesprochen präzise.

»Mooooon ... «

»Fantastisch! Fantastisch!«, hauchte der Bühnenmeister. »Hab ich's dir nicht gesagt?«

»Alles wie immer.«

»Oh nein, meine Liebe. Das Dieu.«

»Das Dieu?«

»Es hat gefehlt«, sagte der Bühnenmeister, lächelte das billige Lächeln eines Siegers der allerletzten Sekunde. Das Ende einer Schlacht in einer endlosen Reihe von Schlachten. Und niemand im Raum, der das nicht wusste.

»Papperlapapp, wie kleinlich.«

»Und erst sein Stöhnen. Mein Gott. Mit welcher Inbrunst das heute kam, noch lebensechter als sonst, findest du nicht?«

»Wenn du meinst ...«

Die Moderne hatte eben ihre Segnungen. Ein äußerer Bühnenring. Ein innerer. Prinzip Drehzylinder. Vier Podien, die aussahen wie riesenhafte Stempel und blitzschnell zwischen fünf Etagen auf und ab fuhren. Die unterste knapp neun Meter unter Tag. Kurze Wege, rasch und ungesehen, lautlos und exakt zu bewältigen. Geschmeidig wie das Heranschleichen einer Raubkatze.

Das Podium und sein Schatten. Alle beide jetzt wieder zurück auf sicherem Terrain. Sie sah auf die Uhr. Knappe zwei Minuten blieben ihr von nun an, bis sie dahinterkämen. Auch das hatte sie bis ins Kleinste geprobt. Mit eingerechnet jenes Zeitfenster, das Argans bekannte Lust für Spielchen zusätzlich schüfe.

Ein Spielchen. Natürlich würde es das im ersten Moment sein. Eine seiner gottverdammten Anwandlungen. Da Angélique, ihren heimlichen Geliebten Cléanthe zur Seite, den Tod des Vaters beweint. Verpufft die Gedanken an die Hochzeit. Jetzt, wo der geliebte Vater nicht mehr ist. Sie wird der Welt entsagen.

... will ich wenigstens einen deiner Wünsche erfüllen, und so den Verdruss wieder gutmachen ...

Dann wirft sie sich ihm zu Füßen.

Lass mich, mein Vater, dir hier mein Wort geben und in dieser Umarmung meine Dankbarkeit aussprechen.

Die jähe Wende. Argan umarmt seine Tochter.

Ah, meine Tochter!

Nein. Keine Wende. Argan umarmt sie nicht. Nicht einmal zu ihr hinab beugt er sich.

Was ist los, Argan?

»Dieser Idiot«, zischte die Inspizientin. »Diesmal übertreibt er es. Ich werde mit dem Intendanten sprechen. So geht das nicht. Er verstört die jungen Kollegen zusehends.«

Der Bühnenmeister, auch er erstarrt. »So lange hat er sie nicht einmal bei der Generalprobe hingehalten.«

»Nun komm schon, verdammter Saukerl!«, fauchte die Inspizientin. Instinktiv hatte sie den Finger auf eine jener vier Tasten gelegt, die sich auffällig von allen anderen abhoben.

Ruhe.

Läuten.

Umbau.

Kurtine.

Die Kurtine?

Der Finger instinktiv auf dem Schalter für die Kurtine. Das Betätigen des eisernen Vorhangs, wenn die Vorstellung längst ... wenn es heimwärts ging. Und nur notfalls mitten im Stück. Wenn nicht bloß der Hut brannte.

Die Inspizientin stutzte, als sie es gewahrte.

Warum das denn? Die Vorstellung war doch noch gar nicht ...

Schräg zu ihrer Rechten, in der Nullgasse gleich hinter der Bühne, bereit für ihren Auftritt, tummelten sich die Tapezierer, den Saal auszuschmücken, Bänke aufzustellen.

Das Schallen des Chores war nicht mehr fern.

Dignus, dignus est intrare

In nostro docto corpore ...

Finale. Das Ballett.

Der Auftritt der versammelten medizinischen Gesellschaft. Sechs Apotheker, zweiundzwanzig Doktoren. Acht tanzende Chirurgen, zwei singende. Nicht zu vergessen jene acht mit ihren Riesenklistierspritzen im Anschlag, kraftvoll im Abbruch der Festung Mensch, bedrohlich und effektvoll. Die Presslufthämmer der Medizin.

Aber fehlte da nicht noch etwas?

Sie war in Gedanken abgeschweift, hatte das Inspizientenbuch im Geiste schon zugeschlagen, die üblichen Worte ans Ensemble übers Mikrofon auf den Lippen.

Meine Damen und Herren, die Vorstellung ist zu Ende. Vielen Dank.

Aber nein. Das versöhnliche Ende. *Das* fehlte. Argan, gerührt ob der Liebe seiner Tochter, einverstanden, sie und Cléanthe mögen einander doch noch bekommen.

Unter Auflagen, versteht sich.

»Nun mach schon, verdammt noch mal«, fluchte die Inspizientin. »Beweg deinen Kadaver in die Höhe!« Ungewohnt harsche Töne, um vieles lauter, um vieles ungehaltener, derber als üblich und auch den Bühnenmeister in Angst und Schrecken versetzend. Jetzt schon war die Pause da draußen zu lange, um nur peinlich zu sein.

Ihr Blick fiel auf das äußerste Ende des Pultes. Noch nie hatte sie ... Die Notfalltropfen. Ihre bloße Anwesenheit war Placebo genug gewesen in all den Jahren. Aber heute?

Sie war rasch dem kritischen Bereich entflohen. Zügig, doch ohne jede Hast war sie dem mit Technik vollgestellten Unterbauch entglitten, ihr Körper selbst nur ein Schatten, der dem Dunkel entwuchs, das Licht querte und ins Schwarz des nächsten Ausganges schrumpfte. Hinaus durch eine der zahllosen Türen in einen der zahllosen Gänge, in das Gewirr von Bühnengassen, die das Haus versorgten wie Schläuche einer Herzlungenmaschine den Intensivpatienten. Kein Laut ringsum, der sich zum Vorboten der Gefahr erhob, kein Laut, der neugierige Blicke schuf. Nur ein stilles Gleiten.

Manche Produktionen verlangten der Technik alle Finessen ab, inszenierten ein heilloses Theater hinter dem Theater, insektenhaftes Getriebe bisweilen auch unter der Bühne, dahinter, droben auf dem, was vormals der Schnürboden war, wo nun die Kulissen per Mausklick auf und ab fuhren.

Molière jedoch war ein Garant der Ruhe. Zumindest hier unten, gegen Ende der Vorstellung.

Ein etwas schmächtiger Bühnenarbeiter mit Hornbrille, der noch zu tun hatte. Das war sie, nichts weiter. Der sich unterhalb der Bühne umtat. Gerätschaft inspizierte. Womöglich für anderntags vorausarbeitete. Wer nichts mehr zu schaffen hatte, war gegangen. Wer noch geblieben war, war zu beschäftigt.

Ausgreifend und zielstrebig schritt sie aus, den Blick nur ab und an auf die Stoppuhr ihres Mobiltelefons gewandt. Treppauf. Treppab.

Vierundzwanzig. Fünfundzwanzig.

Mein Vater ist tot, Toinette?

Ja, da könnt Ihr ihn sehen! Er ist eben vor einigen Minuten an einer Ohnmacht gestorben, die ihn überfiel.

O Gott, welches Unglück! Welcher grausame Schlag!

Neunundzwanzig. Dreißig.

Sie kannte die Katakomben des Theaters wie ihre Westentasche. Besser noch. Die mühsamen Jahre des Aufstiegs, niedergehalten unter *seiner* Knechtschaft. Wenn er darauf bestand, dass sie jeder seiner Proben beiwohnte, sich an seiner Größe maß. An ihr wuchs.

Damit du eines Tages aus der zweiten Reihe an meine Seite trittst, Liebes.

Er trug dann diesen Ausdruck seelenvoller Anteilnahme im Antlitz, begleitet von diesem selbstzufriedenen Blick, blies die Backen auf zur vor Stolz und Unbekümmertheit aufgedunsenen Fratze der Zuversicht. Schon früh hatte sie gelernt: Ohne Anbetung stürzt ein jeder Gott ins Nichts. Die Verehrerinnen sind es, die ihn auf dem Schild halten, sie sind die Säulen seines Palastes.

Am Ende hatte der Dünkel aber auch sein Gutes. Sein Ego ließ ihn ihrem Rat folgen, ließ ihn die Position des Lehnstuhls verändern. Ja, es gab Säulen, die einem Beben wie diesem nicht standhielten. Andere blieben in ihrer einzig möglichen Stellung. Und so war auch das Messer dort geblieben, wo es hingehörte. Im Rücken des Scheusals.

Endlos viele würden unter Verdacht geraten: übergangene Kollegen, die er aus ihren Rollen gepresst hatte; Liebschaften im Haus, außer Haus, die er gebraucht, missbraucht und achtlos wie übel riechende Putzlappen weggeworfen hatte.

Auch sie hatte er zur Hand genommen und weggeworfen.

Bald schon würden sie jedoch den tieferen Sinn erkennen.

Ein vifer Kopf würde darauf verfallen, dass es die vierte Vorstellung gewesen war.

Die *vierte*. Ausgerechnet.

Auch des großen Meisters Ende kam mit der vierten Vorstellung.

Molières Tod. Der siebzehnte Februar anno 1673. Molière höchstselbst als Argan im Lehnstuhl. Kein eingebildeter, nein, ein echter Todkranker, der sich den Auftritt nicht nehmen ließ, den Krampfanfall mit letzter Kraft vor dem Publikum verbergend, später dann, noch im Kostüm, der Blutsturz.

Das Ende.

Die Metamorphose der Komödie zur Tragödie, erneuert im Zwang der ewigen Wiederholung, der Geschichtsschreibung hieß. Von da an würde das Netz ihrer Überlegungen sich von selbst fortspinnen. Das Leben würde von der Bühne herabsteigen, die Doppelung der Wirklichkeit auf der Hand liegen.

Da ein von Geldgier besessenes Weib.

Dort eines.

Da ein Hypochonder, der ein zweites Mal heiratet.

Dort einer. (Die erste Frau kurz nach der Geburt des Kindes verschieden. Der trauernde, aufstrebende Burgschauspieler und Millionenerbe folglich eine leichte Beute.)

Da ein durchtriebenes Stück, das längst die Pläne für ein Danach schmiedete.

Dort eines.

Da ein vom Leben geläuterter Mann, der sein Weib zum Teufel jagte.

Dort einer. Nein, dort ein vom Tod geläuterter Mann, der sein Weib mit ins Verderben riss – der Tribut an die Änderungswut der Moderne.

Die letzten Meter bis zum Hintereingang. Noch einmal der Blick auf die Uhr.

Eins vierundvierzig.

Den Overall abgestreift, in den mitgeführten Plastiksack, dazu die Brille. Der Griff an die Kappe. Nein, noch nicht. Stattdessen der Griff zur Tür. Gleich würde es so weit sein. Das Spielchen des Maestros wäre nicht länger ein Spielchen. Entsetzen würde um sich greifen, erste Schreie.

Sie konnte die Panik riechen, die lähmenden Momente, wenn die Gewissheit ihr Recht einforderte. Noch mehr jedoch roch sie die verlockende Weite der Nacht, die schon schwächlichen, aber unentwegt sanften Zungen des Spätsommers, die durch die Wienerstadt leckten.

Keine Woche war es her, dass sie ihm die Augen geöffnet, die beinahe echten Beweise der Schuld beigebracht hatte. Sie war, wenn man so wollte, seine Toinette. Am Folgetag hatte er das Testament geändert. Das Original beim Notar, die einzige Kopie für sie. Seine Retterin.

Seine Toinette.

Seine Angélique.

Listiges Hausmädchen und liebende Tochter, vereint unter einem Herzen.

Ja, Vater. Das bin ich. Deine Angélique. Wie auch deine Toinette. Ganz ohne mit dir auf der Bühne zu stehen.

Das Kuvert war Mutter – *Stiefmutter!* – am späten Nachmittag zugegangen. Formlos, ohne Absender, abgelegt auf der Fußmatte vor dem Haus, pardon, dem feudalen Anwesen draußen am Stadtrand. Gerade noch standesgemäß für eine *Frau Burgschauspielerin* nach der Beförderung auf dem Standesamt.

Wie üblich war die liebende Ehefrau nicht mit von der Partie im Theater. Generalprobe. Premiere. Das genügte. Ein Mehr an Zuwendung wäre übertrieben, Herzchen, findest du nicht auch?

Natürlich.

Doch dann die Schreckensnachricht deiner Abkehr von ihr. Und du, Vater? Auf dem Weg in die Maske. Unerreichbar für Stunden.

Mutter würde ihrem Zorn Luft gemacht haben, wie sie ihrem Zorn immer Luft machte. Sie würde dir auf die Mailbox gesprochen, geschrien, sie zugemüllt haben. Ungezählte Male das Verlangen nach einer Erklärung, immer noch die Kopie deines neuen Testaments in Händen.

Bedurfte es noch mehr zum Zeichen ihrer Schuld?

Vielleicht hatte sie die Freikarte ja doch in Anspruch genommen. Oder war auf anderem Wege ... Auch das Fehlen eines ihrer Küchenmesser mit japanischem Feinschliff bliebe nicht unentdeckt.

Ein Hauch von Frische umspülte ihre Nase, als Manuela Scheidl, Tochter des auf offener Bühne gemeuchelten Burgschauspielers Sebastian Herfried Scheidl, ins nächtliche Wien schlüpfte. Von der Löwelstraße gegenüber blinkte ihr das grell erleuchtete Parteilogo der Sozialisten einen frivolen Gruß.

Sie lächelte. Ja, die Politik hatte auch ihr Gutes. Die beste Lebensschule von allen. Sie hatte sie gelehrt, wie es sich mit den vielen Wahrheiten und deren Endgültigkeit verhielt.

Jetzt erst streifte sie die Kappe ab, löste mit flinkem Griff den Dutt und schüttelte befreit den Kopf. Etwas, das sehr viel schwerer wog als ihr Haar, fiel von ihr ab. Erinnerungen, die nicht länger als verwischte Schatten an ihr hafteten, durch ihre Träume zogen, ohne fassbar zu sein. Sie hatten Konturen bekommen, waren stark und scharf gezeichnet, hatten ein Profil, an dem sie zu greifen und beiseitezuschieben waren.

Ein für alle Mal. Ohne Wiederkehr.

Die unduldsame Hand des Vaters und das duldsame Schweigen der Mutter – *Stiefmutter* – hatten ihre unbeschwert frohen, frühen Tage jäh gekappt, hatten die Kindheit liquidiert und zu Grabe getragen. Sie war gerade mal fünf gewesen. Die erste von vielen Nächten, da der Vater über sie kam, sie nahm und achtlos wegwarf. Wie einen übel riechenden Putzlappen. Nein, sie musste nicht erst einen Stacheldraht um ihre Jugend flechten, um sie in der Rückbesinnung schlimmer zu machen, als sie war.

Es ist ungewiss, wo uns der Tod erwartet. Erwarten wir ihn überall!

Sagt Montaigne.

Lasst den Vorhang herunter; die Komödie ist zu Ende.

Rabelais' letzte Worte.

Oh ja, sie verstand sich auf die Schauspielkunst. Nicht bloß auf Männerrollen. Eine herzzerreißende Vollwaise würde sie abgeben. Die Tochter, die alles verloren hat, darüber aber nicht auf andere vergisst. Sie würde der Stiefmutter gedenken, ihr Carepakete hinter Gitter schicken.

Einmal mehr hatte der Tod seinen Sinn für Komik gezeigt, hatte ein Leben voll der Lächerlichkeit mit einer letzten Lächerlichkeit beschlossen. Ihr Meisterstück, mit dem sie nun aus der zweiten Reihe trat.

Hinaus ans Licht. Endlich.

Edith Kneifl

Festmahl

Todesfälle und andere Kleinigkeiten

»Das Begräbnis« stand auf dem Spielplan. Schwarzgekleidete Menschen strömten zur Premiere ins Wiener Burgtheater.

Etwa zur gleichen Zeit betrat ein ebenfalls in elegantes Schwarz gekleidetes Paar ein Palais schräg hinter dem Theater.

»Wir sind viel zu spät. Bestimmt wird sie wieder mir die Schuld geben.« Stephanie stieg von einem Fuß auf den anderen und drückte mehrmals auf den Liftknopf. »Und er wird ›cum tempore‹ nuscheln und mich dabei prüfend ansehen. Um was wetten wir?«, fragte ihr Bruder.

Die Wohnung ihrer Eltern lag im vierten Stock, der eigentlich der fünfte war, wenn man das Mezzanin mitrechnete. Die Fassade des Gründerzeitbaus war erst kürzlich renoviert worden. Im Inneren schmückten gesprungene Marmorplatten die Wände. Schmutzige, dunkle Ränder zierten die Spalten zwischen den Steinen.

Mit lautem Rattern näherte sich der Liftkorb dem Erdgeschoß.

Rasch vergewisserte sie sich, dass ihr Bruder sowohl die äußere Schmiedeeisentür als auch die altertümlichen inneren Holzflügeltüren ordentlich zugemacht hatte. Als sich der Aufzug ächzend in Bewegung setzte, schloss sie die Augen.

Sie litt unter Höhenangst, Klaustrophobie und diversen anderen Ängsten und war nicht zuletzt deswegen seit Jahren in Therapie.

Selbst Alphons musste zugeben, dass aus seinem unscheinbaren Schwesterchen eine attraktive Frau geworden war. Klein, schlank, feine, fast madonnenhafte Züge und langes, dichtes schwarzes Haar, das ihr ebenmäßiges Gesicht umrahmte. Stephanie war immer das brave, ein bisschen verhuschte Kind gewesen, hatte ihm und seiner kürzlich verstorbenen Zwillingsschwester Eugenie die Rollen des »Versagers« und des »Enfant terrible« überlassen. Alphons war vier Jahre älter als Stephanie und bereits ergraut, außerdem litt er unter Haarausfall. Ihm war bewusst, dass er ein bisschen neidisch auf die Kleine war. Obwohl er sich gut mit ihr verstand, sie manchmal sogar vor den bissigen Attacken ihrer Frau Mama in Schutz nahm.

Seit ihrer Scheidung arbeitete Stephanie als Kostümbildnerin im Burgtheater. Sie hatte die Modeschule in Hetzendorf absolviert.

»Wieso bist du nicht bei der Premiere?«

»Mich deprimiert das Stück. Aber ich werde später zur Premierenfeier gehen. Mike wird dort mit seiner Band spielen.«

»Wirst du es ihnen heute sagen?«

»Doktor Vielhaber meinte, es wäre der geeignete Zeitpunkt.«

»Dein Seelenklempner scheint ja eine ganz spezielle Art von Humor zu besitzen. Wenn ich mich nicht irre, feiern wir heute Opas Neunziger.«

»Na und ...?«

»Lass mich vorher meine Angelegenheiten klären.«

An der Wohnungstür wurden sie von der Haushälterin empfangen.

»Servus Gusti«, sagte Stephanie und drängte sich an der grauhaarigen Matrone vorbei. Alphons drückte sein ehemaliges Kindermädchen an die Brust und gab ihr ein Busserl auf die Wange.

Eine zarte Röte überzog das faltige Gesicht der alten Frau. Gusti ging auf die Siebzig zu, putzte und kochte aber nach wie vor für die Eltern und den greisen Großvater. »Sei vorsichtig, sie ist sehr nervös, und er hat bereits drei Martinis intus«, flüsterte sie ihm ins Ohr.

»Pünktlichkeit ist die Höflichkeit der Könige! Davon hat unsere kleine Schneiderin wohl noch nie etwas gehört.« Das schrille Organ ihrer Frau Mama ließ Stephanie zusammenzucken.

Die hundertachtzig Quadratmeter große Altbauwohnung mit den schweren, dunklen Möbeln, in der seine Eltern und sein Großvater lebten, kam Alphons wie ein riesiger, finsterer Keller vor. Selbst der wundervolle Blick auf das Burgtheater und einen Teil der Ringstraße und des Rathausparks konnten das Gefühl der Beklemmung, das ihn jedes Mal in dieser Wohnung befiel, nicht mildern. Mit einer theatralischen Geste überreichte er seiner Mutter einen Strauß halbverwelkter gelber Rosen, den er am Nachmittag in einem Supermarkt erstanden hatte.

Sie herzte und küsste ihn überschwänglich. Für Stephanie hatte sie nur ein knappes Nicken übrig.

»Cum tempore«, begrüßte der Vater die beiden mit hochgezogenen Brauen.

»Wette gewonnen, Alfi«, sagte Stephanie und bedachte ihren Vater mit einem abfälligen Blick. Grobschlächtig, rotwangig und cholerisch, war der ehemalige Gymnasialprofessor Friedrich Meier in dieser Familie von jeher fehl am Platz gewesen.

Friedrich stand am Fenster und beobachtete, halb verborgen hinter den durchsichtigen Gardinen, die Theaterbesucher.

Der Tisch war für sechs Personen gedeckt, obwohl sie beim Essen nur zu fünft sein würden. Großmamas Platz am unteren Ende des Tisches würde den ganzen Abend frei bleiben.

Die alte Dame hatte vor zwanzig Jahren das Zeitliche gesegnet. In den letzten Wochen ihres Lebens hatte ihr Herr Gemahl kein Wort mehr mit ihr gewechselt. Sie hatten nur mehr über Gusti oder die anderen Familienmitglieder miteinander kommuniziert. Charlotte hatte ihrem Ehemann kurz vor ihrem Tod gestanden, dass sie ihn in jungen Jahren mit seinem besten und einzigen Freund betrogen hatte. Entweder hatte sie ihr Geheimnis nicht mit ins Grab nehmen wollen oder sie war etwas boshaft veranlagt gewesen.

Die Tafel im Salon war festlich gedeckt. Seidenblumen, Stoffservietten, silberne Kerzenhalter, Kristallgläser aus Böhmen, Porzellanservice und Silberbesteck von Großmama Charlotte ... Der neunzigjährige Patriarch saß an seinem Platz am Kopf der Tafel. Ein glatzköpfiges, zerbrechlich wirkendes Männchen mit dünnen Armen und schwachen Beinen. Trotz Altersdemenz und fortgeschrittener Parkinson galt er nach wie vor als Oberhaupt der Familie. Diese Ehre verdankte er allein seinem Vermögen und einem Adelstitel, den sein Vater von Kaiser Franz Joseph I. für seine Verdienste im Bereich des Musikalienhandels verliehen bekommen hatte. Obwohl der Adel in Österreich 1919 abgeschafft worden war, legte der alte Herr nach wie vor großen Wert auf das kleine »von«. Herbert von Spielmann hatte die k. k. Notenhandlung seines Vaters viele Jahrzehnte lang erfolgreich weitergeführt und erst Ende der Achtzigerjahre des 20. Jahrhunderts zusperren müssen. Er fühlte sich bis heute der Monarchie verpflichtet. Die Nazis hatte er gehasst. Fast ebenso sehr hasste er sein Leben lang die Sozialisten, die seinen kleinen Betrieb mit ihrer unternehmerfeindlichen Steuerpolitik ruiniert hatten. Und er hasste auch seinen Schwiegersohn aus ganzem Herzen. Trotzdem hatte er dem ehemaligen Deutschlehrer seines einzigen Kindes eine Stelle im damals schwarzen Unterrichtsministerium verschafft. Mit Ach und Krach hatte Friedrich es zum Ministerialrat gebracht.

Leider war seine Tochter ebenfalls eine Enttäuschung für ihn. Burgschauspielerin hatte sie einst werden wollen. Eine miserable Hausfrau und Mutter war sie geworden. Als Vater hatte er versagt. Diesen Vorwurf konnte er sich nicht ersparen. Er hatte die Erziehung des Kindes seiner Frau überlassen, deren Fähigkeiten sich auf perfektes Französisch und leidliches Klavierspiel beschränkt hatten. Natürlich hatte er sich damals, vor sechzig Jahren, standesgemäß verheiratet. Hübsch war sie gewesen und in jungen Jahren willig in jeder Hinsicht. Mit zunehmendem Alter war sie allerdings bösartig geworden.

Die hysterische Veranlagung hatte Marie-Luise von ihrer Mutter geerbt. Kurz vor ihrer Matura hatte sie dem Vater mitgeteilt, dass sie sich vom Balkon stürzen würde, wenn er ihr nicht erlaubte, ihren Lehrer zu heiraten. Da sie von diesem Taugenichts schwanger war, gab er schließlich seine Einwilligung. Nach der Geburt der Zwillinge, Alphons und Eugenie, beschloss seine Tochter ein Leben als Hausfrau und Mutter zu führen. In den letzten Jahren wurde sie ihrer Mutter immer ähnlicher. Hübsch gerundet in der Blüte ihrer Jugend, magerte sie im Laufe ihrer Ehe ab. Verhärmt ihr Gesicht, ausgezehrt ihr Körper. Außerdem hatte sie sich zu einer richtigen Bissgurn entwickelt.

Alle seine Hoffnungen hatten auf seiner kürzlich verstorbenen Enkelin geruht. Alphons Zwillingsschwester Eugenie war nicht nur wunderschön, sondern auch intelligent und sehr sensibel gewesen.

Sein Enkel war ein anderes Kapitel. Dass er seit Jahren mit einem Bein im Kriminal stand, durchschaute anscheinend nur er. Marie-Luise hatte ihn zu sehr verwöhnt. Alphons hatte zehn Jahre lang an der Wirtschaftsuniversität studiert. Ohne Abschluss. Heute machte er angeblich Geschäfte an der Börse. Schlechte Geschäfte. Denn Marie-Luise bat ihn fast jeden Monat um ein Darlehen für ihren Sohn.

Herbert von Spielmann hatte seine geliebte Enkelin Eugenie in der letzten Silvesternacht leblos auf der Chaiselongue im Wohnzimmer liegend gefunden. Sie hatte sich den goldenen Schuss verpasst. Die Nadel am Boden, das Gift in ihrem zarten Körper. Seither war er nicht mehr derselbe, verwechselte oft seine jüngere Enkelin mit der Verstorbenen.

»Vielen Dank, liebe Eugenie«, sagte er, als ihm Stephanie eine Gesamtausgabe der Beethoven-Symphonien, dirigiert von Herbert von Karajan, in die Hand drückte. Sie gab ihm einen Kuss auf die Stirn und flüsterte: »Ich bin's, Stephanie, lieber Opapa.«

Alphons überreichte seinem Großvater wortlos eine Kiste Zigarren, obwohl er wusste, dass seine Mutter in der Wohnung ein striktes Rauchverbot erlassen hatte. Der nächste Krach war vorprogrammiert, denn der Alte würde sich garantiert nicht daran halten.

Stephanie schob sogleich eine der CDs ein.

»Karajan, Beethovens Neunte. Ha, ich hab's erraten! Die Neunte ist meine Lieblingssymphonie. Frag deine Mama, Marie-Luise, sie erinnert sich bestimmt, wie ich oft zu ihr sagte, dass die Neunte meine Lieblingssymphonie sei.«

»Ja, Papa, ich weiß ...«

»Die Neunte und die Sechste sind die einzigen Symphonien, die wirklich was taugen, habe ich immer zu Mama gesagt, erinnerst du dich Marie-Luise ...«

Sie verdrehte die Augen zur Decke.

Der Jubilar befahl Gusti, ihn zur Stereoanlage zu schieben. Seit einem Jahr war er nicht mehr imstande, seinen Rollstuhl selbst zu bewegen. Er drehte die Musik auf volle Lautstärke.

»Lass das bitte, Papa, ich habe schreckliche Migräne!« Marie-Luise hielt sich demonstrativ die Ohren zu.

»Mit diesen Anfällen hat sie uns alle seit Jahren fest im Griff, behauptet mein Analytiker«, sagte Stephanie leise zu ihrem Bruder.

»Friedrich, so unternimm doch endlich was«, rief Marie-Luise.

Ihr Mann stand nach wie vor am Fenster und starrte hinüber auf das Burgtheater.

»Was spielen sie heute?«, fragte er.

»›Das Begräbnis‹ von Thomas Vinterberg«, antwortete Stephanie.

»Neumodisches Zeugs?«

»Ja, in deinen Augen sicher. Ich nehme an, dir sagt der Name Vinterberg nichts. Er gehört zur dänischen Dogma-Gruppe. Sein Film »Das Fest« war sensationell erfolgreich, hat bei internationalen Festspielen sämtliche Preise abgeräumt. Matthias Hartmann hat ihn eingeladen, eine Fortsetzung dieser Geschichte als Bühnenfassung zu schreiben und selbst zu inszenieren. Mut hat er, unser neuer Direktor, das muss man ihm lassen.«

»Worum geht es in dem Stück?«

»Es handelt vom Tod eines Patriarchen, der seine Kinder missbraucht hat, und von den Opfern, aus denen später Täter werden.«

Stephanie brüllte ihren Vater richtiggehend an, versuchte Beethovens Neunte zu übertönen.

Friedrich erbleichte.

»Ich halte diesen Krach nicht länger aus«, schrie Marie-Luise.

Alphons erbarmte sich seiner Frau Mama, stellte den CD-Player leiser und schob Großpapas Rollstuhl zurück an den Tisch.

»Nichtsnutz, elendiger Schmarotzer«, schimpfte der Alte und schlug mit seiner arthritischen Hand nach Alphons. Seine Schläge waren kraftlos, fühlten sich eher wie Zärtlichkeiten an. Als er endlich einsah, dass er gegen seinen Enkelsohn keine Chance hatte, fing Herbert von Spielmann wieder zu plappern an: »Den Karajan habe ich ja nie gemocht. Obwohl der Karajan kein schlechter Dirigent war. Aber ich glaube, der Karajan war ein verkappter Nazi. Genauso wie dieser andere. Wie hieß er, verdammt noch mal ...?« Verzweifelt starrte er in die Runde.

»Du meinst Furtwängler?«, half Stephanie ihm.

»Ja, das habe ich doch gerade gesagt, dieser ...? Wie hieß er?«

»Furtwängler«, brüllte Friedrich seinen Schwiegervater an. »Und jetzt hör auf. Karajan war kein Nazi, und Furtwängler ...«

»Habe ich gerade gesagt, alles Nazis ...«

»Ich glaube, darauf muss ich jetzt was trinken«, bemerkte Alphons grinsend.

»Prost allerseits«, sagte Friedrich und stieß mit einem imaginären Gegenüber an.

»Mit einem Parvenü stoße ich genauso wenig an wie mit einem Nazi. Ich habe nie in meinem Leben mit einem Nazi oder einem Parvenü angestoßen«, krächzte der alte Mann.

»Wo ist mein Spray?«, stöhnte Friedrich, »ich brauche sofort meinen Nitroglycerin-Spray!«

»Hypochonder«, kreischte Marie-Luise und verließ den Salon.

»Hol mir meinen Spray, er steht auf dem Nachtkästchen«, befahl Friedrich seinem Sohn und ließ sich neben seiner Tochter auf einen Stuhl fallen.

Stephanie sprang auf und folgte ihrem Bruder.

»Sie kann dich nicht leiden«, ätzte der Alte. »Niemand kann dich leiden. Sie hasst dich. Alle hassen dich. Der Hass ist stärker als die Liebe, habe ich immer zu Charlotte gesagt!«

»Ja, ja, ist schon gut, Vater. Willst du auch ein Schlückchen?« Das Glas in Friedrichs Hand klapperte gegen die Champagnerflasche, aus der er seinem Schwiegervater einschenkte. Er schüttete daneben. Ein dunkler Fleck breitete sich auf der Hose des alten Mannes aus.

»Sie wird denken, dass ich mich angemacht habe«, kicherte der Alte. »Ich mache mich nie an, wenn sie es erwartet. Ich mache mich nur an, wenn sie nicht damit rechnet. Auch du wirst dich bald anmachen, Friedrich. Alle alten Männer machen sich an. Und du bist ja auch ein alter Mann. Sei ehrlich, hast du dich auch schon mal angemacht?«

Hochrot im Gesicht sprang Friedrich auf, warf sein Glas um und brüllte Richtung Küche: »Bin ich hier in einem Irrenhaus? Er gehört endlich ins Heim. Entweder er oder ich!«

Alphons, der inzwischen in den Salon zurückgekehrt war, reichte seinem Vater die kleine Spraydose. »Sie ist leider leer.«

»Nein ..., das kann ... nicht sein ...«, stammelte Friedrich.

»Reg dich ab, Papa, denk an deinen Blutdruck – man kann Großpapa nicht mehr ernst nehmen«, versuchte Alphons ihn zu beruhigen.

»Das sage ich ja die ganze Zeit.« Schwer atmend griff sich Friedrich ans Herz. Er hatte bereits zwei Herzinfarkte und eine Bypassoperation hinter sich.

Mit stoischer Miene stellte Gusti die Suppenterrine auf die inzwischen nicht mehr ganz so festlich aussehende Tafel.

Auch Marie-Luise gesellte sich wieder zu ihrer Familie und tat so, als ob nichts gewesen wäre. »Zu Tisch«, sagte sie energisch. »Wo ist Stephanie?«, fragte sie mit einem Blick auf den leeren Stuhl ihr gegenüber. »Raucht sie auf der Toilette? Sie weiß, dass in meinem Haus nicht geraucht wird.«

»In meinem Haus ...«, korrigierte der Großvater sie.

Die Wohnung lief tatsächlich nach wie vor auf Herbert von Spielmann. Friedrich bemühte sich seit Jahren, seine Frau davon zu überzeugen, den Alten entmündigen zu lassen. Sie hätte nichts dagegen gehabt, aber die Anwaltskanzlei, die ihre Familie in dritter Generation vertrat, spielte nicht mit. Solange der alte Herr lichte Momente hatte, und die hatte er ausgerechnet dann immer, wenn er mit seinen Anwälten sprach, würde es wohl seine Wohnung bleiben.

»Wo ist meine liebe Eugenie?«, fragte Herbert von Spielmann.

»Sie ist tot, Großpapa.« Stephanie, die tatsächlich auf dem Klo geraucht und danach ein halbes Xanor eingeworfen hatte, setzte sich nun neben ihren Großvater.

»Überdosis, ich weiß Bescheid, mein Kind! Frag mal deinen Vater, warum sich meine liebe kleine Eugenie umgebracht hat.«

»Sei still, Papa, und iss deine Suppe, solange sie warm ist«, sagte Marie-Luise in mühsam beherrschtem Ton.

Gusti hatte dem Greis eine weiße Stoffserviette um den Hals gebunden. Nach den ersten Löffeln, die er mit zitternder Hand in den Mund geschoben hatte, war die strahlend weiße Serviette voller Flecken und Frittaten.

»Mir ist der Appetit vergangen.« Friedrich schob seinen halbvollen Suppenteller von sich und griff nach der Champagnerflasche.

»Friedrich, du trinkst zu viel.« Marie-Luise verzog angewidert den Mund.

»Er ist Alkoholiker. Alkoholiker müssen andauernd trinken. Wenn Alkoholiker keinen Alkohol bekommen, werden sie krank, deshalb bezeichnet man sie ja auch als alkoholkrank«, murmelte Herbert von Spielmann.

Alphons trat seiner Schwester unterm Tisch gegen das Schienbein. Sie reagierte nicht, starrte auf ihren vollen Suppenteller. Von ihr hatte er keine Hilfe zu erwarten. Er nahm all seinen Mut zusammen, sah seiner Mutter tief in die Augen und sagte: »Ich würde gern etwas Wichtiges mit euch besprechen.«

»Ich kann mir denken, worum es sich handelt«, sagte Friedrich.

»Lass ihn wenigstens ausreden«, forderte ihn seine Frau auf.

»Dein Sohn ist ein Fass ohne Boden!«, polterte Friedrich los. »Die extreme Verschwendungssucht hat er eindeutig von dir. Der fürstliche Lebensstil, auf dem du bestehst, frisst meine ganze Beamtenpension auf. Drei Wohnungen, drei Autos und einen miserablen Börsenspekulanten zu erhalten, überfordert schlicht und einfach meine finanzielle Potenz ...«

»Potenz? Impotent bist du, und das zum Glück seit vielen Jahren. Habe ich nicht recht, mein Kind, dein Mann ist impotent ...«

Marie-Luise ignorierte die Worte ihres Vaters und sagte: »Musst du immer so übertreiben, Friedrich?«

Er fiel ihr sogleich ins Wort. Mit heiserer Stimme teilte er seiner Familie mit, dass er in diesem Monat seine eisernen Reserven angreifen musste. »Ich fürchte, das ist erst der Anfang ...«

»Papa hat recht, ich brauche dringend hunderttausend Euro, sonst drohen mir ein paar Jahre Haft«, unterbrach Alphons ihn und sah seine Mutter treuherzig an.

»Hast du wieder einmal aufs falsche Pferd gesetzt«, kicherte Stephanie.

»Halt den Mund, Stephanie«, kam Marie-Luise ihrem Sohn zu Hilfe. »Kehr vor deiner eigenen Tür. Hast du nicht gerade einen schwerreichen Ehemann in die Wüste geschickt, um dich mit einem Saxophon spielenden Neger zu vergnügen?«

»Man sagt nicht Neger. Außerdem spielt Mike Trompete.«

»Du bist wirklich krank, Kleines. Vergiss sowohl diesen Neger als auch deinen Psychoheini, such dir lieber einen vermögenden Mann. Fesch genug bist du noch. Dein Vater schafft es nicht mehr, deine exorbitanten Analytiker-Rechnungen, geschweige denn die horrende Miete für dein Luxusappartement zu bezahlen ...«

»Dein Alphons muss in den Knast, weil du ihn völlig verdorben hast«, brabbelte der Großvater dazwischen.

»Papa!«

»Die einzig befriedigende Beziehung ist die zwischen Mutter und Sohn, hat der Doktor Freud behauptet, und das Resultat ist dann eben so ein Muttersöhnchen wie Alphons«, setzte Herbert von Spielmann ein Schäuflein nach.

Da Gusti in diesem Augenblick die gefüllten Rindsrouladen mit Spiralnudeln servierte, verstummten alle. Kaum hatte Gusti den Raum verlassen, fing der Alte wieder zu quasseln an: »Ich hasse Rindsrouladen. Rindsrouladen sind immer etwas zäh. Und Gustis Rindsrouladen sind besonders zäh. Ihr wisst genau, dass ich diese zähen Rindsrouladen nicht beißen kann. Ihr wollt mich aushungern. Im Grunde wartet ihr nur darauf, dass ich eines Tages verhungere. Ein Esser weniger am Tisch. Gib es zu, Friedrich, die kleine Rechenmaschine im kümmerlichen Rest deines Hirns hat bereits zu rattern begonnen. Außerdem hätte ich jetzt gern eine zweite Flasche Champagner. Wer weiß, wie viel Zeit mir noch bleibt, Champagner zu trinken.«

»Ich fürchte, im Kühlschrank gibt es nur mehr Sekt«, murmelte Stephanie und ging in die Küche.

»Champagner war euch wohl zu teuer für mich? Ich habe dir extra Geld für drei Flaschen Champagner gegeben, Marie-Luise ...«

»Warum verkaufen wir nicht endlich die alte Bruchbude in Reichenau«, unterbrach Alphons seinen Großvater.

»Solange sie noch steht«, trällerte Stephanie, als sie mit einer Sektflasche in der Hand zurückkam.

»Mein Schwesterherz hat recht. Diese Hütte wird bald zusammenkrachen. Das Dach gehörte dringend erneuert, die Böden sind morsch, Fenster und Türen undicht, und die Wände feucht.«

Keiner hörte ihm zu.

Stephanie ließ den Korken knallen.

»Verdammt noch mal ...«, versuchte sich Alphons Gehör zu verschaffen.

»Verdammt noch mal, was? Diesen Ton verbiete ich mir!« Friedrich, hochrot im Gesicht, griff sich erregt an die Brust.

Marie-Luise beeilte sich, ihrem Mann nachzuschenken, und bedeutete ihrem Sohn zu schweigen.

Sie wussten alle, dass Herbert von Spielmann nicht im Traum daran dachte, den heruntergekommenen Familienbesitz in Reichenau zu veräußern.

»Warum musstest du auch deinen Mann vertreiben«, ging Marie-Luise auf ihre Tochter los, um ihren Sohn aus der Schusslinie zu nehmen. »Er war eine ausgezeichnete Partie. Aber ein Primarius war dir anscheinend nicht gut genug. Die Arroganz hast du von deiner Großmutter geerbt.«

»Sprich nicht so über deine Mutter, Marie-Luise. Obwohl du natürlich recht hast, Charlotte war eine eingebildete Gans. Trotzdem, so spricht man nicht über seine Mutter. Sag dieser eingebildeten Gans lieber, dass sie jetzt endlich mit mir auf meinen Geburtstag anstoßen soll.«

Marie-Luise ignorierte das Gequassel ihres Vaters und redete weiter auf Stephanie ein: »Ich habe deinen Vater jahrzehntelang an meiner Seite ertragen. Aber meine männernarrische Tochter musste ihren Gatten ja unbedingt mit einem Negermusiker betrügen.«

»Und wer ist schuld daran?«, zischte Stephanie. »Warum, glaubst du wohl, bin ich seit zwölf Jahren in Therapie?« Sie schaute ihren Vater wütend an.

Friedrich hatte beide Hände auf seine Brust gepresst und stöhnte erbärmlich.

»Ich halte dieses Theater, das er wegen seines schwachen Herzens aufführt, nicht mehr länger aus. Mein Kopf droht zu zerspringen und er beklagt sich über lächerliche Herzbeschwerden.« Marie-Luise begab sich rasch in die Küche.

»Sie können nach Hause gehen, Gusti. Um den Nachtisch kümmere ich mich selbst.« Stephanies Stimme war in der Küche deutlich hörbar. »Doktor Vielhaber meint, dass du dich nicht nur an Eugenie vergangen hast, sondern auch ...« Sie beendete den Satz nicht. Schluchzend fuhr sie fort: »Ich habe das alles jahrelang verdrängt. In den letzten Wochen tauchten einige Erinnerungen auf ...«

»Gehen Sie endlich«, herrschte Marie-Luise die Haushälterin an und eilte zurück in den Salon.

Alphons hatte eine neue CD, Beethovens »Eroica«, Es-Dur op. 55, dirigiert von Furtwängler, eingelegt.

»Das ist der andere Nazi«, stellte der Großvater fest. »Alles Nazis. Selbst dieser größenwahnsinnige Kleinbürger Napoleon, dem Beethoven die ›Eroica‹ gewidmet hat, war nichts anderes als ein Vorläufer der Nazis ...«

»Was habe ich da eben gehört«, fauchte Marie-Luise ihre Tochter an. »Du bist verrückt, gehörst längst in eine Anstalt.«

»Stephanie könnte ja mit Friedrich in ein Heim gehen. Ein trautes Heim für die zwei allein«, säuselte der Großvater.

Marie-Luise verlor endgültig die Fassung. »Schweig, du Idiot!«, brüllte sie ihren Vater an, beugte sich von hinten über ihre Tochter, packte ihren Kopf mit beiden Händen und zwang sie, sich umzudrehen.

»So und jetzt wiederholst du, was du gerade gesagt hast, und schaust mir dabei in die Augen!«

»Doktor Vielhaber meint, dass er mich zumindest be... begrapscht hat und du das schwei... schweigend to... to«, stammelte Stephanie.

»Wir werden ihn verklagen. Wer bezahlt denn seit Jahren die horrenden Rechnungen deines Seelenklempners? Dein Vater natürlich! Was soll er dir denn angetan haben, erzähl mal, mein Schatz, und bitte en détail. Opapa hat recht, dein Vater ist seit mindestens zwanzig Jahren impotent und war auch vorher nie besonders an geschlechtlichen Dingen interessiert, außer während meiner Schulzeit, doch das ist eine andere Geschichte.«

»Ich kann mich nicht genau daran erinnern, was er mit mir gemacht hat«, sagte Stephanie leise, aber mit fester Stimme. »Eugenie hat mich immer vor ihm beschützt. Hat sich für mich geopfert. Kein Wunder, dass sie auf Drogen war. Ohne Heroin hätte sie all die Schweinereien, zu denen er sie gezwungen hat, nicht ertragen. Ich habe das schreckliche Bild, wie sie vor ihm gekniet ist, ständig vor meinen Augen. Er war halbnackt und sein Ding war riesengroß ...«

»Wenn du nicht sofort deinen Mund hältst, wasche ich ihn dir mit Seife aus.«

»Friedrich hat für kleine Mädel viel übrig. Meine Marie-Luise war, als er sie geschwängert hat, auch ein kleines Mädel. Friedrich steht eben auf kleine Mädi. Fritzi und die Mädi, gleich gibt's auch ein Baby«, trällerte der Großvater.

»Du kommst morgen ins Heim«, schrie Marie-Luise und eilte wieder in die Küche.

Gusti hatte inzwischen den Herd geputzt und notdürftig aufgeräumt. Sie zog gerade ihren Mantel an.

»Sind Sie immer noch da? Ich habe doch gesagt, dass Sie gehen sollen. – Nein, warten Sie! Bringen Sie vorher noch die Schüssel mit den Zwetschgenknödeln rein.«

Gusti tat, wie ihr geheißen.

Marie-Luise kochte Kaffee für alle, nahm das Augarten-Service ihrer Frau Mama aus der Kredenz, gab eine Tablette in eine der Tassen und servierte ihrer Familie den Kaffee auf einem silbernen Tablett.

Plötzlich tauschte sie allerdings ihre Tasse mit der Tasse ihres Mannes und sagte mit zuckersüßem Lächeln: »Oh pardon, mein Schatz, dieser hier ist dein koffeinfreier.«

Wegen ihrer Migräne trank sie prinzipiell nur starken doppelten Espresso. Sie vertraute nach wie vor auf die schmerzlindernde Wirkung des Koffeins.

Während sich die anderen auf die Zwetschgenknödel stürzten, leerte Friedrich seine Kaffeetasse in einem Zug.

»Du trinkst zu schnell, Friedrich«, sagte Herbert von Spielmann. »Du bist ein Trinker und wirst enden wie alle Trinker, wirst dir eines Tages einfach die Leber raussaufen.«

»Ich habe fürchterliche Brustschmerzen«, jammerte Friedrich.

»Gibt ihm eine von den Pillen aus deiner Handtaschen-Apotheke«, sagte Marie-Luise zu ihrer Tochter.

Stephanie kramte in ihrem Prada-Täschchen und reichte ihrem Vater widerwillig zwei Schmerzmittel.

Friedrich würgte die beiden koffeinhaltigen Tabletten mit einem Schluck Sekt hinunter. Sein Gesicht war schweißnass und aschfahl.

»Alphons, magst du nicht den letzten Knödel essen? Zwetschgenknödel sind doch deine Lieblingsspeise.« Marie-Luise reichte ihrem Sohn die Schüssel.

Er hielt seine Hand schützend über seinen Teller und ließ dabei seinen röchelnden Vater nicht aus den Augen.

Friedrich spürte ein Gewicht von mindestens zweihundert Kilo auf seiner Brust. Griff sich ans Herz, schnappte verzweifelt nach Luft, geriet in Panik und riss die Augen weit auf. Fast traten sie aus ihren Höhlen.

»Friedrich!«, empörte sich Marie-Luise, als der Oberkörper ihres Mannes nach vor sackte und sein Kopf auf den Tisch knallte.

»Vielleicht sollten wir einen Arzt rufen?«, schlug Stephanie vor, als ihr Vater von seinem Stuhl rutschte.

»Lasst es gut sein, Kinder, euer Vater wird sich schon wieder erholen. Solch kleine Infarkte gehen meist ganz von allein vorüber.« Marie-Luise bedachte ihren völlig verkrampft am Boden liegenden Mann mit einem verächtlichen Blick.

Alphons löschte die Nummer der Rettung, die er in sein Handy getippt hatte.

Stephanie rauchte eine zweite Zigarette am Klo und warf noch ein halbes Xanor ein.

Herbert von Spielmann beobachtete interessiert Friedrichs Todeskampf zu den Klängen von Beethovens »Pastorale«. Zur Feier des Tages zündete er sich eine der Havannas an, die ihm sein Enkel gerade geschenkt hatte, nahm einen kräftigen Zug und blies hübsche Kringel in die Luft.

»Mach sofort die Zigarre aus«, fuhr Marie-Luise ihn an, »der Rauch ist tödlich für meine Migräne.«

Völlig gelassen nahm er ein paar weitere Züge, bevor er die brennende Zigarre auf die wertvolle Porzellanuntertasse seiner längst verblichenen Frau legte.

Marie-Luise verfrachtete das Tellerchen mit der Zigarre sofort in die Küche.

»Wir müssen alles aufessen, hat die Großmama gesagt«, flüsterte Alphons und schob seinem Großvater den letzten Zwetschgenknödel in den fast zahnlosen Mund.

Gierig verschlang der Alte den Knödel. Kurz darauf begann er zu würgen und verzweifelt nach Luft zu ringen.

»Nicht so gierig, Opapa, sonst verschluckst du womöglich den Kern«, ermahnte ihn Alphons.

Herbert von Spielmann zappelte hilflos in seinem Rollstuhl und hustete sich die Seele aus dem Leib. Sein Gesicht verfärbte sich blau. Der Zwetschgenkern war anscheinend in seiner Luftröhre stecken geblieben. Plötzlich kippte sein Kopf nach hinten. Seine Arme rutschten von den Lehnen und seine Beine baumelten hilflos über dem Trittbrett.

»Ich muss jetzt los. Die Premierenfeier im Vestibül hat sicher bereits begonnen. Ich möchte Mikes Auftritt nicht versäumen. Kommst du mit, Alphons?« Stephanie stand im Mantel in der Tür zum Salon.

»Nein, ich muss etwas mit Mama besprechen. Vielleicht komme ich später nach.«

»Baba allerseits und feiere noch schön, lieber Opapa«, rief Stephanie dem erschlafft im Rollstuhl hängenden Jubilar zu, bevor sie die Wohnungstür hinter sich zuschlug.

Marie Luise griff nach Alphons Hand, lächelte ihn liebevoll an und tätschelte mit der anderen Hand seinen rechten Oberschenkel. Ihre Finger tasteten sich langsam vor zu seinen Schritt.

Er ließ ihre Zärtlichkeiten über sich ergehen, so wie er sie in den letzten fast vierzig Jahren über sich ergehen hatte lassen.

»Die einzig befriedigende Beziehung ist die zwischen Mutter und Sohn«, wiederholte Marie-Luise die Worte ihres gerade verblichenen Vaters. »Wir werden diese Bruchbude in Reichenau gleich nach dem Begräbnis der beiden verkaufen, mein Liebling. Mach dir also keine Sorgen wegen deiner Schulden. Komm, gib deiner Mama ein Bussi.«

Autorenbiografien

Die Herausgeberin

Edith Kneifl, Dr. phil., lebt und arbeitet als Psychoanalytikerin und freie Schriftstellerin in Wien. Als erster Frau wurde ihr 1992 der Friedrich-Glauser-Preis für den besten deutschsprachigen Kriminalroman des Jahres zuerkannt. Ihre Romane wurden in mehrere Sprachen übersetzt, zuletzt: »Mattinata Triestina«, edition Aracne, Rom 2011.

Die Verfilmung ihres Romans »Ende der Vorstellung« (Filmtitel: »Taxi für eine Leiche«, Regie: Wolfgang Murnberger) wurde als bester Fernsehfilm des Jahres mit der ROMY 2003 ausgezeichnet. Hörbuch: »Der Tod ist eine Wienerin«, gelesen von Monika Bleibtreu, HörbuchHamburg, 2007.

Veröffentlichungen: 20 Kriminalromane und ca. 65 Kurzgeschichten; Herausgeberin der Anthologien »Tatort Kaffeehaus«, »Tatort Beisl« (2011), »Tatort Prater«, »Tatort Friedhof« (2012), »Tatort Würstelstand«, »Tatort Rathaus« (2013), »Tatort Heuriger«, »Tatort Schönbrunn« (2014), »Tatort Naschmarkt«, »Tatort Burgtheater« (2015), alle erschienen im Falter Verlag, Wien.

Jüngste Romane: »Der Tod fährt Riesenrad« sowie »Blutiger Sand« (2012), »Die Tote von Schönbrunn« (2013), zusammen mit Stefan M. Gergely, »Satansbraut« (2014), »Endstation Donau« (2014), „Totentanz im Stephansdom“ (2015), alle erschienen im Haymon Verlag, Innsbruck.

Die Autorinnen und Autoren

Reinhardt Badegruber, geboren 1953 in Micheldorf/Oberösterreich. Studierte Slawistik und Publizistik in Wien und Warschau (Dr. phil.). Seit 1983 Reporter und Redakteur im ORF-Landesstudio Wien. Im Nebenberuf Lehrer am Kolleg Multimedia und an anderen Erwachsenenbildungseinrichtungen. Seit 2009 Krimiautor: »Die erste Geige spielt der Tod« und »Canalettos Geheimnis«, beide erschienen im echomedia verlag, Wien. Sachbuch: »Wiener Wortgeschichten. Von Pflasterhirschen und Winterschwalben«, (zusammen mit Robert Sedlaczek, 2012), Haymon Verlag, Innsbruck.

Raoul Biltgen, geboren 1974 in Esch/Alzette, Luxemburg. Schauspielstudium am Konservatorium der Stadt Wien, dann Ensemblemitglied am Vorarlberger Landestheater Bregenz, anschließend Dramaturg am Theater der Jugend in Wien. Seit 2003 lebt und arbeitet er als Schriftsteller, Schauspieler, Theatermacher und Psychotherapeut (in Ausbildung unter Supervision) in Wien. Raoul Biltgen ist Autor einer wöchentlichen Liebes- und Sexkolumne *(www.adamspricht.com)*. Sein Kurzkrimi »Zwang heilt die Natur«, erschienen in der Anthologie »Berner Blut«, war für den Friedrich-Glauser-Preis 2014 nominiert. Zuletzt erschien der Roman »Jahrhundertsommer« beim Verlag Wortreich. Seine an die 40 Theaterstücke wurden bisher in Österreich, Deutschland, Luxemburg, China und Mexiko gespielt. *www.raoulbiltgen.com*

Jacqueline Gillespie, Mag.a, Dr. phil., britisch-österreichische Schriftstellerin. Maturierte im Lycée français de Vienne, studierte an der Universität Wien Romanistik (Französisch, Italienisch). Kurzgeschichten u. a. für die Tatort-Anthologien des Falter Verlags. Sachbuch: »Das Leben hält sich nicht an Rendezvous. Die Geschichte meiner Krebserkrankung«, Orac-Verlag, Wien 2009. Kriminalromane: »Schade um die Lebenden. Ein Schneeberg-Krimi« (2013) und »Schindeln am Dach. Ein Schneeberg-Krimi« (2014), „Den Letzten beißen die Schweine. Ein Schneeberg-Krimi“ (2015), alle drei im Haymon Verlag, Innsbruck erschienen. Mitglied des Österr. P.E.N.-Clubs (Rechnungsprüfer)

Andreas Gruber, geboren 1968 in Wien, studierte an der WU Wien und lebt als freier Autor mit seiner Familie und fünf Katzen in Grillenberg in Niederösterreich. Mittlerweile erschienen seine Kurzgeschichten in über hundert Anthologien, liegen als Hörspiel vor oder wurden als Theaterstück adaptiert. Seine Romane erschienen als Übersetzung in Frankreich, Italien, Brasilien, Japan und Korea. Dreifacher Gewinner des Deutschen Phantastik Preises. Zuletzt erschienen die Thriller »Todesfrist« und »Todesurteil« mit dem niederländischen Ermittler Maarten S. Sneijder im Goldmann-Verlag, München. »Todesurteil« wurde 2015 für den Leo-Perutz-Preis der Stadt Wien nominiert.

Weitere Infos unter *www.agruber.com*

Eva Holzmair, geboren in Korneuburg/Niederösterreich. Aufgewachsen in Wien. Dolmetschstudium. Lebt und arbeitet als Autorin, Übersetzerin und Konferenzdolmetscherin in Wien. Veröffentlichungen in Literaturzeitschriften und diversen Verlagen, u. a. zwei Kriminalromane »Mir träumte, du lägest im Grab« (2012), Edition moKKa, Wien, und »Rose, Löwe, Rosmarin« (2014), Spittelberg Verlag, Wien, sowie den Erzählband »Heimkommen« (2014), Edition moKKa, Wien und die Tragikomödie »Lapis Lazuli – ein Versprechen«, die am 23. Mai 2015 am Innsbrucker Westbahntheater uraufgeführt wurde.

Beatrix Kramlovsky, 1954 in Österreich geboren, vehemente Europäerin im Weinviertel, Schriftstellerin und bildende Künstlerin mit den Lebensthemen Aus- und Abgrenzungen, Gewaltsamer Tod. Als Literaturvermittlerin in vielen Ländern tätig. Mehrere Literaturpreise und Kunststipendien. Zahlreiche (Krimi-)Kurzgeschichten, viele davon in mehrere Sprachen übersetzt, zwei Kriminalromane, Erzählungen und Belletristik, die sich mit dem Begriff der Heimat und dem Wesen des Bösen beschäftigt. Eine Krimiserie erscheint ab Frühling in englischer Sprache in den USA.

Zuletzt erschienen die Romane »Der vergessene Name. Eine verspätete Liebesgeschichte« (2014) und »Invasion der Wünsche« (2015), beide im Kitab-Verlag, Klagenfurt sowie »Australien. Zwischen Aussteigern und Neuzeitnomaden« (2015), reisebuch.de Edition.

Mehr zum Werk der Autorin unter *www.kramlovsky.at*

Gerhard Loibelsberger wurde 1957 in Wien geboren. 2009 startete er mit den »Naschmarkt-Morden« eine Serie von historischen Kriminalromanen rund um den schwergewichtigen Inspector Joseph Maria Nechyba. Den »Naschmarkt-Morden« folgten 2010 der »Reigen des Todes« sowie 2011 »Mord und Brand«. 2012 folgten »Nechybas Wien – 33 Lieblingsspaziergänge und 11 Genusstipps« sowie sein erster Venedig-Krimi »Quadriga«. 2013 erschien der vierte Band der Nechyba-Serie »Todeswalzer«. 2014 wurden der Kurzgeschichtenband »Kaiser, Kraut und Kiberer« sowie die Anthologie »Wiener Seele« veröffentlicht, bei der er als Herausgeber fungierte. 2014 erschien die CD »Loibelsbergers kriminelles Wien«, 2015 der fünfte Nechyba-Band »Der Henker von Wien«. 2010 Nominierung für den Leo-Perutz-Preis der Stadt Wien. 2014 silberner Homer für »Todeswalzer«.

Günther Pfeifer wurde in Hollabrunn geboren, lernte ein Handwerk und war jahrelang Berufssoldat. Seit seinem Wechsel in die Privatwirtschaft arbeitet er im Ein- und Verkauf. Er schreibt Beiträge für Zeitschriften, Theaterstücke und Kriminalromane. Günther Pfeifer wohnt in Grund, einem kleinen Dorf im Weinviertel.

Aktuelle Arbeit: »Hawelka & Schierhuber laufen heiß«, Krimi, Haymon Verlag, Innsbruck 2015.

Thomas Schrems, Jahrgang 1967 – Autor mehrerer Sachbücher und zahlreicher Kurzgeschichten, Hobbykabarettist, Schüttelreimfreund und gelegentlich Mensch. Er war 26 Jahre im Tagesjournalismus tätig, lange auch in leitender Position. Arbeitet seit 2015 als freier Schriftsteller und Magazin-Journalist und lebt mit seiner Familie im Nordburgenland. 2006 erschien sein erster Kriminalroman »Zua draht«, danach Verfasser eines historischen Werkes. Derzeit schreibt er, inspiriert durch die Arbeit am Kurzkrimi »Der Kondor und die Augen der Untoten« (2012 veröffentlicht in der Anthologie »Tatort Prater«, Falter Verlag), an einem neuen Kriminalroman, der 2016 erscheinen wird.

Clementine Skorpil, Studium der Sinologie und Geschichte an der Universität Wien, Journalistin und Lektorin bei der österreichischen Tageszeitung *Die Presse*. Sie publiziert Kurzgeschichten, Kurzkrimis (unter anderem in den Krimianthologien »Tatort Beisl«, »Tatort Friedhof« und »Tatort Schönbrunn« des Falter Verlags) und historische Kriminalromane, die in China spielen. 2015 erschienen »Hollerstraße 7«, Erzählungen, Edition Taschenspiel, Wien und der Kriminalroman »Guter Mohn, du schenkst mir Träume«, Löcker Verlag, Wien.

Peter Wehle, 1967 in Wien geboren, ist der Sohn des 1986 verstorbenen Komponisten, Autors und Kabarettisten Peter Wehle. Der Musikwissenschaftler und Psychologe stand von seinem fünften Lebensjahr an auf verschiedenen Konzertbühnen. Daneben zahlreiche Radio- und Fernsehaufnahmen sowie mehrere Veröffentlichungen als Autor.

Im Haymon Verlag, Innsbruck erschien »Kommt Zeit, kommt Mord. Ein Wien-Krimi« (2014), »Teufelskoller. Ein dämonischer Kriminalroman« (2014) sowie »Mord heilt alle Wunden. Ein Wien-Krimi« (2015). *www.wehle.info*

Franz Zeller wurde 1966 in Kirchdorf an der Krems/Oberösterreich geboren. Nach einem Studium in Salzburg und einem Oxford-Stipendium begann er 1988 als Literatur- und Wissenschaftsjournalist für den ORF zu arbeiten. 2002 verließ er Salzburg und übersiedelte nach Wien, wo er zuerst bei der »Zeit im Bild« tätig war und seit 2004 in der Wissenschaftsredaktion von Ö1 u. a. die Sendungen »Matrix« und »Digital.Leben« leitet bzw. moderiert. 2009 erschien sein erster Salzburg-Krimi »Herzlos«, 2011 folgte »Blutsbande«, 2014 »Sieben letzte Worte«. Der vierte Band der Reihe »Sterben ist das Letzte« kommt im November 2015 wieder bei Droemer Knaur heraus. Für die in der Falter-Anthologie »Tatort Rathaus« publizierte Geschichte »Karottinger« wurde Franz Zeller 2014 für den Friedrich-Glauser-Preis in der Sparte »Kurzkrimi« nominiert. *www.franzzeller.at*